The Case of the Chinese Gong

Christopher Bush

論創海外ミステリ

Ronso Kaigai MYSTERY

160

中国銅鑼《チャイニーズ・ゴング》の謎

クリストファー・ブッシュ

藤盛千夏 ◌ 訳

論創社

The Case of the Chinese Gong

1935

by Christopher Bush

目次

主要登場人物

ルドヴィック・トラヴァース……………著述家。私立探偵
ヒューバート・グリーヴ…………………ペイリングス荘の主人
マーティン・グリーヴ……………………ヒューバートの甥、元玩具工場経営者
ブレンダ・グリーヴ………………………マーティンの妻
ロムニー・グリーヴ………………………マーティンの弟、画家
ヒュー・バイパス…………………………ヒューバートの甥、教師
トム・バイパス……………………………ヒューの弟、退役軍人
チャールズ・マントリン…………………ヒューバートの弁護士
ジョン・サービス…………………………ペイリングス荘の執事
アリス・サービス…………………………ジョンの妻、ペイリングス荘の家政婦
メージャー・テンペスト…………………シーバラ警察署長
キャリー……………………………………シーバラ警察署の警部
ポールゲート………………………………シーバラ警察署の巡査部長
シニフォード………………………………監察医
パーマー……………………………………トラヴァースの召使
ジャクソン・ベンドライン………………イーストボーン在住の弁護士
バスター・カー……………………………コメディアン
カーリー・ドリュー（ミステリオーソ）……手品師

中国銅鑼《チャイニーズ・ゴング》の謎

レイへ

彼こそが、現実の舞台で、
ヒューバート・グリーヴ殺害の手段を実演してくれた人物である

第一部　殺人計画

第一章　間違った男

トム・バイパスは、ブレンダ・グリーヴに会って、夫のマーティンが家にいるか確かめようと、ボンド・ストリートの店に立ち寄った。世界恐慌の早い段階で、グリーヴ夫妻は玩具工場の経営に失敗して財産を失い、家や車を売り、メイドを解雇し、マーティンがなんらかの仕事を見つけるまで質素なフラットに移り住み、自分たちだけでどうにかやりくりしていた。一年後、グリーヴ夫妻の状況は絶望的となり、マーティン自身も極限状態まで追い詰められていた。親類の施しを受けながら、日中は求人広告の応募に出向き、夜は郵便で求職に応募する日々を過ごしていた。

それから、グリーヴ夫妻は、カムデン・タウンにある、すさんだ三階建てのフラットに落ち着いた。ありがたいことに、マーティンの弟、ロムニーが、彼らのために友人からそのフラットを買い取り、トム・バイパスが何かと金の工面をしてくれた。その後、ブレンダはボンド・ストリートの写真店での仕事を見つけた。それは、彼女の母親の友人が経営する店だった。マーティンは、一軒一軒仕事がないか店を訪ね歩いたが、トムの命令により、一カ月で断念した。さもなければ、彼は命を落としていただろう。

店で待っているのが誰かわかると、ブレンダの顔が明るく輝いた。

「やあ、ブレンダ」トムが声をかけた。「ちょっとマーティンの様子を見にいこうと思っているんだ。

それで、先にここに立ち寄って、情報を得ておこうかと」

「トム」彼女は言った。「あなたは天使だわ。マーティンのことが死ぬほど心配なのよ。どうか元気づけてあげて――」彼女は言葉を切り、悲しげに頭を横に振った。「こんなこと言うべきじゃなかったわね。あなたは、いつだって元気づけてくれてるわ。あなたがこの前来てから、ここ数日、彼の様子が変わってしまって」

「そうか、知らなかったよ」トムは、ためらいながら言った。「でも、確かに彼は今月になってから、少し気落ちしていたようだね？」

「トム、あの人の置かれている状況は以前よりずっと悪いのよ」ブレンダは深刻な面持ちで言った。「仕事を探し歩いていた悲惨な時間が、彼の心をズタズタにしてしまったの。いつも座って、くよくよ考えてばかり。今じゃ、カムデン・ヒースまで散歩に行くこともなくて、すっかり気落ちしてしまってるわ」

「そんなにひどいのかい？」彼は頷き、それから明るい顔で言った。「どうしたら元気になるか、知ってるよ。今日の午後連れだして、可愛らしい子犬でも買ったらいいかも――コッカースパニエルとかケアンテリアとか。それで散歩に行けるだろう！」

彼女は素早く首を振った。「いえ、いえ、トム。これ以上あなたにお金を出してもらうわけにはいかないわ。私たちやヒューやロムニーに、あなたは大金をつぎ込んでいるんですもの」彼女は困惑したように彼を見つめた。「あなた、ひどく痩せたようだけど、トム。どこか問題でも？」

トムは四十歳だが、見かけは物静かな痩せた老人のようだった。第一次大戦中フランスでガス攻撃を受けなければ、まだ兵役に就いていたであろうし、腰が曲がっていても、まだまだ兵士らしさが残っていた――六フィートの細身の体、きちんと整えた口髭、きょろきょろとよく動く澄んだ瞳。トム・バイパスは顔立ちもよく、洗練された男性だ。身なりにあまり気を配ってはいないが、おそらく、この厳しい時代、不意に転落していった親類たちに手を貸すのが、自分の義務だと思っているからであろう。

ブレンダの不安をよそに、彼は穏やかに微笑んだ。トムが毒ガスを浴びて肺を患っていることは、すでに誰もが知っていた。暑い八月は、悪臭と粉塵と何やらわけのわからぬものにやられて、体がかなりこたえているようだった。

「あなたの体調が悪そうで、見ている方もつらいわ」ブレンダが言った。「しばらくのあいだ、どこか他の所へ行ってみたら？　静かな海辺の町とか。その方が体にずっといいわ、トム」

「海辺？」彼は含み笑いをした。「僕らは、来週の月曜からシーバラに行くんじゃなかったかな――四人全員で？」

ブレンダは困ったようにチッチッと舌を鳴らした。「それが、マーティンの神経にさわっているのよ。それを考えると耐えられないらしくて。あの意地の悪い老人のところへ行かなきゃならないなんて、ゾッとする。いくら叔父で、彼の誕生日で、みんなで行くのが約束だからって――要するに、そういうことなのよ。みんなが嫌っていること、叔父様だって知っているはず。それなのに関係をさらに悪くするだけじゃない」

「まあね」――彼はかすかに笑った――「叔父がそれを知っているんだから、いいじゃないか。それに、ある程度の自尊心は押さえなきゃね。いつか、それぞれの手に四万ポンド入るはずだ――もし、彼の気が変わらなければ」

「彼の気が変わらなければ！」彼女は鼻を鳴らした。「まったく巧妙な手口ね。慎重にあなたたちをつなぎ止めようとしてるのよ。そもそも、あれは私たちのお金だわ――実際は」

トムは頭を横に振った。「それについて、くどくど言ってはいけないよ、君。僕たちのお金だって証拠は、一ペニーたりともないのだから」

「どうして彼は今、私たちを助けてくれないのかしら？　あんな態度を取る代わりに」彼女は激しく首を振った。「もし私が今、百ポンド、二百ポンドもらっても、まだまだ彼には浅ましいほどのお金があるでしょう」彼女は何かを思い出したようだった。「そういえば、ヒューのこと訊くの、忘れていたわ。彼はどうだったの？」

「そうだね」――彼は口ごもった――「君の予想通り。叔父が手紙で断ってきても、ヒューはペイリングスに行ったよ。叔父は彼に会おうともしなかった。でも、執事のサービスが出てきて伝えた。何か言いたいことがあるなら、書いてよこせと。それからまた、サービスは伝言を持って戻ってきた。ミスター・グリーヴは、残念ながら何もしてやれることはないと申しております、と。君は今までサービスに会ったことはないね？」

その質問は、ブレンダの怒りを他へ逸らした。トムはうまく話を続けた。

「彼は、ものすごくいい人でね。まあ、ヒューの話は置いといて。彼らの仕事ぶりは、もっとも尊敬に値するね。彼とアリス――ほら、サービスの奥さんで、家政婦をやってるアリスのことだけど」彼は不意に話を打ち切った。「でも、ここに立って一日中話をしているわけにはいかないな。ところで、鍵は持ってる？　マーティンが外出するかもしれないからね」

彼は地下鉄に乗ってハムステッドに向かった。丘を降りてカムデン・タウンへと、臭いが鼻につくみすぼらしい通りを歩いていった。八月の日差しを受けて、その不潔さはいくらか薄れて見えた。密かに何かを企むのは、彼の本来のやり方ではないが、マーティンが危機に瀕していることに漠然とした喜びを感じていた——驚くべきことを提案するつもりだったからだ。これまでにないほど、トムの心はヒューバート・グリーヴに対する憤怒でいっぱいだった。ブレンダが言ったことは正しい。四人の男がこれほどまでに自尊心を捨て、あんなところまで赴き、じっと辛抱の眼差しで座り、骨を待つ犬のように黙っているなんてまったく忌々しいことだ。叔父が、さげすむのは無理もないことだ——おそらく、四人が彼を忌み嫌うがごとくに。

それから、彼はマーティンのことを考えはじめた。もうじき五十になり、仕事の見込みはほとんどない。不況はまだまだ続き、世界は最新の発想を抱いた聡明な若き技術者で溢れている。そして再び、彼は密かな満足感を抱いた。マーティンにとっては、彼がこれから行おうとしていることが、素晴らしい計画だとは思えないかもしれないが。

フラットは青果店の上にあった。午後一時四十五分。横のドアから中に入るとき、店は昼休みのため閉まっていた。階段を上がっていくと、建物は空っぽのように静まり返り、自分だけしかいないように感じられた。日差しが屋根の小窓から差し込み、がらんとした踊り場の暗さが一層強調されている。そのときだった、ドアが施錠され、かんぬきが掛かり、一枚の紙切れがドアノッカーの下に留められているのに気が付いたのは。

ここには入らぬように。警察を呼んでください。

彼は一瞬、息を呑んで立ちすくんだ。それから体を後ろに傾け、ドアに体当たりしていった。蝶つがいは脆く壊れ落ち、もう一つを踵で激しく蹴って、力ずくで引き剝がした。ドアをもぎ取り、中へ突っ込んでいった。

マーティン・グリーヴは台所にいて、頭をガスオーヴンの中に入れていた。瞬時にトムは彼の体をそこから引き出し、窓を開け、二人とも頭を出して外の新鮮な空気を吸い込んだ。それから、マーティンの瘦せた体をなんとか肩に担ぎあげ、寝室の椅子に横たえた。肺に詰まったガスを出すため、猛然と胸を圧迫し続けた。そのとき、ガスバーナーから、まだシューシューと漏れた音がするのに気が付いた。再び寝室に戻ると、マーティンの呼吸が楽になっているようだった。しかし今度は自分自身が気を失いそうになり、すぐに医者を探しに外へ出た。

二百ヤードも離れていないところで一人の医者を見つけた。数分後にすぐ跡を追う、と医者は告げ、トムは先に戻った。階段の登り口のところに警官が一人いて、不審げに上を見ていたが、歪んで曲がったドアは、その視界に入っていないようだった。無帽の男が通路から怯えたように出てきて、警官をじろじろ眺め、興味深い出来事は起こりそうもないと判断したのか、勝手口を大きく開けたまま去っていった。

「このあたり、ひどいガスの臭いがしませんか?」

「そうなんです」トムが言った。「実は、私のいとこが寝ているあいだに、風でガスのノズルが吹き飛んでしまったようでして。私がたまたま立ち寄って、見つけたんです」彼は、秘密を打ち明けるように微笑んだ。「医者が今、診にきてくれるところです。特に被害はないようでしたが」

ちょうどそのとき、医者が来た。警官は、役人らしく一、二度頷いて見せ、また疑い深い眼差しであたりを見まわし、去っていった。

「このことは口外しないでください、ドクター」踊り場までくると、トムが釘《くぎ》を刺した。「彼の手当てが終わったら、全てお話しします」

十五分ほどで、医者はまた出て行った。マーティン・グリーヴは間一髪のところだった。ちょうど意識がなくなったとき、トムがドアに体当たりして、押し入ったのだった。今、彼は半分眠った状態でベッドに横たわり、黄色がかった蒼白な顔とその奇妙な表情は、あの世との際《きわ》を覗き見た男のものだった。それから、医者の使いの少年が、患者に粉薬を持ってきた。五分後にはマーティンは寝息を立てて眠っていた。

その日の午後のうちに、トム・バイパスはドアを直した。ガスの残った臭いを部屋から追い出し、居間を明るくするため花を買ってきた。ブレンダのお茶の用意をしようと、やかんを火にかけた。月曜日は早く帰ってくるはずだ。そして、六時前にそっとマーティンを起こした。

「起きる時間だ、おい」トムは微笑んで彼を見た。「ブレンダがもうすぐ帰ってくる」

マーティンは当惑したように彼を見つめ、それから思い出し——顔をそむけた。

「後生だから、今回のことは、口外しないでもらいたいんだ」トムは言った。「医者には話をつけてあるし、万事取り計らってあるから。心臓発作ということで。そんなに深刻じゃない——ただ、暑さのせいさ。いいかい?」

六時半にトムは帰ることになった。ブレンダが彼のあとについて寝室に入ってきた。

「彼と二人だけで、そっと話をさせてほしいんだ」トムは彼女に微笑んだ。「君がここについているより、その方がいいと思うよ」

マーティンは彼の方へ目を上げた。その目には恥辱と果てしない悲しみ、そして崇拝するような不思議な何かが宿っていた。低い囁きが彼の口からもれた。

「どうして、私をこの世に連れ戻したんだ、トム？」

トムは彼に向かって頭を横に振り、おかしな笑みを返した。

「そのまま静かに横になっているんだよ。そのことについては、また別のときに話そう」彼はもう一度頭を振り、不意に屈み込み、ほとんど聞こえないほど小さな声で病人の耳に囁いた。「あんな手段は、もう二度と取らないだろうね？　いいね、マーティン？　約束してくれ！」

マーティンは一瞬、目を閉じ、また開き、他へ逸らした。

「わかったよ、トム。約束する」

彼は立ち上がり、ブレンダに聞こえるよう声をかけた。

「それじゃあ、お大事に。水曜日になったら真っ先に来るよ」

まだ何か懸念があるように、彼はドアのところで立ち止まった。ドアをかすかに開き、ブレンダが台所の流し台でカタカタ音を立てているのに耳をそばだてた。静かにドアが閉められ、彼はベッドの方へと戻った。再び身を屈める。

「水曜の朝、来るよ、マーティン。たぶん、ちょっとした良いニュースを持って。君にちょっと頼みたいことがあるんだ」マーティンはゆっくり首を左右に振った。「いや、仕事じゃない。心の中でよく考えてほしいんだよ」彼の目が素早くドアの方へ向けられた。しばらく耳を澄ませ、また囁いた。

「自分に問いかけてほしいんだ、この質問を。真剣に問いかけてほしい、でも、何も心配することはない。君は、間違った男を殺そうとした。そう思わないか？」

それが八月二十三日、月曜日の夕方だった。火曜日の朝、シーバラのキャリー警部が警察署にいたとき、一件の連絡が入った。巡査部長が電話を切るまで彼は待った。「はい、かしこまりました。ただちに様子を見に伺います」

ヒューバート・グリーヴという男が、屋敷――ペイリングス――の敷地内に前夜、侵入者があったと言い、警察の対応を依頼する電話だった。

「彼は誰なんだ？」キャリーが訊いた。

勤務にあたっていた巡査は、その人物について詳しく知っていた。

「変り者の老人です、警部。ロンドン・ロードを上がったところのあの大きな屋敷に住んでいます。ご存知だと思いますが、ここに来るとき、右手に見えますよ。屋敷の名前はペイリングス。大金持ちだっていう噂です」

キャリーは頷いた。「どこの場所か、わかるよ」それから、少し面倒くさそうに呟いた。「ちょっと行って、直接会ってきた方がよさそうだ」

彼は自分の車を出し、巡査部長――名前はポールゲート――を連れ、出発した。ペイリングスは町の二マイルほど北にあり、二百ヤードほど続く車道の先に位置する。西側には丘陵地帯の美しい眺めが連なり、南の果てにはイギリス海峡が臨める。かなり大きなビクトリア朝の屋敷で、庭は、どこにでも生えているような草木でうっそうとしていた――チリマツ、月桂樹の生垣、苔むしたクリケット用の芝生、ミニチュアの塔のある寺院風東屋。――最初の屋敷の所有者が設計したときの状態を保っている。

執事のジョン・サービスは、二人が到着すると、すぐにグリーヴ氏に申し伝えた。執事は、やや老いた物静かな男性で、物腰も穏やかで、どこか自然な威厳が感じられた。背が高く、見かけは立派なものの、尊大さはまったく感じられなかった。

「感じのいいご老人だな」キャリーがポールゲートに囁いた。

「グリーヴ老人の方は、誰に訊いても風変わりな人らしいです。足元にご用心を」

すぐにヒューバート・グリーヴが入口の広間に出てきた。ひからびた、疑い深い目をした七十五歳の老人。リューマチで少し膝が曲がっているため、左手に杖をついて体を支えている。一般的に貧弱と言われるのは彼のような人間だろう――こけて青白い頬、薄く青みがかった唇、細い首にひょろっとした脛《すね》。しかし、彼の態度は抜け目なく、攻撃的ですらあった。キャリーが詳しい情報を求めると、すぐに老人が執事にくってかかった。

「説明しろ、あのことを！」彼は顔を向けて執事を睨みつけた。「ばかみたいな顔で、そこに突っ立ってるんじゃない」

「それが、旦那様、詳しいことを知っているのは庭師でして――」

「じゃあ、そいつをつかまえてこい、まったく。つかまえてくるんだ！」老人は怒鳴った。

五分も経たぬうち、グリーヴ老人と庭師と二人の刑事が、東屋の階段にそろった。そこは応接間のドアから二十ヤードもなく、庭師が状況を説明するのに適した場所だった。庭師が懐中電灯の閃光を見たのは、まさしくその場所で――前夜の八時半頃――その時間に敷地内にいたのは、温室のライトを少し弱くした方が良いと考えて、様子を見にきたのだった。そこに着いたとき、誰かが走り去る足音が聞こえた。しかし、暗闇の中、追いかけても無駄だと思った。方向も定かではなく、あっという間に音も消えていった。何者かがいたという二つの形跡が残っていた。薔薇の花壇が踏みつけられており、どこにでもある金属製のケースに入った巻尺が落ちていた。庭師は、それを取り出した。

「正確には、どのあたりでそれを見つけたのですか?」キャリーが尋ねた。

庭師は煉瓦で囲まれた場所を示した。そこは、東屋へ続く柱廊《ロッジア》のようになっていた。

「それから、男はどこへ向かっていったのですか?　あなたがわかる範囲で」

「そこの植え込みを抜けていきました」男は、東屋の裏側にある低木の茂みを指さした。その向こうに応接間のドアがあった。

「植え込みの後ろ側には何が?」

「芝生です」男が答えた。「芝生の両側は車道になっています」

キャリーがグリーヴ老人に顔を向けた。「その男は、道路へ出るのに一番の近道を通ったようです。それから、このケースですが」彼は庭師に訊いた。「誰か、中を開けてみましたか?」

「いいえ」庭師が言った。「最初に見つけたままの状態になっています。中身が何かわかっていましたから、開ける必要はないと思いまして」

「わかりました」キャリーは納得した。「確認のため、あなたの指紋を取らせていただきます。それから、巻尺を持ち帰り、使用したときの指紋が残っていないか確認してみましょう。何か他のものも落ちていないか、植え込みを捜査してみます」

さらに二、三、質問し、男を放免した。

「さて、私は植込みの方を探してみます」彼は老グリーヴに言った。老人は不機嫌な顔で睨みつけていた。それから、キャリーが茂みの端の方に足を入れると、老人は怒鳴り声を上げた。

「こんちくしょうめ！　どこに、そのでかい足を入れてるんだ！」

「足、ですか？」キャリーはあとずさりした。そして、気が付いた。縁のところに、まばらなピンク色の花が見られ、そこに彼は足を置いていたのだった。「すみません、ご主人。雑草だと思ったもので」

「雑草だと！」老人は殺意を抱いているような眼差しで彼を見た。それから、足を踏み鳴らして、一、二ヤードほど離れたところに移った、まるで愚か者と一緒にいるのを警戒するかのように。

キャリーは耳まで赤くなり、今度は慎重に植え込みに足を踏み入れた。すぐに老人は彼のうしろにまわり、目を光らせていた。何か機知に富んだ言葉で、この場を和やかにできないものかとキャリーは頭を悩ませた。

「あなたは、きっと園芸がお好きなんですね？」

「ふむ、だからなんだと言うんだ？」

「いえ、別になんでもありません」キャリーが言った。「ただ、非常にお詳しいように思えたもので」

老人は少し気持ちがおさまったようだった。少なくとも、うなっただけで何も言わなかった。

「ところで、ご主人」キャリーは体を起こした。「ここは薔薇を育てるには、うってつけの場所だと思いますよ――この古い低木を掘り起こし、肥えた土を入れると」

老人は、恐ろしい憎しみを込めた目でキャリーを睨みつけると、背を向け、足を引きずりながら来た道を辿って家へ戻っていった。

キャリーとポールゲートは、巻尺の指紋以外何も見つけることができなかった。しかし、通常の手順を踏んで調査に取り組んだ。その夕方、署長のメージャー・テンペストがキャリー警部を呼び、苦情がきていると告げた。ヒューバート・グリーヴが電話で署長を出せと要求し、彼が出ると、こう言った。警察は、ペイリングスの調査の代表に愚か者をよこすのか。おまけに下品で無作法だ。グリーヴ老人によれば、キャリーは故意に無礼な態度をとっているようだったと。

キャリーは憤慨し、弁明の言葉も出ないほどだった。ポールゲートも同様に腹を立て、確信的な証拠をあげ、反論した。

「わかった」テンペストは納得して、彼らに言った。「でも、そういった疑いを持たれた場合は、二人とも口を閉ざしておくのが一番だ。この件については心配する必要はない。うまく言いつくろっておこう」

キャリーは自分の部屋に向かい、そこでポールゲートに思いを吐き出した。

「まったく、なんて忌々しい年寄りだ！」とにかく、吐き出すべき言葉は際限なくあった。ポールゲートも謹んで、自分の割り当て分を吐露した。それから、キャリーは残忍とも思える笑いを浮かべた。

「巻尺からとった、あの指紋はどうした？」

「ここにあります」巡査部長は言った。

「どこかにやってしまえ」ぶっきらぼうにキャリーが言った。「それから、巻尺も金庫に入れてしまえ。あの忌々しい嘘つきの老いぼれが、自分で調べればいいことだ」恐ろしい脅しの言葉とともに、彼の最後の怒鳴り声が響き渡った。「もし、私と君が、こういう立場じゃなければ、暗くなってからあそこへ行って、枯れた薔薇を全部掘り起こしてやるのにな」

第二章　殺人は容易《たやす》く

水曜の朝、トム・バイパスはカムデン・タウンのフラットにマーティン・グリーヴの予想よりもはるかに早くあらわれた。マーティンは歳をとって、やつれたように見えた。もっとも、前日の方が、はるかに年寄りじみて見えたが。今や頬には、かすかな色がさし、かつての肉体を取り戻したかのようだった。しかし、二人の男の再会には、どこか奇妙な堅苦しさがあった。トムは自分がほのめかし、今はっきり提案しようとしていることに対して、相手がどのような反応を示すか様子をうかがってい た。一方、マーティンは、卑怯な解決策を取ろうとしたことに対して、いつまでも気恥ずかしさが消えなかった。

「気分はよくなったかい？」トムは尋ねた。

「ああ」マーティンは、目をそらしながら答えた。「すっかり元気とは言えないが——そんなに悪くはないよ」その口調には苦々しさが感じられた。「君にこんなこと言うなんて、おかしなもんだが——あれこれ考えてみると」

「そんな風に思う必要はないよ」トムは言った。「二度とあんなことはしないと、自分に言って聞かせるんだ——僕と同じように。それから、これに目を通してくれないか」

彼はポケットから一通の手紙を取り出した。それはグリーヴ老人の弁護士、チャールズ・マントリンからだった。シーバラの男で、トムの同級生であったため、いとこ達とも長年の知り合いだ。

極秘文書

親愛なる　トム

あなたにお知らせしたいことがございます。昨日、H・G殿から呼び出しがありまして、驚くべき情報を打ち明けられました。彼は、エセルという妹のため、遺言を変更する旨をご提案されました。わたくしの方では、そのような方がいらっしゃるとは存じ上げていなかったのですが、察しますに、かなり昔に自ら信用を落とすようなことをなされ、家族とは縁を切っていたものと思われます。

ずる賢く心変わりしては、あなたたちを挑発し、おおっぴらに裏切るという、毎年行っている子供っぽいゲームなのかどうか、それはわかりませんが、わたくしには明らかに本気であるように見受けられます。全ては、ゲームの一部とも考えられますが。彼がおっしゃるには、彼女がこうむった仕打ちに対して、何らかの賠償がなされるべきだ、とのご意見です。推測しますところ、彼女のご主人というのが厄介な人物で、面倒な問題を引き起こしているとも考えられます。どんなことでも、補足の情報がございましたら、内密にお伝えいただけると有難い所存です。とりあえず、次の月曜日にお会いいたしましょう。読み終わりましたら、この手紙を破ってくださいますようお願い申し上げます。

あなたの変わらぬ友　C

マーティンは驚きで目を見開いた。「エセル叔母さん？　何年も前に亡くなったと思っていたが」

「僕もだよ」とトムも言った。「でも、実際は名前ぐらいしか知らないんだ。君は彼女について何か知っているかい？」

「そうだな」――彼は口をすぼめ、考えた――「実際に会ったことはないけれど、彼女の名まえは聞いた覚えがあるな。そして、まだ小さいとき、彼女のことを聞いちゃいけないって言われたよ。のちに、父からこっそり聞き出したんだけど。話によると――確か――召使いか誰かと駆け落ちして、モスクワに行ったとか。そして家族は彼女を死んだものとみなした。こっちも、ここ数年死んだものと思っていた。なぜだかわからないけどね。そのご主人のことなんか、考えたこともなかった」

「僕も同じだよ」トムが言った。「ここ十年くらいは、ほとんど思い出すこともなかった。ヒューはもう少し知っているかもしれない、歳が上だから」彼は、手紙を再び注意深くしまった。「明日、ちょっとヒューに会いにブロムリーまで行ってみようかと思ってるんだ。もう少し何かわかったら、知らせるよ。でも、重要な点は、チャールズが言うように、彼女が生きているのか、叔父が本当に彼女のために何かしてやるつもりなのか、それとも、例年のように、ただ人目を引きたいがためにこういったことを言い出したのかどうかだね。去年のこと、覚えてるだろう？　失業者のことを考えたら、心が痛むとか言いだして。その前の年は病院だ。なんでもいいから僕たちに屈辱を与え、揉め事を起こしたいのさ」

マーティンが不満の声をあげた。「そろそろ礼儀は捨て去って、我々が何を思っているか、ちゃんと叔父に言うべきだ。しかしながら、不運だったな。我々に来るはずのものを奪うような、もっともらしい言い訳を敵に与えることになってしまった。いかにも、あの人らしいひどいやり方だ」彼は一瞬、落ち着きをなくし、顔をしかめ、適切な言葉を探しているようだった。「この前の夜、帰る前に何か私に言っていたね。もう一度、言ってくれないか?」

トムは、ゆっくりとパイプに煙草を詰めはじめた。そういった些細なしぐさで守備を固め、心のうちを語りだした。

「言い方を変えた方がよさそうだな。正直に自分の気持ちを話すよ、マーティン。たとえ、気がふれたんじゃないかと思われようと。君に言ったのは、君の解決策が果たして正しいかどうか、疑問に思ったからなんだ――君が殺そうとした相手は、本当に適切な相手だったのだろうか」彼は頭を横に振った。「最初から話そう、かまわないかな?」

マーティンは、じっと彼に目を据えて待った。

「まず、この不景気のことだ。まったく異様だよ。君ら三人をいかに厳しく直撃したか。君はすっからかんに破産した。ロムニーは絵が売れず、生活に困窮している。まさに、二人の子供たちが学校へあがろうってときに。ヒューは好条件の仕事を辞し、全てをあの私立学校に投資した。しかし、学校の方は、運営を続けるだけの充分な生徒を確保できずにいる。息子のジムは、オックスフォード大学をあきらめ、門番みたいな仕事をしている。学校は最初に抵当に取られ、ヒューは転身すべき機会を見つけられずにいる。でも、何より腹が立つのは、叔父さえその気になれば、みんなを立ち直らせる援助ができるってことだ。物事が順調に行くまでの、ちょっとのあいだでいいんだ。彼の全財産を考えれば、些細な金に過ぎないはずだ。自分の金だって、充分残るだろう――」

「我々の金だ」

「どちらとも考えられる。叔父は好きなところに金を残せる。でも、君が頼んでも、ロムニーが頼んでも、そして今、ヒューが頼んでも、彼は断った――ひどく無礼な態度で。それなのに、我々四人は月曜日にそこへ行って、いつもの取り決めに従って礼儀正しく振る舞わなければならない。彼がどう出ようとも、それに耐えなければならない。叔父がどんな態度に出るか、わかるだろう――あざ笑ったり、ほくそ笑んだり、ほのめかしたり。我々が結託して、一九一五年のあのビジネスの倒産について調査を依頼しただけで、こういうことになったんだ」

　マーティンが頷いた。

「これで、わかっただろう?」トムは続けた。「もし、誰かが君を傷つけたり、失望させたりしたら、仕返しとして自分の頭を壁にぶつけたりするかい? 万策が尽きて、自分を始末することで君は決着をつけようとした」彼は座ったまま、身を乗りだした。「僕は君に、殺す男を間違ったんじゃないかと訊いた。もし、誰かが殺されるのなら、なぜ君なんだ? 例えば君が死んだとして、何か少しでも良いことがあるだろうか――ブレンダにとっても。でも、もし君がヒューバート・グリーヴを殺したとすれば、君は相続人から除外される。でも、残りの僕たちはブレンダをちゃんと見てやることができる。今、僕らが知る限りは、四人が相続人だ。もし君が、良き人生ではなく、価値のない人生を送っているのなら、全てを正しい状態に戻すべきだ。ブレンダとロムニーとヒューも。警察は殺人犯を見つけるものと想定して、行動するんだ。そうすれば、その後は自分の好きなように生きられる。ただし、見つからない限りだ」

「なぜ、見つからないと?」マーティンは鋭く問い詰めた。

　トムは皮肉っぽく微笑んだ。「二週間も経ってないと思うが、この部屋で、君とブレンダと僕が殺人について議論しただろう。『殺人は容易《たやす》い』と君は言った。『殺人を犯して逃げるのなんて、朝飯前だ』と。僕たちが異議を唱えると、かなり不機嫌な顔をしていたじゃないか」彼は再び、身を乗りだした。「君は真剣だった、マーティン。もし、そんなに確信があるのなら、答えは一つだ。何度も何度も考えを巡らしたに違いない。そして、殺したいと思っている人物が一人いる――叔父のヒューバート・グリーヴだ。殺すほどのリスクを負う価値があるかどうか、よくよく考えたに違いない。そして、絶対安全な方法を見出すまでに至った。それで合っているかな？」

マーティンは一瞬目を逸らし、それから不意に彼を見返した。

「何が言いたいんだ？」

トムは肩をすくめた。「合っているなら、それ以上言う必要はないだろう？　君が間違った男を殺そうとした、という僕の意見は正しいと思わないかい？」

「そうだな」マーティンは考えながら言った。「おそらく、正しかった」それから、顔を上げて頭を横に振った。彼の目が全てを物語っていた。「何を考えているんだ、トム？　私は確かに変わった。でも、まったくの別人が部屋にいるみたいだよ」彼は苦しげに頭を振った。「二人ともおかしくなっているんだ――そういうことさ」

「いいや、違う、そんなんじゃない」トムは陽気に言った。それからもう一度、前に身を乗りだした。「君たち二人は、ときどき僕のことをうらやましく思ったりしてなかったかい？　年に五百ポンド。それで生活をしていくしか他に方法がないってのに？」

マーティンは首を横に振った。「いや、うらやましくは思ってないよ、トム。君が我々のようなトラブルに会わなくてよかったと思ってる。それに、年に五百ポンドってのは正しくないな。そのほとんどを私たちに分け与えているじゃないか。君だって、同様に痛手を受けている。街の中のフラットを手放し――」

「まあまあ、もういいよ、マーティン。要点から外れてる」それから、彼は静かに微笑んだ。かつての分別ある、堅実なトムのように。「でも、さっきのヒューバート叔父の話は、本気じゃなかったんだ、マーティン」

「つまり、単純に――なんというか、私の気をまぎらわそうとして、そういった話をしたってことか？」

「いや、全然違うよ」トムは朗らかに言った。「単に試そうとしたんだ」

マーティンは当惑しているようだった。「試そうと？」

「ああ」彼の笑みには、どこか奇妙なところがあった。「と言うのも、君はやり方を知っている、そうじゃないかい？」

「そうだな」マーティンが言った。「少なくとも、自分ではそう思っている」

「わかった」トムは言って、椅子を後ろへ引いた。「それじゃあ、話しておきたいことがあるんだ。二週間前、自分の呼吸器官のことで、近場の医者のところへ行ったんだ。そうしたら、ハーレー・ストリートにいるウィンサーに診てもらえって。その医者が言うには、来年の秋も冬もイギリスで過ごすつもりなら、僕の命は終わりだと。彼のアドバイスは、ただちにスイスの療養所に行くか、それがだめなら、南アフリカに住むことだって」

マーティンがじっと見つめていた。「なんてこった、まさか！」

「もうわかっただろう？　僕が何を言わんとしていたか。僕は、どちらにも行けない、金がないからね。でも、それでどうなったって問題じゃない——それよりも、ヒューの後援者となることを書面で明らかにしているんだ。それで、残されているのは、君の選択肢と同じだ、マーティン。自分を殺すか、グリーヴ叔父を殺すか？　僕は後者を選んだ。それで、絶対確実なやり方を僕に譲り渡してくれないか」

「そんなことはできない！」

「いや、できるさ、君なら。君みたいな解決策を僕に強いるつもりはないだろう？」

マーティンの瞳は、空っぽの暖炉を映していた。たっぷり二分ものあいだ、落ち着きなく痩せた指を顎のあたりで握りしめたり、開いたりしていた。それから、ついに口を開いた。

「うむ、できるかもしれない。でも、次に会うときまで約束はできない」

「じっくり考えてくれ」トムは言った。「適切な方法を見つけるのは、そうそう楽じゃないのはわかっている。あのハーレー・ストリートのドアから足を踏み出して以来、どうやったら人を殺して、まんまと逃げおおせるのか、自分にそんな才覚があるのか悩んでいたんだ」彼は頭を横に振った。「まさに、全ては神の計らいだった」

「どういう意味だい？」

「つまり、今朝話しているこういったことは、先週の月曜の午後、君に会いにきて思ったことなんだ」

マーティンは、素早くまた暖炉の方へ目を向けた。彼の指は落ち着きなく動き、それからひとり頷いた。

「射撃の腕は、まだ確かかい？」

「もう全然だめだよ。でも、君から号令がかかれば、すぐに感を取り戻す」

マーティンは何やらぶつぶつ言い、またひとりで頷いた。

「もし、私が君だったら、同じように考えただろうな」

ルドヴィック・トラヴァースは、シーバラでテンペストとともに長い週末休暇に入っていた。テンペストはトラヴァースに圧倒されっぱなしだった。かつて完璧なアリバイのある殺人事件が起こり——それで、はじめてシーバラの名が世に知られることとなった——トラヴァースは華々しく突飛な推理を展開し、それがウォートン警視の筋の通った真実の解明と一致し、知らず知らず警視の影の存在となっていた。

しかし、ルドヴィック・トラヴァースの人柄に奇妙な魅力を見出したのは、メージャー・テンペスト一人ではない。まず一つに、彼には見かけや因習にまったく無頓着なところがある。悩みながら買い物をする際も、予算以上に高くなっても、簡素で中級の快適さを求める傾向にあり、外見的な見映えは最後に考慮される。実際、ロールスロイスを運転していても、こう言うだろう。経済学者として、それは安全な投資であり、適切なスピードで、一つの場所から次の場所へと移動するに必須な条件を満たしてくれるからである、と。セントマーティン・チャンバーズ（ロンドン中心部、レスター・スクエア付近のアパートメント）のとびきり上等な一室を持っていたとしても、それは、その一棟を相続しただけで、男は自分の所有地を守る責任があるからだと答えるだろう。

彼の物腰には、謙虚さと人に安心感を与える愛想のよさが混じっていた。街柱灯のようにスラリと背が高く、顔立ちは人懐こく、分厚いべっこう縁の眼鏡の下に黒い瞳が隠されており、何かに苦心しているときは、それを外して磨き、穏やかなフクロウのように頻繁に瞬きをするのだった。一流の頭脳を持つ変り者で、人間性のある学識とその世界観は、のべつ幕無しの劇場のようであった。ジョージ・ウォートンは、かつてそばにいて、彼の警句に感銘を受けたことがある。トラヴァースは、こう述べた。あらゆる問題に二面性があるという事実は、自分にとって三つめを探す誘因となるだけだ、と。そういった性質に加え、彼の血統でもある貴族的な雰囲気、どんなものにも共鳴する広い心、それらが人々からの信頼を集め、礼儀正しさや、ばかげているほどの寛容さからくる自然な魅力をそこに添えている。それゆえ、テンペストが長い間、なんとかルドヴィック・トラヴァースと週末を過ごせないものかと考え、今回ようやく誘った理由は明らかだった。

土曜日の夕方。午後のお茶のあと、比較的涼しい気候のなか、テンペストと客のトラヴァースは、地元のゴルフ場で一ラウンドまわったところだった。トラヴァースのロールスロイスで帰る途中、メージャーは警察署へ回り道してもらうように頼んだ。何か起こっていないか、ちょっと寄ってみる、と彼は言った。夜中に眠りを邪魔されることがないように。

メージャーが入っていくと、警察署の巡査がちょうど電話で話しているところだった。彼の表情がすぐに変わった。

「たった今、署長がこちらに戻りましたので、少々お待ちください。あなたとお話しできるか、訊いてまいります」

彼は、細心の注意を払って囁いた。「あのグリーヴ氏ですよ、ペイリングスの。署長と個人的にお話しなさりたいと。キャリー警部とは関係のないことのようです」

テンペストは納得したように頷き、電話を引き継いだ。受話器から漏れるほどの声だったので、トラヴァースは自分の立っている場所で、聞き耳を立てることなく聞いていた。

「こちら、シーバラ警察署の署長です」

「ああ！　ありがとう。こちらはグリーヴだ——ヒューバート・グリーヴ。覚えておられますか？」

「ええ、ミスター・グリーヴ、覚えていますよ。でも、先日の件につきましては、何一つ新しい発見はございません。私どもの意見としましては、浮浪者とか失業者が夜に休めるようなところを探して、東屋に入ろうとしたのではないかと」

「そんなことではないんだ。そんなことでは……聞いているかね？」

「はい、聞いております」

咳払いのような唸り声が聞こえた。

「極秘の話なんだよ」誰かに聞かれていないか、辺りを確かめているかのように一瞬の沈黙があった。それから、かなり声を落として彼は言った。「間もなく、詐欺師が私をゆすりに来るんじゃないかと思っているんだ」

「あなたをゆすりに？」唸り声が続いた。「いいですか、ミスター・グリーヴ、ちょっとそちらに伺って、私が直接に様子を見た方がよさそうじゃありませんか？　五分で行けます」

一瞬ためらい、それから「そうだな、おそらくそれがいい。待っておるよ」と声がした。

「よろしい。では、五分後に」

五分も経たぬうち、トラヴァースのロールスロイスは、狭い門を抜け、ペイリングスの車道へと入っていった。老人は足を引きずって玄関から降りてきて、彼らを迎えた。

「さあ、どうぞ」太くて白い眉毛の下から、睨みつけるような目で言った。「こちらに来てください」

二人が付いてきていようがいまいが、おかまいなしに彼は先に進んだ。足を引きずり、肩ごしに説明を加えながら。「充分用心するように……こっちですぞ、諸君……ここをまわって……あれが東屋です――ええと――ミスター――?」

「メージャー・テンペストです」

老人は、咳払いのような妙な唸り声をだした。まるで、その答えに憤慨したかのように。いずれにせよ、彼はその言葉を無視し、三人は応接間に入るまで何も言わなかった。開かれた二つのフレンチドアから、芝地と東屋の両方が見渡せた。彼は、二人の男に手振りで椅子をすすめた。テンペストがトラヴァースの目を見つめると、ほとんどわからないくらいの目配せをしてきた。

すぐにグリーヴ老人は説明をはじめた――あきらかに、これ以上ないほど用心深く。何もかもが謎めいた雰囲気だった。正面玄関を避けるため、二か所曲がって遠回りするということも同様に。老人は、しゃがれた声で小さく囁いていた。そして前に身を乗りだすと、トラヴァースは、ひび割れたその青く薄い唇の網目模様に目を奪われた。狡猾そうな口角に唾がたまっている。

彼には妹がいた、という話だった。今では六十かそれ以上になるだろう。何年間も消息不明だったが、最近になって彼女の所在がわかった。なんらかのスキャンダルが理由で家族とは疎遠となっていたが、今になって老人は、昔のことは昔のこととして、何かしてやりたいと思うようになった。問題は、それと同じような時期に、彼女の夫と称するならず者から手紙が来て、妻に対してそれ相応の待遇がなければ、なんらかの行動を起こす、との脅し文句が記されていたことだ。

「その手紙を見せてもらってよろしいでしょうか?」テンペストが尋ねた。「手紙で連絡がきたんですよね?」

「今は手元にない」グリーヴが彼に言った。「おそらく、あとで――もし必要であれば」

「質問してもよろしいでしょうか」トラヴァースが、いつもの感じの良い口調で言った。「どうして、その男が詐欺師だと疑っているのでしょうか？　つまり、本物の夫ということもあるのでは？」

「ご亭主は亡くなっているとも、推測できますね」テンペストが言った。

「そうだ、そうだよ」老人はすぐに答えた。「もし死んだなら、夫であるはずがない」

「彼女が再婚していない限りは」トラヴァースがさりげなく言った。

「再婚はしとらん」彼は首を振った。「いやいや、再婚などしとらん」

やや控えめに、離れた方のドアを叩く音がした。ドアが開き、執事のサービスが入ってきた。彼が口を開く前に老人は立ち上がり、睨みつけた。

「ここにいったい、なんの用だ？」

「申しわけございません」執事は続きを言おうとした。「ただ、あの――」

「ただ、なんだというんだ！」老人は怒鳴りつけた。「出ていけ！」

サービスは出ていった。

グリーヴ老人は、いきりたってブツブツ言いながら座った。

「ミスター・グリーヴ、率直に言って、我々に何をお望みですか？」テンペストが穏やかに切りだした。「その詐欺師がやってきたとき、ここにいて彼の話を聞いて、それから、お望みなら逮捕しますか？　それが通常の手続きですが」

「そうだ」老人は言った。「そうだよ、それが通常のやり方だろう」彼は一人で忍び笑いを漏らし、トラヴァースは、そこに冷笑が含まれていることに気付き、細くて頑丈なクモが、巣の隅から、何も知らずに飛びこんでくる昆虫に目を凝らして、じっと見つめている様子を連想した。

「それでは、電話をくださったら、必要な手配をするということでよろしいですか？」テンペストが提案した。「もちろん、必要だということになれば、ですが」

「わかった、わかった」老人は立ち上がり、喧嘩腰で言った。

骨董品収集家としての自然な好奇心から、トラヴァースの目は部屋中をさまよっていた。今、老人が立ち上がり、会話が中断したところで、彼は感想を述べはじめた。

「なんて素晴らしく魅力的な屏風《びょうぶ》なんでしょう、ご主人」

それは高さのある八枚折の屏風で、マホガニーの材質に彫刻で透かし模様が施されたものだった。それぞれの面に細い木の枝が無数に彫られ、交差し、そこにたくさんの小鳥がとまっている。

老人は、疑い深そうに彼をじろりと見つめた。「あれは、あんたのものにはならんよ。売り物じゃない」

トラヴァースは魅力的な笑みを返した。「そんなこと、夢にも思いませんよ、ご主人。単に見惚れていたんです」彼の長い指が、よく磨かれた木を撫でつけた。「チッペンデール（トーマス・チッペンデール。英国の家具職人。一七一八～一七七九）の傑作ですね」

不思議と老人の表情が和んだ。彼は立ち上がり、まるで初めて見るようにじっくり観察した。彼の羊皮紙のような顔に喜びの皺があらわれた。それは、とあるロシアの宮殿にあったものだ、と彼は言った。一九一五年にイギリスへの密輸に成功したのだと。そのことを思い出し、いたずらっぽくクスクスと笑い、それから、壁に沿ってせかせかと歩き出した。トラヴァースは不思議に思った。彼自身、興味深い数々の家具に圧倒されていたが、老人が何をそんなに夢中になっているのか、ようやくわかった。それは、銅鑼《ゴング》だった。吊り下げられた真鍮《しんちゅう》の銅鑼自体は、何の重要性もないが、彫刻のほどこされた二つのマホガニーの支柱が貴重なもので、屏風の面と調和していた。

「あれをどう思うかね?」老人が尋ねた。薄い唇は大きく広がり、声は、その誇らしさに興奮してかすれていた。

「お見事ですね」トラヴァースが述べた。「実に、見事です」彼の指は眼鏡をいじりまわしていた。

「おそらく昔は、磁器の花瓶か彫像が銅鑼のところに置かれていたんでしょうね」

老人は頷き、クックと笑った。「運ばれてくる途中で壊れたんだ。わしが、代わりに銅鑼をつけた」

五分後、トラヴァースは車を運転して、再び幹線道路に出た。

「虫の好かない年寄りだな」テンペストが感想を述べた。「どう思う? あの男」

トラヴァースは微笑んだ。「彼が言ったことは、全部作り話だと思いました。僕の嗜好に随分と興味をもったみたいですね。木の実を隠している、年老いたヒヒって感じですか」

「ちょっと差別的なところもあるな」テンペストが言った。「あの執事に対する言葉。それから、ひどくケチな野郎だ。屏風の横のサイドテーブルにシェリーのデカンタがあっただろう? すぐ目の前なのに、一杯どうかとすすめることもなかった。あんなシェリーなんぞ飲みたくもないが、わざわざ、あんなところまで出かけて行ったのに――」

トラヴァースは笑った。「もちろん、僕も気付いていましたよ、やれやれ。しかし、なんとも愉快なのは、客間に銅鑼があるなんて」

「あれは、確か素晴らしい代物だって言ってなかったか?」

「そのとおりです」トラヴァースは答えた。「自分にも、あんなのが欲しいですね。でも、想像してみると、おかしいと思わないですか？　あの部屋にいるときに執事がやってきて、銅鑼におそろしい一撃を加え、うやうやしく頭を下げ、夕食の用意ができました、と告げるとしたら」彼は一人でクスクスと笑った。「かつて、ある場面で言ったことがあります——真実は声に出すべきだ。でも、拡声器を使う必要はないって」

メージャー・テンペストは笑い、それから顔をしかめた。「それにしても、なんだって彼は手紙を見せてくれなかったんだ？　持っているはずなのに」

「明らかに、隠していることがたくさんありますね」トラヴァースは言った。「脅迫が生じるのは、だいたいの場合、両者にやましいところがあるからです」彼は笑みを浮かべた。「彼が死んだら、ぜひ、あの屛風を僕に残してほしいものだ」

「ああいう奴は、決して死なない」テンペストはむっつりと言った。

「わからないですよ」トラヴァースは楽しげに言った。そして、驚くほど正しい意見を述べたのは、トラヴァースの方だった。

第三章　殺人前夜

月曜日の午後、ヒューバートの四人の甥達はシーバラへ向かった。一番長い旅となるのが、ロムニー・グリーヴだった。エセックスの村から出てきて、町のバス・ステーションで兄のマーティンとトム・バイパスと落ち合った。

マーティンとロムニー・グリーヴは、ヒューバート・グリーヴの兄、ジョージの息子だ。二人はまったく似ていなかった。マーティンはきれいに髭を剃り、ほっそりとして、髪はほとんど白髪。ロムニーはふっくらした体型で、黒い髪が耳のところまで伸びている。口髭と顎の下にも下唇全体を支えているように小さな黒い髭を生やしている。マーティンは、物静かでしっかりとした印象を人に与える――信用できる頼れる男といったところだ。ロムニーは、ベルベットのジャケットと長いネクタイを愛用しているが、その物腰には、そういった華麗さはない。ときおり多弁になるが、普段はおとなしく、常に寡黙な印象を与える。

ブロムリーでバスはヒュー・バイパスと合流した。この近くに彼の私立学校があった。トムとヒュー・バイパスは、ヒューバートの姉、キャロラインの息子だった。二人は、美しい黒い瞳に繊細な口元をしていた。でも似ているのはそこだけで、ヒューは、マーティンと同じくらい痩せていて、平服を着て穏やかな人柄に見える。また、教師によく見られる、せわしなさも持ち合わせ、絶えず眼鏡を置き忘れたかのように目をぱちぱちさせ、それがあか抜けない雰囲気を与え、好ましい哀れさを誘うのだった。しかし、ときには予期せぬ粘り強さを見せ、怒りっぽくなったりもするが、誰もそれを本気で取り合わない。人が気付く前に、すぐにおさまってしまうからだ。

三日間というのが、お決まりの滞在期間だった。それぞれのスーツケースには充分過ぎるほどの荷物が入っていた。

「前もって、荷物は少し送ってあるんだ」ロムニーが言った。「サービスが管理してくれてるはずだ。イーゼルと、あと道具が一つ、二つ」

「仕事をするつもりじゃないだろう？」マーティンが訊いた。

「するとも」ロムニーがさりげなく言った。「前から、東屋でそのことをちょっと考えていたんだ。ほら、池の方を眺めて」

「湖だろ」ヒューが皮肉っぽく訂正した。「あれを池と呼んじゃ、まずいことになるぞ。老紳士が、庭と同じくらいあれを自慢していたからな」

「紳士だって、とんでもない！」ロムニーが腹立たしげに言った。「まあ、好きに呼べばいいさ。絵を描くのに反対しない限り。東屋から森の方へと素晴らしい展望が臨めるんだ、夕方遅くになると」

「まあ、反対はしないだろう」トムが言った。「彼なら、大得意になるだろう」

「どうして、風景画をやることになったんだい？」マーティンが尋ねた。「ずっと静物画を描くものだと思ってたよ」

「誰でも風景画に手を出すものだよ、言ってみれば」ロムニーが答えた。「もし興味があるなら、君に教えたいことがあるんだ。僕の考えでは、風景画はある種、流動的で……」

優に十分間、彼は自分の理論を説明した。ヒューは、彼らしく礼儀と興味をもって耳を傾けた。トムは、おもしろがってはいるが、退屈そうだった。マーティンは、自分の考え事で忙しく、他人の込み入った話にはついていけなかった。そしてようやく、ロムニーの講義が終わった。

「隙のない論法に聞こえたかね？」彼はヒューに尋ねた。

「そうだね、こっちは専門家じゃないから。でも、充分筋が通ってると思うよ」ヒューは答えた。

「よかった」彼は三人に秘密を打ち明けた。「君たちが聞いていたのは、一種の予行演習のようなものさ。僕の知ってる男が、そういった内容の記事を執筆したらどうかと提案してきたんだ。そして、それを芸術愛好家《ディレッタント》向けに利用するのさ。それで、向こうに行っているあいだ、書いてみようかと思ってるんだ。東屋からの展望を描いて実証してみようってわけだ」

どの話題も、ブロムリーからの旅の半分の時間をやり過ごすのに役立った。ペイリングスもその所有者の話題も巧みに遠ざけられた。注意深く避けてはいても、ときおり会話の途中で沈黙が訪れた。それぞれが、お互い何を考えているか知っていたが、どこか現実味がなかった。そして、ちょうど五時頃、バスは屋敷へと通じる車道を素早く通り過ぎていった。十分後、バスはシーバラに停まった。チャールズ・マントリンがいつものように待っていた。

チャールズ・マントリンには、法曹界のカビ臭さがまったくなかった。赤ら顔で肉付きがよく、体も大きくたくましい。どこか寛容的なところがあり、それによって、常にジャケットの折り襟を握りしめるという妙な癖とは、不釣合いな感じを受ける。自分の肩に全ての重荷を背負っているような男で、自分の習慣に、あまりにも固執し、片手を何かに取られているときでも、もう一方の手は、しっかり襟を握り締めたままだった。彼自身笑いながら認めているように、大抵の男性がスーツに二組のズボンを用意するのに対して、彼はいつもジャケットの方を二つ注文するのだった。

「みなさん、お茶をお飲みになるでしょうね？」一人一人と握手しながら彼が言った。「場所を用意してありますから、用意ができ次第、すぐに行けますよ。私の従者が荷物を見ていてくれます」

ミラニーズ・レストランには、事前にお茶が用意されていて、それがいつもペイリングスへの旅の第一歩だった。そこで、最新の情報を聞くことができ、予想される厳しい試練に備え、身を引き締めるのだった。

「事前に何か、エセル叔母さんの件について、教えていただけるとよかったのですが」マントリンがヒューに言った。

「冗談じゃないよ、まったく！　四十年以上も前のことなんだよ、君」ややぶっきらぼうにヒューは言った。四人のいとこの中で彼だけは、マントリンのことを全面的に信用してはいなかったが、それを表に出すことはなかった。

「まあ、そうむきになるなよ、ヒュー」トムがなだめた。「とにかく、数年前にそういった話が出たのを聞いていたかもしれないよ。それに、チャールズは力になってくれようとしてるだけなんだから」

「問題は」マーティンが口をはさんだ。「その話が本当か、ずる賢く考え抜いた企みの一つかどうか、ということだ」

「私は、本当だと思います」マントリンが言った。「でも、あの方のことなので、まったくわかりませんね。心がねじ曲がってますから」

「もし、叔父が彼女に会ったのなら、どこでだろう？」

「そうです!」マントリンが言った。「そこが問題なんです。サービスと内密にお話ししたんですが——彼は信用できます、もちろん——誰かが訪ねてこなかったかどうか。サービスが知っているのは、土曜日の夜、二人の男がやってきて、あの老人と応接間に引きこもっていたってことだけでした。一方で、彼は毎日運転手を雇って、ドライヴに出かけ、どこに行ったのか、誰と会ったのかは、まったくわからないそうです。あの方は恐ろしく秘密主義ですから。私のことも、まるで泥棒か何かのように疑っていますし、必要に迫られない限り、私に何か話すこともありません。でも、車の運転手から、いつでも内密に話を聞けると思いますよ」

「ちょっと、こそこそ詮索し過ぎじゃないか?」トムが言った。「いい考えだとは思うけどね、チャールズ。そういった怪しいことは放っておけばいい。それより、X叔父については——つまり、エセルおばさんの亭主だよ——何かわかっているかい? 四十年前だかに騒ぎを起こした人だよ」

「まったく、わからないんです」マントリンが言った。「あの方がこの件を持ちだしたとき、ご亭主がいるかどうか訊いたんです。すると、想像がつくでしょう、あなたたちも。例のずる賢い顔で、ゲームでもしているように、自分だけが知っているんだぞ、とほのめかす。でも、はっきり言っていたのは、その亭主ってのは悪党で気をつけなきゃならないと、それだけです。ですから、私の知っているのもこれで全部です」

マントリン自身も、いつも三日間ペイリングスに滞在していた。彼の従者が、一行とその荷物を車に乗せて町から出発した。ヒューが四人組の年長ということで、最後の言葉を締めくくった。

「いつも通りの行動を心掛けるんだ。いいね、みんな? 何を言われようと、無関心に振る舞うんだ。彼を然るべき方向へと導く。思い通りにはさせない」

サービスがポーチで待っていた。それぞれが微笑み、握手した。ペイリングスに従事して十三年目だったが、一族にとってなじみ深い使用人の礼儀作法は、飾らない自然なものだった。

「ご機嫌いかがですか、ミスター・ヒュー？　またお会いできて嬉しいです、旦那様……ミスター・ジムはお元気ですか？……それを聞いて嬉しゅうございます」

そのようにして、マーティン、ロムニー、トムがあとに続いた。チャールズ・マントリンは、心からの敬意を表する挨拶を受けた。そして、いったん六人が廊下に入ると、サービスの態度は、あくまでも自分の立場をわきまえる使用人のものとなった。

「ご主人は、いつもの時間に降りていらっしゃいます。そして、先に退出させていただくことになっております。いくつかの変更がございましたので、ミセス・サービスがお部屋へご案内いたします。それでは、みなさん、失礼いたします」

アリス・サービスが後ろの方に控えていたが、今、前に出てきた――白髪の上品な、ちょっと神経質そうな老婦人だった。彼女に対して四人は長い間、愛情のようなものを感じていた。サービスは階下から、楽しそうなおしゃべりが階段を上がって消えてゆくのを見守った。

ヒューが踊り場の中央に立った。

「そこではございません」家政婦が素早く声をかけた。「ミスター・ロムニーが、今年は南西の部屋を使われることになっておりまして。手紙で特別にそのことをご依頼されていたんです」

ヒューがじっと見つめた。「なんだよ、ロムニー。前もってちゃんと教えてくれてもいいじゃないか。ここに来るときは、いつもあの部屋を使っていたのに」

ロムニーは、彼の肩を叩いてなだめた。「すまない。知らせておくべきだった。でも、わかるだろう、仕事をするのにあの部屋が必要なんだよ。君の部屋は、東屋から見るのと同じような景色が眺められる」

十五分後、一同は居間に集まった。部屋の中には古臭い、なんとも落ち着かない重苦しさが漂っていた。その年に起こったことや、自分自身のこと、未来の見込みなど、話はたくさんあったが、どれも非現実的で、ぎこちなく響いた。彼らは言葉を選びながら、言葉にされない意見を考慮しながら話し続けた。目は、しばしば時計の方に向けられ、執事のドアを叩く音が聞こえると、安堵すら覚えた。執事は中に入り、いつものように告げた。

「ご主人は応接間にいらっしゃいます、みなさん、どうぞ」

そういった儀式的な場で、きっかり六時十五分にあらわれるのが、ヒューバード・グリーヴの習慣だった。このようにして堅苦しい接待を行い、客に敬意を強要するのは、彼のねじ曲がったいたずら心に皮肉な喜びを与えるためだった。

そして、前もって準備していたのか、それとも自然に口から出てきたのかわからない、あざけりの言葉をひと通り披露してから、マーティンと七時半までクリベッジ（二人でするトランプゲーム）を楽しむ。やがて、銅鑼《ゴング》が最初の合図を送り、改まってシェリーのグラスが運ばれ、パーティーの支度がはじまる。夕食はいつも八時だった。

マントリンも普段の職務から離れ、五人がそろって入ってゆくと、グリーヴ氏は杖に寄りかかって立っていた。すぐそばにサービスがおり、彼を介して、老人はしばしば口を開いた。一番年上のヒューが最初に前に出た。

「調子はいかがですか、叔父さま？　お元気そうで何よりです」

老人は、まだ握手に応じる様子がなかった。口は皮肉っぽくねじ曲がり、三人を見まわした。

「みんな、来たようじゃな。こんなところまで年寄りを元気付けに。まあ、よく気が利いて寛大なことだ――いつものように諸君は」

彼の目が再びヒューに向けられ、手を差し出した。弱々しい手だった。ヒューは今までこの挨拶を何度も経験してきたはずなのに、どういうわけか、自分の指が、温かくもまったく生命力を欠いたような手に触れるとギョッとさせられるのだった。

「元気か、ヒュー？」老人は言った。「近頃、ますます父親に似てきたな。そう思わんかね？」

彼はちらりと老執事に目をやると、執事はちょっと頭を下げた。

「おそれいります、旦那様、ミスター・ヒューのお父上には会ったことがございませんで」

冷たい、さげすんだような目が彼に注がれたが、執事はなんの反応も示さなかった。マーティンが前に出て、それから近くにいたトム、最後はロムニー。老人は再び執事の方へ顔を向けた。

「素晴らしい才能だな。絵の具をちょっとペタペタ塗るだけ――そのコツを心得るとは」

サービスが少し頭を下げた。「はい、旦那さま」そして、冷たい目が再び、さげすむように頭のてっぺんから爪先までじろじろ見つめ、執事はまた頭を下げた。「ミスター・ロムニーが庭の絵を描きたいとおっしゃっていまして、旦那さま。お話ししておいた方が、よろしいかと」

「庭？」彼は、素早く視線をロムニーに向けた。「おまえさんは、庭の絵を描こうと考えているのかね？」

庭とそこに含まれるものは、キャリー警部もよく知っているように、彼が情熱を注ぐものの一つだった。即座に彼は、よろよろと外へ出て、指摘された場所を点検した。サービスを除く全員が、彼とともにフレンチドアを抜け、左に向かった。応接間は、幅三十フィート、長さ二十フィートの部屋で、短い方の壁が南西の方角に向いている。そして、それぞれの角に対のフレンチドアがあり、老人は、夏になると、そこを開け放したままにしていた。そうすると、涼しい部屋で椅子に座って、外の様子や庭が目の前に見えるからだ。今や一行は、左側のフレンチドアを出て、低木の植え込みに沿って東屋へ向かっていた。そこは、キャリー警部が問題をおこした植え込みだ。東屋の背後が植え込みで、応接間のドアからは、二十フィートの距離がある。周りをブロックに囲まれ、一種の回廊となっており、ちょうど西側の芝生のはるか向こうへ目をやると、小さな湖がある。かつてそれは人工池だった。森がすぐそばに隣接し、湖とのあいだには隔たりがある。そこでちょうど高台が途切れ、ダウンズ丘陵地帯の斜面が広がり、はるか遠くに青い夕闇が見える。

ロムニーは、東屋の回廊で立ち止まり、説明をはじめた。老人は離れたところで頷いていた。「もし、お気に召したら」ロムニーは、どこかむっつりとして話を締めくくった。「あなたにもらってほしいのです。我々四人からの、ちょっとしたプレゼントです」

再び老人は嬉しそうな顔をしたが、それから、隠れた動機を疑うかのように、険しい目つきをし、足を引きずりながら屋敷に戻りだした。その上、クリベッジをする時間が十五分なくなってしまった。彼は、ゲームに取り掛かろうと気を揉んでいた。ヒューが彼と一緒に歩いていた。ロムニーとチャールズが、東屋の後ろをのろのろ歩いていた。マーティンとトムが、そのすぐ後ろに続いた。再び二人がドアを入ってゆくと、早くも部屋の光景が変わっていた。まるで何かの作戦計画がまとめられ、円滑に稼働したかのようだった。

カードや得点記録版を並べて、サービスがテーブルを用意していた。グリーヴ老人が骨だらけの手を擦りあわせ、椅子についた。マーティンが、開いたドアに向かって座った。ヒューが小さなテーブルを部屋の真ん中へと移し、空っぽの暖炉を背にして座った。トムがその向かい側に。ロムニーとチャールズは、まだ庭をうろうろしていた。

クリベッジが始まった。掛け金は六ペンス以上にもならなかったが、老人は、ムキになって負けるのを嫌がった。ゲームがうまくいかないと不満を言い、苦い顔をする。そして、目に余るほどのインチキをして、得点を合計し、板にこそこそと付け足してゆく。そしてうまくいったときは得意げになり、嫌味なほど愛想がよくなる。マーティンは苦心しながら、淡々と無関心を装おうとする。老人を優位に立たせるため、愚かにもカードを捨ててみたりもする。彼によると、平和と全体の調和のためなら、最後に払う六ペンスという額はたいしたものではない。

もう一ゲーム行われ、老人が勝った。マーティンがトム・バイパスと目をあわせた。トムは前に身を乗りだし、ヒューに何か訊いていた。ヒューは眉をしかめて、目を細め、考えた。マーティンは頷き、ゲームにまた注意を戻した。彼の対戦相手は、すでにせかせかとカードをシャッフルし、すぐに二人はゲームに向かった。

しかし、二ゲーム目が終わる前に、夕闇が重く空を覆った。空気はまだ温かいままだった。甘い露を帯びた香りが開いたドアから入り込み、老人が小さな声で自分の得点をテーブルに向かってつけているとき、不意に手が止まり、トムが立ち上がった。

「おーい！　誰か庭にいるぞ。よそ者みたいだ」

ヒューは、もっとよく見えるようにと首を伸ばして見まわし、グリーヴ老人も手にステッキを持って向き直り、不思議なほど熱心に見つめていた。トムは目を見開いた。

「いなくなったぞ！」彼は前に進み、右手のドアから外を見て振り向いた。「何か妙だな。確かに向こうに男が見えたんだが——チャールズでもロムニーでもなかった。浮浪者みたいだな」

「ロムニーなら東屋に腰を落ち着けて、絵を描いているさ」マーティンが言った。「ここから、ちょうど彼の姿が見える」

「それに、チャールズなら、ここにいる」ヒューが言った。「もし、誰かを見たのなら、庭師の一人じゃないか？」

グリーヴ老人は再び座った。「おまえが配る番だ！」彼はマーティンにかみつき、黙ったまま、苦い顔をしてまわりを見た。しかし、そのときサービスが離れた方のドアから入って来て、銅鑼の方へ進んだ。チャールズ・マントリンは屏風のそばに立ち、いつものように、バルフォア（アーサー・ジェームズ・バルフォア。英国の政治家、著述家。一八四八～一九三〇）風に指で襟をつかんでいた。彼が口を開くと、執事は銅鑼のスティックを振りあげた。ヒューバート・グリーヴが殺されたのは、その晩ではなかったが、彼が死を迎えるそのときと同じように、部屋には欠くことのできない細かな要素と状況が全てそろっていた。

チャールズはそのとき、ドアのそばに立っていた。屏風が彼の右肩の方にあり、カードに興じる男たちを好意的な目で眺めていた。「それでは、まだ続けますかね？」

彼がちょうどそう話したとき、二つのことが起こった。マーティンがカードを一枚落とし、拾おうと身を屈めた。銅鑼が、遠くの雷のようにかすかな轟音を発した。音は大きくなり、騒々しく、ほとんど何も聞こえないくらいで、それから少しずつ音は止んでいった。夕食を知らせる最初の銅鑼が鳴り終わった。

　しかし、最初の銅鑼の音で、グリーヴ老人はカードを放り出してしまった。銅鑼は奇跡的に彼を救い、最後の素晴らしい持ち札をマーティンは実際に使うことができなかった。そして、最後の銅鑼の音が消えゆくとき、ロムニーが入ってきた。

「庭に、誰か男がいるのを見なかったかい？」トムは彼に訊いた。

「男が？」彼は当惑していた。「どんな男だい？」

「浮浪者みたいな奴だよ。庭で見たような気がするんだ」

　ロムニーは頭を横に振った。「執筆するのに忙しかったからね」

　グリーヴ老人は、チャールズ・マントリンの方を向いた。「彼の言う男を見たかね？」

　チャールズは顔をしかめた。「私は、ずっとそちらに座っておりましたから」──彼は頭でぐいと後ろを示した──「景色を見ていました」

　そのとき、トレイを持ってサービスがあらわれ、小さいテーブルにそれを載せた。

「そこに置いといてくれ」老人は嚙みつくように言った。「マシューズを捕まえて、あいつにも他の庭師にも、敷地を調べるように言うんだ」執事が離れたドアに行くまで、彼はむっつりと見ていた。それから、呼びかけた。「みんな、今夜は敷地をパトロールするんだ。いいか？」

　彼は、自分でグラスにシェリーを注ぎ、残りは勝手にやれ、というように手振りで示した。ヒューは五人が準備できるまで待ち、改まって叔父の健康を祈願した。老人はぼそぼそ何か言い、素っ気なく頷き、そしてシェリーを飲んだ。

「叔父さまを怒らせたのでなければいいですが」トムが言った。「やっぱり、何かと見間違ったのかもしれない。チャールズがここに戻ってくるところだったのかも」

老人は彼を無視し、シェリーを飲み終えた。そして、いつものように誰にともなく頷き、足を引きずり部屋を歩いていった。離れたドアが、彼の背後で閉まった。

「僕らが二階に行くとき、ここのドアは二つとも閉めておいた方がよさそうだ」ヒューが言った。

「君たちは、このまま行ってもいいよ。私が閉めておくから」チャールズは彼に言った。「私は着替えが速いからね」

ヒューバート・グリーヴは、夕食の席を離れて、すぐベッドに向かうのが常だった。夕食は九時半まで長引いた。十時に客は二階に上がることになっていた。その夜の十時十分、トム・バイパスは注意深くマーティンの部屋に滑り込んだ。マーティンは正装したまま、ベッドに腰掛けていた。

「それで、はっきりとした見通しはついたかい?」トムが小さな声で訊いた。

マーティンは頷いた。「ああ――君は?」

トムは、かぶりを振った。「残念ながら、僕の方は、ちょっと難航してるよ。ヒューにした、あの質問だけど、何か関係があるのかい?」

マーティンは、不穏な笑いを浮かべた。「全て関係があるんだ」

「彼が何を言ったか、知りたいかい?」

「いや」マーティンが言った。「彼が何を言ったかは、問題じゃないよ」彼は耳をそばだて、しばらく様子をうかがったが、やがて落ち着いたようだった。「最終的な詳細について、詰めていこう」彼は椅子を近付け、静かに笑いを漏らした。「考えていたより、ずっと楽に運ぶかもしれないぞ」

第二部　警察の介入

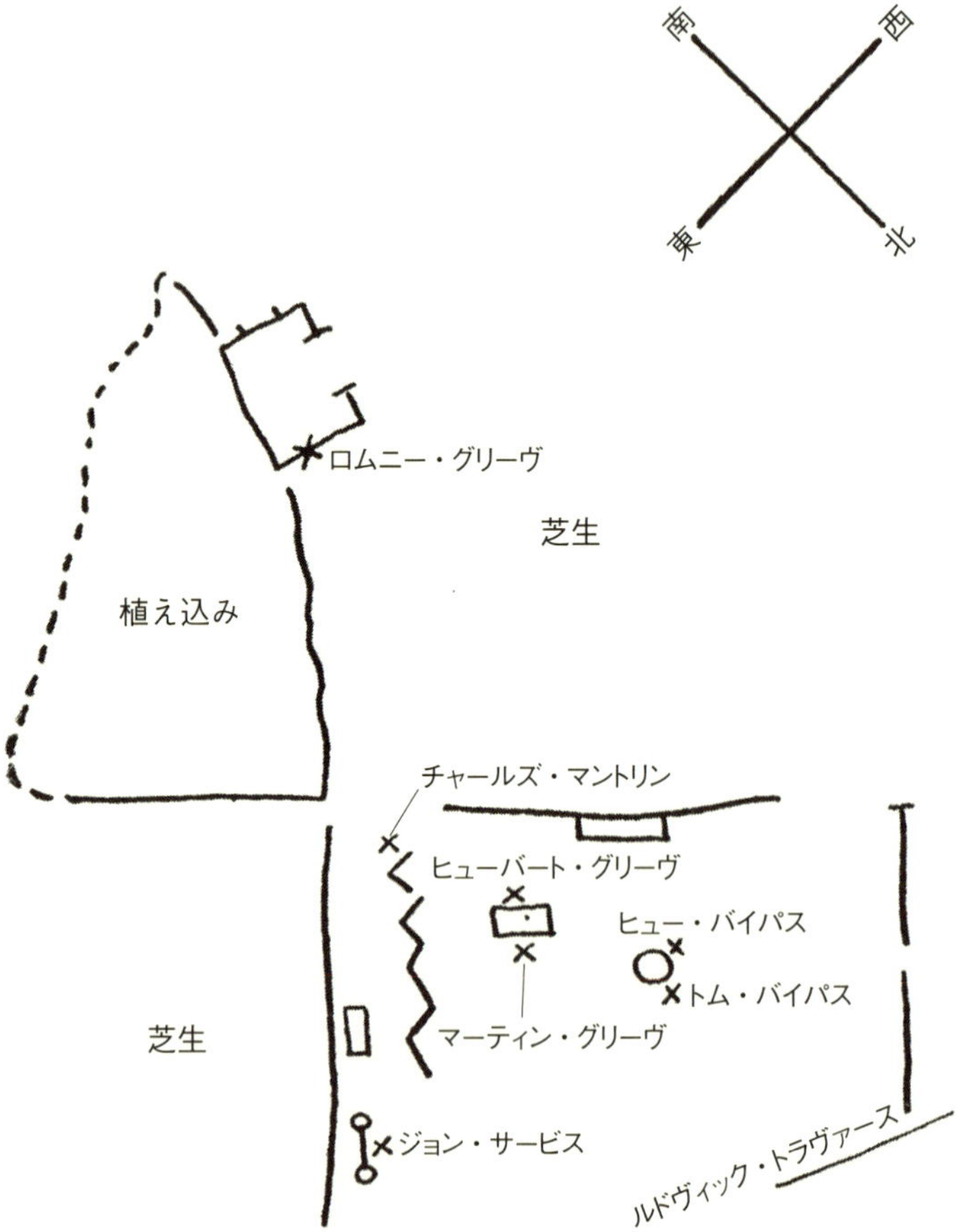

【ルドヴィック・トラヴァースによる応接間とその周辺の見取り図】

第四章　謎々の猫

ルドヴィック・トラヴァースは、火曜日にまだシーバラにいた。町に呼び戻されるような緊急の用件は入っていなかった。ミセス・テンペストは、以前からの約束のため遠出をしており、メージャーは共に過ごす相手を熱望していた。夕方、二人はゴルフ・コースにいた。その後、クラブハウスのベランダで飲み物をとりながら、のんびり過ごし、黄昏が深まりゆくなか、七時半頃にゆっくりと戻ってきた。トラヴァースはドアのところに車を停め、そこに置いたままにした。

「あとでまた、車が必要になるかもしれない」彼は言った。「もし必要がなければ、パーマーがガレージに入れてくれます。我々が寝る前に」

彼は、メージャーの決して広いとは言えない家に、自分の従者を連れてきたくはなかったが、パーマーも一緒にというのが、テンペストのたっての誘いだった。最初のシーバラでの殺人事件で、パーマーも一役かっていた。「夫のお気に入り」と、ミセス・テンペストが呼んでいるのは、不適切とまではいかないが、いささか奇妙に聞こえた。かつてはルドヴィック・トラヴァースの父親に仕え、乳母車に乗った幼いルドヴィックを見守ってきた、信頼のあつい召使に対しては。

二人が火曜日の夜、八時十五分前に居間に行くと、パーマーが台所のドアから入ってきた。

「何か入り用なものはございますか、旦那様？」

パーマーが言ったちょうどそのとき、玄関ホールで電話が鳴った。彼は、そっと出ていった。すぐに戻ってきて、テンペストに向かって、いつもやるようにちょっと頭を下げた。

「旦那様に御用でございます。急を要するそうです」

メージャーは顔をしかめ、出ていった。トラヴァースが微笑んだ。

「それで、海水浴は楽しかったかい？」

「いいえ、海水浴など」パーマーは、とがめることなく間違いを正した。そういった感じの良い皮肉にどう切り返すかを年月がパーマーに植え付けていた。それは自然に湧き出た言葉を発しているだけなのだと。「映画でございます。殺人事件の」彼は頭を振った。「まったくがっかりでございました。非現実的です、言わせていただきますと」

トラヴァースはまた笑った。自分が遭遇した数々の事件や出来事で、ありそうもない、突飛なことなどは一つもなかった。日々の新聞の内容でも、そうだった。しかし、失望しているパーマーを元気付けようと、新たな気の利いた言葉を探していると、テンペストが旋風のように入ってきた。

「早く来てくれ！　あの年寄りのグリーヴが殺された」

「殺された？」大型の長椅子から六フィート三インチの体を起こして、トラヴァースが訊いた。「つまり、誰かに殺害されたってことですか？」

「そのようだ」テンペストが言った。「キャリーは、すでに屋敷に向かっている。医者が我々を待っているらしい」

車は勢いよく丘を上がっていった。監察医のシニフォードを途中で拾い、ロールスロイスは再び走り出した。ペイリングスの私道を注意深く進み、三人が車を降りると、サービスが玄関の階段にあらわれた。彼はテンペストとトラヴァースに素早く目を向け、土曜の夜、三人が会談しているところへ、自分が何も知らずに入っていったのをはっきりと思い出したようだった。

「あなたは警察の方ですか？」

「そうです」テンペストが言った。

執事は再び素早く彼を見た。トラヴァースは不意に、ぞくぞくとした予感のようなものを感じた。彼が情熱を注ぐのは、追跡という行為そのものだ。殺人とか検視審問とか、血や絞首刑などは、ぞっとするものだった。

「こちらです」執事は言うと、背を向けて廊下を進んでいった。

応接間の明かりは全てついていた。人が大勢いるように感じられた。一人知っている顔がテンペストの目にとまった。

「やあ、マントリン！　なぜ君がここに？」

「娯楽――と仕事です」不意をつかれたように、マントリンが言った。「私は、彼の弁護士です」

テンペストは頷いた。

大型ソファの横に立っていたキャリー警部が、前へ出てきた。ポールゲートもそこにいた。

「遺体を動かさないようにと、彼らに話しておきました」

トラヴァースは遺体を見て、すぐに目を逸らした。それからもう一度見つめた。血痕がどこにも見えなかった。ただ、白い髪に染みのようなものと、頭の端に茶色い点があるだけだった。

テンペストは再び頷き、咳払いをして、部屋の者に呼びかけた。

「みなさん、私は警察署長のメージャー・テンペストです。ここで何が起こったか、私にはわかりませんが、みなさんにご協力いただけるものと思っています。ミスター・グリーヴのことは、まあ、いくらか存じ上げています。最近、お会いする機会がありましたので。シニフォード医師が綿密な視診を行っているあいだ、みなさんは下がって、誰かお一人、全てについて簡潔な説明をしていただけないでしょうか」

再びトラヴァースは、ちょっとした興奮を感じた。テンペストが、遺体の取り扱いについて説明しているとき、目を細め、一人一人をよく観察した。すると、ヒュー・バイパスが前に進み出た。「私がこの中で、一番年長です」穏やかにあたりを見まわし、彼は言った。「私の名は、バイパスです。ヒュー・バイパス。ミスター・グリーヴの甥です。こちらには、弟と一緒にまいりました」――彼は、それぞれを指して言った――「そして、二人のいとこです。恒例の叔父の誕生日を祝いにきたのです。それは――ええと――今日だったのですが」

「ちょっとお待ちください、署長」シニフォードが言った。テンペストもそちらへ足を向けた。何やらささやき、それが終わらぬうちに執事が近付いてきた。

「恐れ入りますが、警察の方が、またおいでになりました」

ポールゲート巡査部長がそちらの対応に向かった。テンペストが、再び男たち一同の方へ顔を向けた。

「さて、ミスター・バイパス、何が起こったか話してください」

ヒューは一瞬、目をしばたたいた。「ええ、我々が思うに、叔父は撃たれたようです」

「撃たれたようですだと！　発砲する音は聞こえなかったのかね？」

「聞いたはずですが、聞こえなかった」

テンペストは我慢強く頷いた。「正確に、それはどういうことかね？」

「その銅鑼《ゴング》のせいですよ」彼は、屏風の向こう側を指さした。「おわかりでしょうが、すごい音をたてますから、他の音がしたかどうかは、よくわからなかったのです――叔父がカーペットの上に崩れ落ちるまでは」

「それは、何時のことですか？」

「ええと」ヒューは落ち着いて答えた。「七時半でした――たぶん、そうだと思います。すいません、時計を持っていないもので」

テンペストは、ドアのそばに立っているサービスの方を向いた。彼の声で執事は前へ進み出た。

「あなたが、銅鑼を鳴らしたのですか？」

「はい、さようでございます。七時半に」

「どうして、七時半だと言い切れるのですか？」

「ご主人は、時間を守ることを重んじていらっしゃいましたから。私は、六時にいつも、ラジオで自分の時計の時間を合わせておりました」

「すばらしい！」テンペストは言い、他の者の方へ振り返った。「七時半ちょうどに銅鑼が鳴った。それから、ピストルを発砲するような音が聞こえたと考えられる。それで、よろしいですか？」

「はい、そのとおりです」ヒューが応じた。

テンペストの視線は、彼に注がれたままだった。「あなたは、私がピストルと言ったのに気付きましたか？」沈黙。「そういうことで、同意しますか？」

ヒューはまごついているようだった。「よくわかりません。銃か何かだと。それとも、撃たれたのではないのかも」

「もちろん、銃弾があったはずだ」

「銃弾？」彼は驚いたようだった。

「そうです」テンペストは答えた。「銃弾です。弾は右のこめかみに当たり、鼻の上を貫通しています」

ヒューは頭を振り、まわりを見た。「ここにいる誰も、銃弾のことは何も知りません。まだ傷に埋まったままだと思っていたんですが」

テンペストが頷いた。「よろしい。では、この部屋のどこかにきっと見つかるはずです。それで、遺体を倒れた場所から最初に動かしたのはどなたですか？」

ヒューはまた、おどおどと話しだした。「私です。みんなが手伝ってくれたと思いますが。ここにいるミスター・グリーヴを除いて――ミスター・ロムニー・グリーヴです――彼は部屋にいませんでしたから。それから、ミスター・マントリンも確かここにはいませんでした」

マーティン・グリーヴが、そこで話に入ってきた。「口を挟んで申し訳ございませんが、我々は殺人といったことは全く考えていませんでした。発作か何かだと思ったのです。それで、床から抱き起したのです」

「なるほど」テンペストが言った。「それから、どなたか、彼のポケットをさわったり、中身を確かめたりしましたか？」

ヒューは首を横に振った。「襟もとをゆるめただけです」

「わかりました。それでは」テンペストが告げた。「今から一、二分お待ちいただいて、警部に彼の持ち物について詳しく調べてもらいましょう」

ポケットには、たいしたものは入っていなかった。小銭、ポケットナイフ、短い鉛筆、そしてハンカチ。テンペストは、鍵の束をふところに入れ、再び質問攻めをはじめた。

「さて、ミスター・バイパス、みなさんをそれぞれ、最初に銅鑼が鳴ったときにいた場所に配置することはできますか?」

ヒューにすべきことは、ほとんどなかった。テンペストが話すとすぐに、一同それぞれが動きだし、もとの位置についた。ロムニー・グリーヴは、やるせなく離れて立っていた。

「あなたは部屋にいなかったんですね、確か?」テンペストが訊いた。

「そうです。東屋の方におりましたから」

「それでは、あなたはミスター・トラヴァースと一緒に、そこに立って見ていてください」テンペストは彼に言った。「それから、みなさんは座るか、それとも銅鑼が鳴った瞬間になさっていたことをしてください」彼は執事の方へ振り返ったが、サービスはすでに位置につき、銅鑼のスティックを手にしていた。「警部、名前と場所を記録してください」そして、ちょうど入って来たポールゲートに「巡査部長、床に足の位置を記してください。最初に、屏風のそばに立ってカードテーブルを見ている、ミスター・チャールズ・マントリンの位置を」

ポールゲートは、チョークで弁護士の足のところに印をつけた。テンペストが、テーブルの方へ向いた。

「テーブルには——?」

「マーティン・グリーヴです」

「テーブルには、ミスター・マーティン・グリーヴ。あなたは、叔父様とカードをしていたんですね?」

「そのとおりです」マーティンが言った。「私たちは、クリベッジをしていました」

「シニフォード医師が、彼の役目を引き受けてくれるでしょう」テンペストが言った。「ちょうど同じくらいの体型でしょうから。叔父様が座っていたように、彼を誘導していただけますかな、ミスター・グリーヴ。テーブルは、動かしていないということですね?」

「ええと、叔父が倒れたとき、ひっくり返りました」マーティンが答えた。「それから、叔父を動かしたとき、テーブルも動いたはずです。また、もとに戻しましたが。場所は、そんなにずれていないはずです」

テンペストが険しい顔をした。「一インチのずれが大きな違いを生むかもしれないんです。よろしければ、もともとの足の位置がわかるか、確認してみましょう」

テーブルは正方形で、その細い脚の跡が見つかった。

「今度は、もう一つのテーブルを」テンペストが続けた。「暖炉の近くが、ミスター・ヒュー・バイパスですね。こちら側は?」

「トーマス・ジョージ・バイパスです」

「それでは、これで全員ですね」テンペストが確認した。ポールゲートがチョークで印をつけているあいだ、彼はもう一つ懸念を抱いた。「ひょっとして、このテーブルも動かされたのでは?」

「いいえ」トムが答えた。「通り抜けるスペースがありましたから」

「よろしい」彼は最後の下見に取りかかった。「あなたの名まえは?」

「サービスでございます。ジョン・サービス」

「よろしい」もう一度、テンペストが言った。「巡査部長に足の位置の印をつけさせます。それから、私が合図を送ったら、今夜やったとおりに銅鑼を鳴らしてください」

合図が送られた。銅鑼が鳴り響いた。より近くに騒々しく響き渡り、耳障りな轟きとなった。音はやがて止んだが、メージャーの顔には、どこかおかしな憤りの表情が残ったままだった。

「まったくひどい騒音だな」彼は言った。「今夜、全員がそろっているこの部屋で、このやかましい音を叩きだしたってことですな?」

「ミスター・ロムニー・グリーヴは、いなかった」トラヴァースが素早く言葉をはさんだ。

サービスは、いくぶん感謝するような表情で、彼の方を向いた。「そのとおりでございます。また、ご主人は、この銅鑼を大層自慢にしておりまして。音色を称賛するほどで。大きく打ち鳴らす音を気に入っておられました」

テンペストは、それについて何も言わなかった。「騒音のどの段階で、発砲する音が聞こえたのですか?」彼はヒュー・バイパスに尋ねた。

「ちょうど、中ほどです」そう答え、すぐに訂正した。「私自身は、それが発砲の音だと気付きませんでしたが。ただ聞こえたのは、言うなれば、騒音の中の雑音です」

「そのとおりですな」マントリンが言った。「私も同じです。のちに思い出したのは、何かがシュッと通り抜けたような感覚です」

「他に誰か、何か聞こえた方は?」

トム・バイパスは、はっきりわからないと答えた。サービスは、自分が叩いた銅鑼の音しか聞こえなかったと主張し、マーティン・グリーヴは、騒音が鳴り響いた時、床に落としたカードを拾っていたと答えた。

「それでは、準備はできたようですな」テンペストが言った。「銅鑼が鳴っていると想定して、音が一番高まった瞬間、ただちにそこで動きを止めてください。いわば、それぞれ写真に取られた瞬間のように。例えば、ミスター・マーティン・グリーヴは、カードを拾っている場面。みなさんは、それぞれなさっていたことを。そして、その瞬間、見ていたものに目を向けてください」

彼は、その状態を観察した。マントリンは、サービスの方に頭を向けている。騒々しい音がいつ止むのか見守るように。バイパス兄弟は、中央のテーブルを挟んで、意味もなく向かい合っている。マーティンは、テーブルの右側に身を屈め、落としたカードを探していた。サービスは、銅鑼のスティックを宙に浮かせたまま手に持っている。シニフォードは、人体模型のようにカードテーブルに向かってまっすぐ座っていた。

「ありがとう、みなさん。ありがとう」テンペストが声をかけた。「どうか、そのままでお願いします。もっとも重要なことが見えてくるはずです。ご主人の頭がどこにあったか、正確に突き止めなくてはなりません。もし、彼の頭が一インチでも傾いていたら、どの方向から弾が飛んできたか、変わってくることになります。あなたは、彼の方を向いていたんですよね、サービス。彼は、どちらの方向を見ていましたか?」

サービスはかぶりを振った。「覚えておりません。こちらの方向を見下ろしていたとも考えられますが」

「ふむ！」テンペストは続けた。「あなたはどうですか、ミスター・グリーヴ?」

「なんとも言えません」マーティンが言った。「頭をほとんど床に向けていたもので」

「ミスター・マントリン？」

「恐れながら、サービスの方を向いていましたんで」彼はしばし考え、襟をぎゅっと握りしめた。

「なんとなく思い出したのですが、彼の頭はこちらに向いていたような。どの瞬間かは、はっきりしませんが」

「ミスター・トーマス・バイパス？」

トムはかぶりを振った。「僕は、特にどこも見ていませんでした。でも、彼が確か、ドアの方を向いていたのを覚えています」

「それから、あなたは、ミスター・ヒュー・バイパス？」

「わかりません」ヒューが言った。「実のところ、そのとき、別のことを考えていたので」

「よろしいでしょう、それでは」テンペストは残念そうに言った。「もし、誰もはっきりしないのであれば、彼は顔を下に向け、座っていたと想定してみましょう。今、シニフォード医師がやっているように。ちょっとよろしいですか、ドクター」

二人は部屋の隅の方へ移動し、束の間、小声で話し合った。それから一分ほど、シニフォードが遺体の傷を調べ、大きさを図った。

「準備はいいです」彼は言った。

「承知しました」テンペストが応じた。「みなさん、再びもとの位置についてください」

シニフォードがカードテーブルの椅子につき、頭を椅子の背に押しつけ、死んだ男と同じ高さになるよう調整した。それから、目を細めたり、距離を測ったり、五分ほどして、シニフォードはもういいと告げた。

「もし、彼が下を向いていたのなら、銃弾は、そこのドアの向こうから来たことになるでしょう。遺体の頭がそのようになっていたのなら、まず間違いないと言えます」

テンペストは瞬時に移動した。「その時間、ドアは開いていましたか、閉まっていましたか?」

「開いていました」ヒューが言った。「あとから閉めましたので。みんなが戻ってきたときに」

「どこから戻ったんです?」

「ええと、我々の何人かは、庭を探しまわっていました」

「なんのために?」

「植え込みのところで、何か音がしたように思ったんです」マントリンが言った。

「みなさん。いいですか、みなさん!」テンペストは、ここでしびれを切らした。「このようなことを続けていたら、なんの成果もあがりません。私はみなさんにお願いしました。状況を再現するようにと。すると、今になってドアが開いていたと言われる。何か聞こえたかと先ほど尋ねましたが、今度は植込みで音がしたとはね」彼は突然、サービスの方へ振り返った。「そこのドアを開けてくれ! 他のドアはどうでしたか? 開いていましたか?」

サービスは、フレンチドアを開けはじめた。

「弾の出て行った方向が、だいたいわかりますか?」テンペストがシニフォードに訊いた。「同じ条件で作動したとすれば、弾はどこに辿り着くでしょう?」

シニフォードはさらに目を細め、距離を測り、指さした。

「どこか書棚の近くに。もし、頭がまっすぐだとすれば。ちょうど頭が向こうのドアへ向く途中だと考えて。跳ね返ることは想定していません」

書棚は、棚がついているだけのもので、マホガニーの幅の狭い箱が重なり合って置かれていた。ガラスも扉もついていない。中身は古典作品で、少しの乱れもなく、何年分もの埃がたまっていた。しかし、床から三フィートのところ、四段目の端のところに隙間があり、本が二冊抜けていた。テンペストはじっと見つめた。左手のドアからまっすぐ傷を通り抜けたとすると、弾は部屋を対角線上に進んで右手の壁の本棚の隙間のあたりに辿り着くはずだ。

「これらのなくなっている本について、何かご存知ですか？」彼はサービスに尋ねた。

「今朝からなくなっているということしか、存じません」

「今朝からないのですか？　じゃあ、いつまであったのでしょう？」

「前の夜にはございました――月曜日の夜です」

「確かですか？」

「確かでございます」

トラヴァースは、棚に目を走らせた。「『ローマ帝国衰亡史』ですね」彼はテンペストに言った。「全十巻のうち、七巻と八巻が抜けています」彼は目を細め、考えた。いったい誰が、ギボンの不朽の名著の中で、色香のない部分を読みたがるものだろう。そのとき、テンペストが、ある種の答えを彼に示した。

「今朝から、本が二冊棚から抜けている」彼は告げた。「誰か、何か知っている方はいますか？　誰かが読むのに二階へ持っていったとか？」

しかし、誰も何もわからなかった。空虚な沈黙のなか、ヒュー・バイパスが静かに咳払いをし、話しだした。

「私が口を挟むことではありませんが、庭に警察官が何人かいらっしゃるようですので、もう一度、敷地を捜査してみてはどうでしょう？　我々は慌てて見てきただけですから」

テンペストは皮肉を言いたいところだったが、なんとか抑えた。彼の目は、マントルピースの上の時計に向かった。

「もしあなたがここで、一時間ほど前に殺人を犯したのなら、まだこの近くでうろうろしているなど考えられませんよね——何か不都合でもない限りは。できましたら、みなさん、もとの位置についていただけますか、銅鑼が鳴ったときの位置に」

「それでは」一同が戻ると、彼は言った。「外から物音が聞こえた方は、手をあげてください」

マーティン・グリーヴとチャールズ・マントリンが手をあげた。

「まるで教師のような真似をして、恐縮です」テンペストが彼らに言った。「まず、ミスター・マントリン。何が聞こえましたが」

「後ろの茂みで、カサカサいうような音が」

「発砲があったと考えられる前ですか、あとですか？」

マントリンは冷ややかな笑いを浮かべた。「銅鑼が鳴り終わらない限り、何かが聞こえるなんてことはありません。鳴り終わったあとです、聞こえたのは。誰かが植え込みの中を動いているような音です。ロムニーがこっちに向かっていると思ったんです。あたりを見まわしましたが、彼ではありませんでした。ちょうどそのとき、東屋から出てくるところでしたから」

「あなたはどうですか、ミスター・グリーヴ？」

「何を聞いたのか、よくわかりません」マーティンは言った。「植え込みに素早く風が通り抜けるようなカサカサという音です。ただ奇妙だなという印象を受けただけです——そのときは」

「それは、銅鑼がすっかり鳴り終わってからですね？」トラヴァースが指摘した。

マーティンは鋭く彼を見た。一瞬、必死に考えているようだったが、やがて微笑んだ。

「もちろん、そうです。銅鑼がほとんど鳴り終わるまで、落としたカードを拾おうと、床を見ていましたから、そこからは植え込みは見えませんでした」

トラヴァースは感謝を示し、魅力的な笑みを浮かべた。テンペストが手をあげた。

「もう一つ、最後にいいですか。察するにミスター・グリーヴは、滑り落ちるように椅子から床に倒れた。それから、何が起こったんですか？」

「確か、みんなが慌てて彼のそばへ向かいました」ヒューが答えた。

「私もそうしました」チャールズが言った。「それから、彼の頭を見て、何が起きたか推測し、思い出したんです、植え込みで音がしたのを。それで、声をあげました——なんて言ったか覚えておりませんが——そして、植え込みの方へ駆けだしました」彼は信じられない、というように頭を振った。

「とにかく、すべてが混乱していた。何をすべきか誰もわからなかった——しばらくは」

「そうだ、そのとおり」トムが言った。「僕も何が起きたのか察して、慌てて外へ出た。ただ、チャールズの姿はもう見えなかった。もちろん、植え込みの中にいたと思うが、そのときはわからなかった。僕が芝生を横切っていると、ロムニーがちょうど東屋からやって来た。そして、どうしたのかと訊かれた」

マントリンもトム・バイパスも、それ以上のことは見ても聞いてもいなかった。ロムニーは何が起こったか、まったく気づいていなかった。ただ銅鑼がなったことだけしか。つまりそれは、仕事を片付けて、シェリーで一杯やる儀式に間に合うよう応接間に戻ることを意味していた。

「それで、殺人犯らしき人物を探していた二人は、戻ってきたんですか？」テンペストが訊いた。

「そうですよ」ヒューが答えた。

「誰が警察に電話したのですか？」

「私が提案したんです」マントリンが言った。「医者を呼ぶ時間を省くために。彼が死んでいるのはみんなわかっていました。それで、そんなに急ぐ必要はないと——そういうことです」

テンペストは腑に落ちないまま、そこに立ちすくんでいた。様々な出来事が、いっせいに起こっていたが、全てが重なり合っていた。それが彼を悩ませていた。まずは、これを解決しなくてはならない。それで、彼は一同にちょっとした説教をはじめた。殺人は深刻な問題だ。尋問は必要不可欠であり、違反は許されない。その狙いは、人を逮捕するためでも罠にかけるためでもない。一つの供述とまた一つの供述を擦り合わせ、真実に辿り着くためだ。全ては自発的行為にかかっている。しかし、私は、みなさんを誠意ある人間として信用している、法に全てを委《ゆだ》ね、その中でみなさんがよく考え、市民として何らかの責務を果たしていただきたい。トラヴァースはのちに、拍手喝さいを送りたいくらいだったと語った。

「みなさんに、食事を用意することはできますか？」テンペストはサービスに問いかけた。

「食事はできております。もう一時間ほど前に」と執事は言った。話が決まると、ただちにテーブルは準備された。

「それでは、みなさん、食堂でちょっと一休みされてはどうでしょう」テンペストが言った。「食事が終わるまでに、次の質問を準備しておきます。そのあいだ、私の許可なしに屋敷を離れることはしないでいただきたい」

部屋はゆっくり片付けられた。芝生に向いたドアから、芳しい涼しい風が入り込んできた。蛾が明かりのまわりで狂おしく羽ばたいている。沈黙が不意に濃くなった。テンペストはおのれを奮い立たせた。

「我々は弾丸を探した方がよいだろう。どうかね、キャリー？　部下を何人か連れてきて、部屋の中を見てまわってくれ。まずは、あちら側の離れた方のドアから。ポールゲート巡査部長、君は遺体を動かすのに医師を手伝ってくれたまえ。ドクター・シニフォード、ここでできる限りのことを済ませておいてください、それから、遺体安置所に運んでいただきたい」

彼は新たにざわめく部屋を眺めながら、トラヴァースと銅鑼のそばに立っていた。ときおり静かに話をかわし、何か思いつくと、自分の考えに没頭した。

「私に図太さがあればいいのだがね。誰かをあの食堂にやって、話を盗み聞くという手もあるが。まあ、そんなに効果はないだろう。みんな善良なタイプの人間だ。そんな風に見えるし、話していてもわかるよ」

「それぞれ興味深い画一性が見られますよ。みなさん、外観には気をつかわない。それともかなり困窮しているか」トラヴァースが言及した。「あの年上のバイパスの青いスーツは、目立つほどにてかてかと光っている。ボヘミアン風の男、ロムニーは、横の部分を修理した靴を履いている。たいていの人間なら、もうあきらめて履かないところだが。そして、兄のグリーヴ。コートのカフスはかすかに擦り切れ、ズボンには自分でアイロンをあてている」

テンペストは、それぞれの項目を記録し、何も意見は述べなかった。

「今、一番いい方法はなんだろう？　単独で尋問するか、それともひとまとめで？」

「単独がいいと思いませんか？　そして、最初はマントリン」

「理由は？」

トラヴァースは、自信なげに微笑んだ。「まあ、いわば、知らぬ仏より馴染みの鬼、とでも言いましょうか。それに、彼は遺言について話してくれるかもしれない。もしみんなが金に困っているなら――もちろん、それについては間違いかもしれませんが――動機があるかどうか、確かめた方がいいでしょう」

「わかった」テンペストが言い、顎をこすった。「誰がやったか、何か思い浮かんだことはあるかね？」

「数知れず」トラヴァースが言った。「それこそ問題です。殺人犯は、一連の状況にぴったり適合しなければならないのは僕もわかっています。だからこそ、植え込みでの騒動や、よそ者の出現というのが腑に落ちないのです」

テンペストは、顔をしかめた。「わからないな、意味が」

トラヴァースは眼鏡に手をやった。「そうですね、この事件の核となっているのが、あの銅鑼です。発砲の音を隠すことになっていた。それゆえ、殺人犯は、銅鑼が決まった時刻に鳴るのをあらかじめ知っていた。銅鑼の騒音が他の音をかき消すと知っていた。その上、老人がどこに座るか、それなりの確信があった。つまり、かなり正確な知識があったに違いない」

「例えば」――彼は今、眼鏡を磨いていた――「なぜ、殺人犯は植え込みの中にいたのか。老人の姿がまったく見えなくなってしまうかもしれないのに？　口にするのは気が進まないが、マントリンが聞いたのは、猫か犬の鳴き声のようにも思える。さらにもっと気が進まないが、植え込みやそこらで聞いた音について嘘をついているという場合もある」彼は再び眼鏡をかけた。「手掛かりをよく見ると、嘘が隠れている。警察が食い付くであろう嘘が」

「他の面々も、植え込みの方で何か見たり、聞いたりしている」テンペストが指摘した。「それに、夜間に不審者があっただろう、老人がキャリーに調べさせた。そいつは、東屋の中か近くにいたんじゃないか？――そこも事実上、植え込みの一部だ」

「そうですね」トラヴァースが言った。「不審者がいたのは知っています。エセル叔母の亭主が脅迫状を書いたことも。我々は見せてもらっていませんが」彼は笑った。「でも、僕の殺人事件に関する数少ない経験から、犯人はいつも、謎々の猫のようなものだと感じるのです――毛があって、気まぐれで、喉を鳴らし、卵を産む」

「卵を産む！」

「はは！」トラヴァースが声をあげた。「そう尋ねるだろうと期待していたんです。卵の部分は、問題を複雑にするために、つけ加えたんです。それで思ったのです。彼らがどのくらい動揺していたか、気付きましたか？　あなたが夕食について述べたとき、一同は食欲がまったくない、などと言いましたか？」

「いいや、そんなことは言わなかったな」険しい顔でテンペストが言った。

「そのとおり！」彼は一人笑った。「叔父が死んだ。でも、どうして夕食を無駄にできようか？　それが、物事をさらに複雑にしているように感じたのです」

第五章　奇跡の時代

テンペストがルドヴィック・トラヴァースと知り合いになったのは、ウォートン警視と面識を持つようになってからのわずかな期間に過ぎない。それゆえテンペストは、最初にひらめいたトラヴァースの理論に対して、あまり注意を払ってはいなかった。それは、トラヴァースの快活な心に泡立つように沸いた理論だった。自分の考えをまとめる、わずかな時間を与えられると、トラヴァースは――誰かが、かつて言ったように――ごく簡単な説明を誰にでも喜んで提供した――相手がバラムのロバ（旧約聖書の預言者を戒めたとされるロバ）でも、ヨナを飲み込んだ鯨（海に投げ出されたヘブライの不信心な預言者を呑み込んだとされる鯨）であっても。

　しかし、トラヴァースのさりげない提案の中には、常に一定のゆるぎない意義が含まれていた。そして、トラヴァース自身もおそらく気付いていると思うが、彼の推理法には、何か励みとなるようなものが感じられた。結局、もし二人の男が暗闇の森の中で迷ったら、沈黙ほど気力を奪うものはない。陽気な奴が「おーい！　明かりが見えてきたんじゃないか？」とか「すぐにここから出られるさ」と声をかけてきた方が、断然励みになる――例え、半分は間違いだったとしても。

　部屋の右側は全て、小さな歯ブラシで隈なく捜索され、キャリーは弾丸の痕跡がまったくないことを報告した。しかし、彼には一つ提案があった。

「特定の条件を与えると、他のドアから通り抜けたことも考えられるのではないでしょうか？　こちら側のドアとか？」

シニフォードが呼ばれた。

「何が起こったのか、さっぱり見当がつきません」彼は言った。「左の肩ごしに、何かを眺めていたのでないとすれば。そうだと仮定しても、弾が足を貫通した形跡もありません」

「そうですね」考えながらテンペストが言った。「彼らのうち二人が、彼は一つの方向を向いていたようだと言っている。もし、彼が頭をどちらかにはっきりと向けていれば、彼らも気付いたはずだ」彼はキャリーの方を向いた。「部屋の反対側と両端も見てくれ。もし、何もなかったら、明るいうちに至急、敷地内を隈なく調べるんだ――植え込みの捜査と同時に。できるだけ人を集めろ」

さらに十分経過したが、部屋には何の痕跡も見つからなかった。漆喰が割れているところもなく、壁や天井も同じだった。シニフォードは退出しようとしていた。

「専門家を呼んでほしい。誰か見つかり次第、すぐに」彼は言った。「もし、弾丸が見つからなければ、なぜなのか、その理由が必要だ。それから、衝撃のあとの抵抗力を考慮した上で、弾がどのくらいの距離まで到達するか、他にもまだ知りたいことがある」

テンペストは、ロンドン警視庁《スコットランドヤード》への長距離電話の伝言を託して、シニフォードを送り出した。救急車が発車すると、すぐにサービスが入ってきた。執事は言った。夕食は終わりました。みなさん、指示をお待ちです、と。

「遺体から見つかった以外、他に鍵はありますか？」テンペストが尋ねた。

「旦那さまの私用の鍵以外はございません」

「私用の文書は、どこに保管していたのでしょう？　金庫ですか？」

「そうでございます。居間の金庫です」

「そこには、食堂を通らずに行くことはできますかね？」

サービスの案内で、外廊下を横切ってドアに辿り着いた。開けると南東に向いた小さな部屋があった。誰もがわかるところに金庫は置かれていた。古い型のものだ。ポールゲートがゴムの手袋をはめ、調査のため中身を取り出した。入っていたのは、一枚の紙だけだった。

H・グリーヴ殿
私は貴殿の子供じみたゲームについて知っている。しかし、私の妻、つまり貴殿の妹エセルに対し、それ相応の配慮がなければ、貴殿はもうおしまいだ。返事を待つ。

I・N・アーネスト
ブライトン郵便局　気付

手紙は青いリネン紙で、どこにでもある手頃な品物だ。文字は丸く大きく、未熟さが感じとれ、子供が苦心して書き写したかのようだった。折り目があったが、金庫の中に封筒はなかった。

「ブライトンにすぐ連絡を取るんだ」テンペストがキャリーに告げた。「廊下の電話を使うんだ。手紙が送られ、集荷されたか、確認するように。もし、まだ手紙が残っていたら、誰が立ち寄るか、目を光らせておくようにと」

「なるほど、これか」警察の封筒にそれをしまいながら、彼はトラヴァースに言った。「しかし、なんだって土曜日に見せてくれなかったんだ？　まったくわからんね」

もしも「君は？」と尋ねられたら、トラヴァースは、いくつもの理由をあげたかもしれない。だが、トラヴァースは、応接間に戻ってからも何も言わなかった。ポールゲートが指紋の付着した紙を調べて、二つの鮮明な型を見つけた。一つは故人のものだった。もう一つは誰のものか？

「誰かが、グリーヴと同じようにこれを手にしたんだ」テンペストは言った。「それをそっと封筒の中に戻してくれ。それから、ミスター・マントリンにこちらに来るよう伝えてくれ。キャリー、警官を配置して確認しろ。敷地内を巡回して、目撃者が他の場所にいないか。そのあいだ、君は家政婦に話を訊いてくれ。それから、屋敷の内外にいる使用人にも」

チャールズ・マントリンは、いつもどおり颯爽とした足取りで入って来た。まるで上着の襟をつかんで、自分を前に押し出すように。

「お座りください、マントリンさん」テンペストは愛想よく言った。「最近、お仕事の方はいかがですか？」

「不満は言えませんね」すこぶるうまくいっているような調子で、彼は答えた。

「それで、あなたはヒューバート・グリーヴ氏の弁護士ということですね。どのくらい彼のための仕事をされているのですか？」

「どのくらい、ですか？」彼は考えた。「個人的には、一九一九年からです。父が亡くなって、こちらに戻ってきたときから。私たちは以前から彼に関わる仕事をしていました」

「それは、我々にとっても運がよかった」テンペストは言った。さらに愛想のいい声だった。尋問を円滑に進めるためのいつもの手段だ。

「巡査部長が指紋を取りますが、かまわないでしょうか？　もちろん、記録のためではありません。

ただ、どんな指紋が出てくるかわからないので、ちゃんと違いを区別しておきたいのです。形式的なものです、実際は」

チャールズ・ゴードン・マントリン、四十三歳。住所、シーバラ・チャンバー埠頭三番地。正式に指紋採取。

「煙草はどうです？」テンペストは尋ね、テーブルの上のケースを相手の方へ押し出した。

「火は？」トラヴァースが微笑み、ライターをつけた。

「さて、ミスター・マントリン」――警察署長の声が言った――「我々はあなたに、いっこうに増えない、我々の欠けている部分の知識を埋めていただきたいのです。故人と敵対するような人物はいましたか？　彼を殺すような人間に心当たりは？」

「いいえ」マントリンは落ち着いて答えた。「ただ、どういう意味かにもよりますが。今夜ここにいた我々全員に動機を見つけることは可能です――私自身も含めて」彼は素早く眉をあげてみせた。「最終的に私は一万ポンドを受け取ることになっております。昨今では、ばかにならない額です」

テンペストは微笑んだ。「なるほど、それは喜ばしいですな。でも、あなたの一万ポンドという動機は、よけておきましょう。なぜ、あなたは他の男たちが――四人の甥たちですが――老人を殺したのかもしれないと思ったのですか？」

彼は少し考えた。「ええと、きっと私が話さなくても、彼らが自分で話すと思います。彼らは叔父のことをものすごく嫌っていました。もし、私が彼らの立場なら、同じように嫌っていたでしょうね」

マントリンの眉が再びあがった。

「話を全て聞きたいというのなら、かなり長くなります」さらにマントリンは続けた。「でも、そんなに難しい話ではありません、一度頭に入れてしまえば」

グリーヴの歴史は簡潔にまとめると、こうだった。初代グリーヴはロシアの技術者で、元々はグレゴリヴィッチと呼ばれていた。彼はイギリスに帰化し——妻がイギリス人だったため——のちに名前を変えた。四人の子供たちは、キャロライン、ジョージ、ヒューバート——ずっとあとに生まれた——エセル。老いた父親が死ぬと、ロンドンの会社をジョージが引き継いだ。その頃、ヒューバートはモスクワにいた。そこにも工場があり、リガに支店があった。

キャロラインは、フレデリック・バイパスという男と結婚し、事業である程度の財産をつくった。娘を早くに亡くし、彼女も病人のようになってしまった。そして、夫の死によって、キャロライン自身も死に急ぐこととなった。一九一五年、戦時中のことだ。一番下の子供エセルは、身分の低い者と結婚し、スキャンダルとなり、家族との関わりを絶った。

テンペストはそこでさえぎった。「それ以来、彼女の噂を聞いたことは？」

マントリンは、知っているすべてを話した。

「彼は、手紙を何通か受け取っていたかもしれない」テンペストはトラヴァースの方に身を寄せて言った。「もしそうなら、あとで見つかるだろう。すまなかった、ミスター・マントリン。続けてくれないか？」

マントリンは、キャロライン・バイパスについて話を続けた。ちょうど夫の死によって、彼女自身の身にも不調が出始め、大きな悲劇が起こった。四人のいとこたちがみな、軍に召集された。ヒューは歩兵連隊に入り、メソポタミアへ。マーティンは、トルコのガリポリとエジプトへ。トムは終身の指令を受け、フランスとギリシャのサロニカへ。ロシアでのグリーヴ兄弟の仕事は、戦争によって絶望的なほど混乱していた。社長のジョージは、シベリアを横断してモスクワに向かい、事態の解決に取り組んだ。

マントリンは両手をあげた。「その後のことは、謎なんです。ジョージ・グリーヴは、モスクワに着くと熱病にかかり、そこで亡くなった。ヒューバートは数カ月後に故郷に帰ってきた。会社はもちろん、救いようもなく荒廃していた。ジョージの未亡人は、ある程度の額の金を手に入れ、キャロラインは、いくらかを二人の息子に残した。しかし、会社が繁栄していた頃の通常の状態で手にする額とは程遠かった。

「それ以来、四人のいとこたちは、心に顕著なわだかまりを抱えるようになった。国に戻ると、ヒューバートは、工業技術関連の事業を大規模に手掛けた。ちょうど軍需産業の波が高まりつつあった時期で、彼はその好況の波に乗り、かなりの財産を蓄えた。ロシアでの事業を閉鎖する際、何か怪しげなことが行われていたと思われ、人々はどこからヒューバートが金を手に入れたのか、怪しんでいたが、彼は自分自身の個人的蓄えだと言い張った。

そして、四人は除隊し、故郷に帰り、話をすべて耳にした。彼らは調査をはじめ、そこで私はいわば仲介役を果たした。何度か口論が起きた。簡単な話し合いさえもできなかった。なぜなら、ヒューバートが、自分の問題に偏見を持たぬように合意を取り付けたからだった。実際、彼はこう言った。『どうして言い争う必要があるんだ？ 金は、私が死んだらお前たち四人のものになるんだ。必然的にそう長くかからないだろう』。従って、それはある種の紳士協定だった。ああ、それから、言うのを忘れていましたが、叔父は、はっきりと述べた。いつでも助けが必要なときには——いつでも偏見なしに――喜んで手を貸そうと。容易なことだった。その頃は、誰もそんな事態が起こるとは想定していなかった。それから、一般的な親睦の印として、四人は、親族の長である叔父の誕生日を祝いに毎年ここにやってくるのを習慣とした」

「大変わかりやすいですな」テンペストが言った。「しかし、仲直りをしたのなら、なぜ憎しみを抱くことに？」

「こういうことです」マントリンは説明した。「先程申したように、四人は非常にうまくやっていた。トムは、傷病兵として兵役を離れ、いくらかの遺産を叔母から受け取り、生活には困らなかった。ロムニーは、芸術家として名が売れはじめた――彼は戦時中、偽装工作の名手だったんです――マーティンは、事業をはじめる計画だった。玩具制作に携わるようになった。リージェント・ストリートにあった店をご存知じゃないですか？　そうです、あれが彼の店で、スラウに工場もありました。ヒューは、フェルバラで教師をしておりました。私があえて指摘したいのは、四人のうち誰も助けなど必要としていなかったってことです。私の知るところでは、叔父は彼らがやってくると、いつも気難しかしい態度でしたが、嫌がってはいませんでした。彼は復讐心を抱いていた――しかし、自分の気持ちを表に出すことはなかった。

そして、恐慌がやってきた。マーティンの玩具工場は、まるで踏みつぶされたようにあっという間になくなった。彼の場合は、共同経営者が債務を怠ったためだったが。ロムニーは小さな子供を抱えながら、絵がまったく売れなくなった。ヒューは学校を辞め、財産のすべてを自分で築いた私立学校に投資した。それは、かなりうまくいく見通しだったが、今では、かろうじて成り立っている具合だ。しかし、本当に重要なのは、この点です。何か不可解な方法で、叔父は物事が悪い方向に向かっているのを知っているようだった。不況の最初の頃、四人が来たとき、彼は拒絶するような態度をとった。その機会を待っていたようだった。慎重に挑発的な手段を取った。私も認めますが、喧嘩をけしかけているようなものだった。そうすれば口実ができる——あらゆる種類の口実が。自分が彼らのことをどう思っているかを告げたり、他のところに金を残さなければならない理由があるとか。そして、その時期がやってきた。三人が——トムを除いて——彼に助けを求めなければならない時期が。老人は彼らを拒絶した。今、お話ししたように、最近、また挑発をはじめ、ちょうど彼が殺される前の夕方でしたが、次の木曜の朝に彼らが去る前、ヒューとマーティンに、重要な書類の証人になってもらいたいと言い出しました。それは我々も知っていますが、彼が作り変えようとしている——または、作り変えるふりをしている——遺言のことです。彼の妹のエセルのための」彼は、息を吐いた。「さて、これが話の全てです。出来るだけ誰にでもわかりやすいように明確に申し上げたつもりですが」

「これ以上ないくらい明確でしたよ」テンペストは言った。「しかし、遺言が現在どのような内容になっているか、尋ねることは可能なのでしょうか?」

マントリンは肩をすくめた。「なぜ、いけないと? 地元や他の慈善事業への遺贈。年額五百ポンドの年金は、執事と家政婦に。差額を四人のいとこに。それは、およそそれぞれに三万ポンドほどだと思われます——税抜きで」

「四人のいとこは、その全てを知っているのですか?」

マントリンは首を振った。「専門外の行為について告白することはできないのです。あなたの推測におまかせするしかないですな」

「二つの年金があるということですが、それぞれ五百ポンドずつ、執事と家政婦に?」トラヴァースが訊いた。

「そういうことです」マントリンは答えた。

「それから、こういった不躾な質問をお許しいただきたいのですが、あなたは亡くなったミスター・グリーヴの特別な業務を請け負っていましたよね?」

「一万ポンドのことをおっしゃっているのですか?」マントリンは、素っ気なく訊いた。

「そうとも言えますし――そうじゃないとも」トラヴァースが言った。「僕が言おうとしていることは、すぐにおわかりになるでしょう」彼はテンペストの方へ向いた。「知っておいていただきたいのですが、ここでの話は極秘のものです。あなたがここで話すことは、他の誰にも伝わることはありません」

「そのとおりですよ」テンペストが念を押した。「誰も、どこからの情報か、決して知ることはないでしょう」

「それでは、一万ポンドの遺産について、私の個人的な考えを述べます」マントリンが話しはじめた。「彼は知らないのです。私がどれだけ情報に通じているか――実際はほとんど私の知っていることはないのですが。間違いなく、私の父は、グリーヴ氏がロシアで破産して国に帰って来て、軍需産業をはじめた金の出どころについて正確に知っていました。私には何一つ漏らしませんでしたが――しかし、グリーヴ氏は、それを知らなかったのです」

「単刀直入に言うと、彼はあなたを恐れていた」テンペストが言った。「彼は、あなたの口をふさぐため遺産を分け与えることにした――あなたが噂を広める可能性はないとも知らずに」

「そのとおりです」マントリンは言った。「それから、言っておきますが、私は彼のためにいくつか信頼のおける仕事もしました。イギリスでの事業から撤退するときに。それ以来、彼の代理となって業務を行ってきました」

「それで、もっとも重要な点がはっきりしました」トラヴァースが応じた。「四人の甥を困らすために、グリーヴ氏は約束を破ったり、遺言を変えるとほのめかしたりしたのは、明らかですね。しかし、現実には、そんなことはしなかった。だが、彼が悪意と復讐心に動かされていたのなら、なぜ遺言を変えるまでとことんやらなかったのか？　もしかして、彼は今になってもまだ、あなたの存在を恐れているのでは？」

マントリンは冷ややかな笑みを浮かべた。「ええ、そうだと思います。私は特にトム・バイパスと親しかったので、他の三人のこともよく知っています。ちょっと忠告もさせてもらいました。親族に財産を残さないと脅すような真似はやめた方がいいと。特に、先程述べました紳士協定を考慮すると」

「ありがとうございます」トラヴァースが述べた。「そこが大変重要な点なのです。例えば、エセル叔母の件についてですが、彼の言葉に単なる脅し以上のものが感じられましたか？」

「さあ、それはなんとも」彼は頭を横に振った。「私の感じとしましては、彼がいつ道を踏み外すか、まったくわかったものではないといったところです。それに、覚えておいていただきたいのですが、もし、彼がこの妹に金を残すとしたら、常にこう言うでしょう。家族に渡しただけだと。そして今度はその責任を妹に負わせ、妹が亡くなったら、最終的には、甥たちのものになると。それは協定を破ることになります、確実に。しかし、もっともらしい理由にはなるでしょう」

「それから、三人の甥は、今そんなに困窮した状態なのでしょうか？」

マントリンは顔をしかめた。「ええ、そうです。彼らはみな、とても自尊心のある方々で――それぞれに――どうにもならないほどひどい状態になるまでは、助けを得ようとはしません」

「ありがとうございます」再びトラヴァースが礼を言った。「それが、僕の知りたかった全てです」

それから、不意にマントリンは彼に目を向けた。「もしかして、四人のうち誰かが叔父を殺したと、ほのめかしているんじゃないでしょうね？」

テンペストがここで口をはさんだ。「全くそんなことはありません。よろしければ、言い方を変えましょう。我々は、まず誰が除外されるかを知りたいのです――そうすることによって、誰がやったかに辿り着けるかもしれない。例えば、あなたはこの部屋を見ていたわけですね。絶対にやっていないと言えるのは、誰だと思いますか？」

マントリンは眉をひそめた。「あなたがおっしゃっているのは、誰のアリバイを私が保証できるか、ということですね」彼は再び眉をひそめ、考えた。指はきつく上着の襟を握りしめていた。「部屋にいた三人については保証できます。考える限り、誰一人できるはずがない――素晴らしい奇跡でも起こさない限り」

トラヴァースが微笑んだ。「そして、奇跡の時代は――我々が先程聞いたように――終わった」

「まさに」

「ロムニー・グリーヴは？」テンペストが尋ねた。

「彼は東屋にいました。私が芝生を横切ったとき、彼がそこに座って何か書いているのが見えました。彼は私を呼んで、銅鑼《ゴング》がなる時間かどうか尋ね、私はそうだと答えました」

「あなたは庭にいたのですか？」

「そのとおりです。海峡の向こうに素晴らしい景色を臨むことができます。気持ちのよい暖かい夕方、庭の端の方に座るのがお気に入りでして。少しの間、本を読んだりしていました――二階から持って来た本を――すぐに時計を見ると、七時半になろうとしていた。それで立ち上がり、中に入ったのです、先程申したように」

「そして、あなたはちょうど屏風の端のところで立ち止まり、まわりを見た。銅鑼が鳴った時に」

「いえ、銅鑼が鳴る前です」マントリンが訂正した。「私はそこに立っていました。カードをしている二人を見ていたのです。そして、訊きました。『今夜は誰が勝っているんですか?』と。思い出す限り、銅鑼が最初に鳴ったのは、そのときです」

「そして同時に、何か音を耳にした。のちに発砲の音とわかったようですが。シューというような音ですね、弾丸だと思われる」

「『シュー』ではないですね。『ビュッ』とでも言いましょうか。弾丸の音はご存知ですよね、メージャーさん、自分から逸れていったときの音は?」

「ええ、知っています」テンペストは頷いた。「しかし、あなたは、はっきり断定できないのですね。弾丸が後ろから来たのか、部屋の中からか、外からか?」

マントリンは、じっと考えた。「なんとも、私には、はっきりとは言えません。私に言えるのは、それがそばを通り過ぎていったということだけです。同時に、外から来たという可能性は千に一つです」

トラヴァースが再び口をはさんだ。「まだ一人、残っていますよ。あなたがアリバイを保証できる人間が――アリバイという言葉を殺人を犯すのが不可能だという意味に使うとすれば。執事はどうですか？」

それから、興味深いことが起きた。「すみません、サービスのことは何も言っておりませんでしたな」彼は執拗に頭を振り、素早く表情を変えた。「それに、彼は銅鑼を鳴らしていた。意識的に除外してしまったようです」

時間が過ぎ、尋問が終わると、マントリンは出ていった。

「いったい、執事のことは、どういうことだったのか？」テンペストが口にした。「わざと外したようにも思えるが」

「彼は、とても興味深いタイプですね」トラヴァースが言った。「まさに混ざり合ったタイプです。自分にしがみついているような、襟をつかむあの妙技は、演台の上の教授のように見えるし、打ち解けた物腰は、よくいる弁護士のタイプとはかけ離れています。それに、弁護士にしては過剰に話し過ぎですね。あまりに多くのことを漏らしていました」

「しかし、それでいて、すべて無に等しい！」

「まさに、そうですね」トラヴァースが頷いた。「彼は、一族の歴史について話してくれました――それで、四人のいとこには完璧なる動機がそろっているとわかりました――なのに、そのあとに彼らはやっていないと保証している」彼は眼鏡に手をやり、再び下ろした。「僕がもっとも興味を抱いたこと、知りたいですか？　三つあります。彼は弾丸の音を聞いたと言いました。それなのに、その前には、発砲の音は聞いていないと答えています――少なくとも、発砲かどうか定かではないと。そして、四人のいとこがみな軍隊にいたことも、ちらっと漏らしています」

「つまり？」

「そうです、みんなライフルの扱いは心得ているってことです」指で眼鏡を探り、はずした。「そして、その話の中で思い出したことがあります。奇跡の時代は終わったと話しましたが、本当にそうなのかどうか」

テンペストが笑った。「話がチェスタートン（G・K・チェスタートン。一八七四〜一九三六。英国の文筆家。〈ブラウン神父〉シリーズで有名）みたいになると、先へ進めなくなるぞ」

「そこが、間違いなのかもしれません」トラヴァースは彼に向かって言った。「それに、我々は、あまり先へ進まない方がいいと思います。できるだけ留まっていた方がいいでしょう。例えば、ロムニーについてです。彼は偽装工作の司令官だったとのこと。彼らが戦時中に行ったことは、完全なる奇跡ではなかったのか？　それから、マーティン。彼は玩具工場を持っていて、自らも制作に携わった。そのことを考えると——玩具、機械の起こす驚異、手品やパズル！　そういった才能のある男は、奇跡を起こせるってこともあるのではないでしょうか？」

「君は頭が良過ぎて、ついていけんよ」テンペストが言った。「私は厳然なる事実に、ただ従うしかなさそうだ」彼は、トラヴァースの抗議を手で制した。「君の意見は事実だと認めるよ。それで私は、もっと差し迫った事実を提案しよう。例えば指紋だ」彼はポールゲートのいるテーブルへと足を運んだ。「指紋について、何かわかったかね？」

「いいえ、署長」ポールゲートが答えた。「紙の上に指紋は残っていませんね」

「わかった」テンペストが言った。「さて、今度は誰を呼ぼうかね、トラヴァースくん？」

突然、開いたままのドアの向こうから騒がしい音が聞こえてきた。騒ぎは続き、次第にひどい混乱となり、叫び声まで加わった。「ここにいたぞ！」そして「こっちだ！」走る足音、つかみ合い。テンペストは驚きを顔に出し、芝生に向かった。トラヴァースもあとを追った。やがて、群がる四人の姿が、部屋からの明かりに照らし出された。制服の巡査部長と警官が二人、一人の男を捕えている――テンペストとトラヴァースは、男の姿を目にする前に、その抗議の声を聞いて、彼がロムニー・グリーヴであることを知った。

第六章　嘘つきの学校

ロムニー・グリーヴは、テーブルの前に立っていた。まるで立ち入り禁止の場所に入って、ひきずられてきた男子生徒のように見えた。すぐ横に巡査部長も立っていた。

「君の説明を聞かせてもらおう」テンペストは彼に言った。「屋敷から離れないようにという、私の命令をはっきり聞いたはずだが?」

「もちろん、聞きました」ロムニーが答えた。「それが敷地内も当てはまるとは知りませんでした。遠くに行ってはならないと、そういう意味だと思ったのです――家に帰るとか」

「次に懸念を抱いたときは、私のところに来てください、説明します」彼は束の間、ぶつぶつと呟いた。「もっとも非難されるべき行いだ。いったいなんの心配があって、あそこまで行ったんだ?」

ロムニーは自分の絵のことを説明した。そして、芸術愛好家のために書いている論文についても。

「銅鑼《ゴング》が鳴ったとき、大急ぎであそこを離れたものですから」彼は言った。「自分の道具を持ってくる時間もなかったんです。それから、こういった騒ぎが起こって、至る所に人が入り込んでいるから、戻って取ってきた方がよいかと」

「警察は、君の所有物については手を出さなかったはずだ」テンペストが言った。「しかし、それを取ってくるのを許可しよう――のちほど。ちょうど君がここにいることだし、ちょっと協力してもらった方がよさそうだ」

テンペストはいつもの説明を復唱した。ロムニー・グリーヴ、四十二歳。画家。住所、エセックス、チェルムスフォード、レーシーズ・エンド。指紋が正式に採取された。テンペストは、彼が立ち去る前に、もう一度呼び止めた。

「絵を描くのは、いつから始められたのですか、ミスター・グリーヴ？」

「キャンバスを準備したのは、今朝からです」彼は答えた。「今日の午後は、みんなで町へ行きましたから」

「でも、今日の夕方は執筆をしていた」

ロムニーは驚いたようだった。「どうしてそのことを？」

テンペストは時間を稼いだ。「あなた自身から聞いたか、誰かから、あなたが執筆していたと聞いたのだと思います」

「実際、そうです」彼は言った。「絵を描きはじめるつもりでした。でも、自分自身の理論に没頭してそちらを書きはじめ、それから、やめられなくなってしまったんです」

「そうだと推測していました」テンペストが言った。「マントリンが庭から戻って来ても、あなたはまだ、そこで続けていた。それから、あなたは彼に呼びかけた、そうですね？」

「ええ、そうです。私は彼に時間を尋ねました。それから、片付けをはじめたんです」

「彼は中に入って、あなたがやっていることを見たいとは言いませんでしたか？」トラヴァースが尋ねた。「つまり、絵の構想を練っていると、彼は知っていたのですね」

「彼はよくわかっていました」ロムニーは言った。「しかし、東屋に立ち寄るのは、ちょっと難儀だった。彼は芝生のこちら側にはいなかったので。池の方から来て、私の姿を見たのです。彼は、そちら側のドアから入ると思っていました――実際に入ったドアではなく」

「それで、あなたは何も見たり、聞いたり、しなかったのですか？」テンペストが尋ねた。

「ええと、私はあそこで考え事をしていました。ちょうど七時ごろ、植え込みの中から奇妙な音が聞こえてきて、外を見ました。そして、庭師の誰かだろうと思ったんです。全ては一分もかからない出来事で――外やあちこちを見たんですが」

「カサカサという音でしたか？」

「わかりません、本当に。単に音がしただけで――誰かが動いているような」

「それから、明かりはどうなっていましたか？　あなたが東屋を出たとき」

「七時半ですか？　もうすっかり暗くなっていたと思います。太陽が沈んで。西の方にかなり大きな木があるんです」

　話しながら思いついたような、ちぐはぐな供述だった。テンペストは、明らかにそれ以上質問する気はないらしく、ロムニーは出て行こうと動きかけた。そのとき、トラヴァースの声が彼を引き止めた。

「あなたが風景画を手掛けるなんて、理由がわからないのですが、ミスター・グリーヴ？」

　ロムニーは疑いの眼差しで鋭く彼を見つめた。その疑念は、無知な素人の余計な干渉や憶測に憤慨する、単なる専門家のものに過ぎなかったが。

「いつもは、やりません。でも、ほとんどの人が、いつの間にかはじめるようです。芸術家にとっては生活の糧となりますから。私が論文で述べている、理論の実践を全て担うものです」

「ぜひ近々、それを読んでみたいものです」トラヴァースが、もっとも魅力的と思われる笑顔を見せた。「しかし、あなたは、僕の名まえを覚えていらっしゃらないようですね。僕は、あなたの小さな静物画を買った者です――確か――三十一番地のトレンサム・ギャラリーで。そこで個展を開かれていたはずです」

他の者が見守る中、今や彼も微笑んでいた。

「あなたは、ルドヴィック・トラヴァースさんじゃありませんか？ 『放蕩者の経済学』を執筆された？」

「まさに、それです」トラヴァースが軽い調子で言った、「どこかでお見かけしたことがあると夕方思ったんですが、定かではなくて。当時は、顎鬚をびっしりはやしていませんでしたか？」

「むさ苦しい髭、といった方がぴったりですね」彼は快活に笑った。

トラヴァースが手を差し出した。「いつかそのうち、芸術全般に関して、ちょっとした話ができればいいですね。とても興味があります」

「巡査部長、ミスター・グリーヴを今すぐ案内してくれたまえ」テンペストが言った。「彼が必要なものをなんでも取ってこられるように。それから、正面ドアまでお送りしてくれ。懐中電灯は持っているかね？」

巡査部長は、すでにそれを手にしていた。そして、二人は出ていった。トラヴァースが煙草に火をつけた。

「顎鬚でまったく違った印象に変わるなんて、おもしろいですね。どこかで見た顔だと思ったんです。風変りな人だと思いませんでしたか？」

「どういう意味だね？」

「いえいえ、わかりませんが」彼は一人笑った。「変わりゆく世界と想像もつかない天国を描く画家が、夕方いっぱい理論を書いて過ごすなんて！　それに、七時半になってもまだ没頭しているなんて、フクロウしか目が利かない闇の中で」それから彼はため息をついた。「芸術愛好家が彼の記事のためにお金を払うと考えるなんて。ああいった連中は、どこかの大物にしか歩合を払わないはずですよ。僕にはわかります。一つ、二つやったことがありますから、機会があったときに」

テンペストが笑った。「大物としてかね？」それから、自分の軽率な言動にどうやら気付いたようだった。「それでは、今度は誰を呼ぼうかね？」

ドアの外から、不揃いに舗装した道を通ってくる足音がした。巡査部長が再びあらわれた。

「ロムニー・グリーヴが持ち物を取ってまいりました」

「それは、どういった物だい？」テンペストが訊いた。

「ええと、原稿用紙が数枚、ペン、インク、絵の具箱——そう彼は言っております——それから、キャンバスと呼ばれるものです」

「ああ、絵画の土台となるものだ」トラヴァースが言った。

「絵画ですか？　あれは絵画なんかじゃありません。彼がキャンバスと呼んでいたのは、全部黄色い絵の具で塗りつぶされた一枚の用紙ですよ。何も知らない者が、水漆喰や膠《にかわ》絵の具で壁を塗ったくるように。なんと言うか——ぞんざいに塗って、筋だらけになったような」

トラヴァースは笑った。「それは、地塗りと呼ばれるものですね。巡査部長、あなたと私は、芸術家には程遠い」

「まったく。それになりたくもありません。もしあれを絵画と呼ぶのでしたら」彼の声の調子は、またもとの職務的なものに戻っていた。「それから、イーゼルもありました。そこに残してきましたが。あっ、それから彼は屋敷を出るとき、どうも窓から出たようです。私服警官のいる食堂からそっと抜け出し、裏へまわって出たようです」

「結構だ、巡査部長。それについて調べさせよう」テンペストが頷いて退出を許可し、トラヴァースの方を向いた。「なるほど、ずいぶんと面の皮が厚い嘘つきがいるもんだな。外に出る必要があったと言いながら、止められ、しょっ引かれる可能性のある正面ドアではなく、裏の窓からこっそり出るとは。どう思うかね？」

「神のみぞ知る、ってところですよ！」トラヴァースも今度ばかりは、理論どころではなく途方に暮れていた。

そのとき、ポールゲート巡査部長が突然テーブルから顔をあげ、指紋採取用具を隅に置いた。

「ここにおかしなものがあります」

二人は見にいった。

「銅鑼のスティックがなぜここに？」テンペストは訊いた。

「まさに、それなんです」ポールゲートが話した。「執事以外は手にしないと知っていましたから、先に彼の指紋をとって、時間を節約しようと思ったわけです。そして、その指紋が手紙のと一致したのです。手紙には、その指紋がたくさん残されていました」

五分後、いつもの慎重なうやうやしい足取りで、執事が応接間に入ってきた。彼は、テンペストの長い話に丁重に耳を傾けていたが、指紋のことを聞くと、びくびくしているようにトラヴァースには思えた。ジョン・サービス、六十七歳。執事。正式に指紋を採取。

「座りませんか?」テンペストがにこやかに言った。「煙草を吸いますか?」

「いいえ、現在は吸いません」サービスは厳粛に頭をちょっと下げ、言った。

「ここに来て、どのくらいになりますか? サービスさん?」

「十三年でございます——この十月で」

テンペストは、同情するように身を屈めた。「必ずしも、あなた自らが選んだ職とも言えないのでしょうね?」

老執事は唇をきつく結んだ。おそらく、彼の心には、あの夜のことが駆け巡ったのだろう。この部屋にうっかり入ってしまって、老人が彼をまるでゴミみたいに怒鳴り散らしたことを——そして、テーブルにいた二人はそれを聞いていた。

「そうでございますね」彼は言った。「ミスター・グリーヴは、ときにとても短気でして——それは認めます。でも、もっとひどいご主人もいると伺っております」彼は頭を横に振った。「私ももう、以前のように若くはございません。誰も雇ってくれる方などいないかもしれません」

テンペストは、一瞬気まずく感じた。

「それでは、こちらには戦争のあと、いらっしゃったのですか?」彼は続けた。「もちろん、あなたは招集される適齢を過ぎていたと思われますが」

「いいえ、そんなことはございません」サービスは言って、すくっと立ち上がった。「最初の月に入隊いたしました。一九一五年にフランスで負傷し、労働部隊に送られ、パレスチナで停戦後まで勤め上げました」

「ご立派ですね、サービス！」トラヴァースが言った。「どちらの連隊でしたか？」

「なんとおっしゃいましたか？」急に耳が聞こえなくなったかのように首を伸ばした。

「どちらの連隊にいらしたのか訊いたのです」

「おお、そうでしたか」彼は笑った。「ランドシャーです」

「素晴らしい！」テンペストが言った。「傷はもう問題ないといいのですが」

「大丈夫でございます。肩だけですから」

「あなたは左利きですね」トラヴァースが訊いた。

「そうでございます」彼は驚いているようだった。「右肩に銃弾が当たり、左手を使うことを学ばねばなりませんでした。今では慣れたと言ってよいでしょう」

トラヴァースが微笑んだ。「そうですね、あなたが左手で銅鑼を打ち鳴らすのに気付いていました」

彼は下がって、テンペストに続きを任せた。彼の第二部独演会がはじまった。羊とヤギを分ける作業、つまり、潔白と思われる人物を除外することについて。最後にこう問いかけて締めくくった。もしサービスが部屋の中を見ていたのなら、誰が潔白だとはっきり誓うことができるか？

「ミスター・ヒューでございます。それから、ミスター・マーティンにミスター・トム。あの方たちの姿は見えておりましたから」彼は言った。「誰一人、そのようなことをなさったとは思えません、例えどんなに――」彼はそこで話を切り、咳払いをした。それが言葉の一部であるかのように。

テンペストは再び身を乗りだした。「あなたは、こう言おうとしたのですか？　例えどんなに彼らが挑発されようと。そうではないですか？」

老執事は彼に目を向けた。「さようでございます。おそらく」

「それから、ミスター・マントリンですが。あなたは、彼の姿も見ましたね？」

再び彼は躊躇しているようだった。それから頭を振った。

「私は、見てはおりません。他の方向を見ておりましたから」

「わかりました」テンペストはそれで承諾した。「それから、亡くなったご主人の四人の甥が集まる、この特別な誕生日についてですが。今回、何かいつもと違うことがありましたか？」

彼は再び考えた。「何も違いはございません――ただ寝室を除いては」

「寝室？」テンペストは眉をあげた。「寝室に、どんな違いがあったのですか？」

単にロムニーとヒューの部屋を取り替えただけだと、彼は説明した。ロムニーがミセス・サービス宛てに親展の手紙を書き、南西の部屋を依頼したのだ。絵を描くつもりなので、庭の一部を見下ろせる部屋にと。

「それは、この真上の部屋ですね」テンペストが言った。「なるほど、そういうことでしたら、ごもっとも。他に何か変わったことは？」

サービスは、何も思いつかなかった。テンペストは頷き、それから地雷を投げる準備に取りかかった。

「あなたに見ていただきたい手紙があるんです。さわらぬようにお願いしたいのですが、そこにいる巡査部長がお見せします。ところで、最近ご主人が妹さんのこと、エセルというお名前ですが、その方についてお話ししていたのを聞いたことはございませんか？」

トラヴァースが見る限り、サービスの体の各器官が、不意に動きを止めたようだった。それから、彼は頭を横に振った。

「まったくございません」

「それでは、ちょっとあの手紙を読んでいただけますか?」

サービスは内ポケットから眼鏡を取り出し、それを読んだ。読み終えると、無表情な顔で眼鏡をそっとポケットに戻した。

「恐れ入りますが、私には、まったく意味がわかりません」

「それでは、なぜあなたの指紋がそこに?」

彼は目を見開いた。「私の指紋ですと!」

「そうです」テンペストは言った。「あなたのです」

彼は再び頭を振り、それから顔色がパッと明るくなった。「でも、もっともなことでございます。ご主人はそれをテーブルかどこかに置いたままにされていて、私がそれを手に取って、どこかにしまったに違いありません——言うなれば、万が一のために」

「おそらく、そういうことでしょうな」テンペストが言った。「さもなければ、決して見たり、読んだりはしないでしょうから」

サービスは威厳をもって、まっすぐ胸を張った。「当然でございます。私は、何よりも自分の立場をわきまえております」

ちょうどそのとき、キャリー警部が入ってきた。執事の姿を見て、親しげに頷いた。数分後、執事は出ていった。彼はすぐにサンドウィッチと飲み物を持ってきた。時間はもうすぐ十時で、使用人たちはもう寝床に入っていた。

「彼は何者だ？」テンペストが問いかけた。「ただの忠実な老ペテン師か何かかね？」

「私は、とても慎みのある老人だと思っておりますが」キャリーは言った。「彼は、できる限りの手伝いをしてくれました――彼の妻も」

「彼がなんであろうと、老練の嘘つきということになりますね」トラヴァースが言った。「もう一度、これらの指紋を見てください。いや、ちょっとお待ちください。紙を一枚ください、ポールゲートくん。ありがとう。これをここに置きます。これを手に取って、邪魔にならないところに置きます、彼がそうしたと言ったように。見てください、ほとんど片手しか使いません。それに、手に取るとき自然と下の隅の方を取る傾向が見られます――私は右利きなので右手で、サービスは左手で。今度は読むのを見ていてください。両手を使います。すると証拠が残ります。サービスの指紋を見てください。どこに両手を触れたかが見て取れます。それから、二つ指紋が重なった部分があります。おそらく眼鏡なしで読もうとし、二度めは眼鏡をかけたのでしょう。彼は、二回それを手にしたということです」

「好奇心からだと思います」キャリーは言った。「ご主人が背中を向けた途端、彼は全てに首を突っ込まなければ気が済まなかった」

テンペストはかぶりを振った。「それほど重要な文書を置きっぱなしにするとは考えられない」彼はしばし考えた。「老人は毎日ドライヴに出かけていた。その時間、サービスは家の中を自由に動くことができた」

「彼は、金庫の合鍵を持っていたと思いますか？」トラヴァースが尋ねた。

「その可能性はある」テンペストが言った。「罠を仕掛けて、一晩中監視するという方法もあるな」

彼はまた時計に目をやった。「そろそろ彼らとの面会を終わらせる時間だ。次にミスター・ヒュー・バイパスを呼んでくれ、ポールゲート。進行状況はどうかね、キャリー？」

キャリーは見事な手腕で、一連の人々が除外されることを報告した。あの特別な晩餐の準備に、ミセス・サービスは二人のメイドを手伝いに使い、コックはもちろん、料理に精を出していた。家政婦は、銅鑼が鳴るそのときまで二階にいたが、やがて台所に入ってきて、みんながそこにそろっているのを目にした。戸外の使用人たちについては、古参の庭師は映画に行っていて、年若い者たちは、その特別な晩餐を手伝うのに、だいたいは台所にいた。キャリーはさらに、他の者とも話をした。誰一人として、殺人を犯したと思われる人物をほのめかすことはなかった。

三人が部屋に集まった。ヒュー・バイパスが最初に、それからトレイを持ったサービス、最後に小さなトレイを持った初老の女性。

「すみません、こんなに長くお待たせいたしまして」執事が言った。「しかし、メイドは寝床に入ってしまい、我々がサンドウィッチを用意したものですから」

「いいえ、気にしないでください」テンペストは彼に言った。「こちらが、ミセス・サービスですか？」

「はい、さようでございます」ミセス・サービスは自分で答えた。彼女の声は落ち着いていて、静かで几帳面な印象だった。しかし、彼女は泣いていた。どんな振る舞いも、それを隠すことはできなかった。

「申し訳ない、こういった厄介なことをお願いして、ミセス・サービス」テンペストは言った。

「厄介なんかじゃございません」彼女は優しく言った。「お尋ねしようと思っていたのです。どなたか、何かお召し上がりになるかと」

「ご親切に。でも自分たちで準備できますから」彼は彼女に言った。すぐに彼女は出ていった。テンペストはサービスの方へ向いた。「今夜はもう、何も必要ありません。誰かが外で動きまわっていても驚かないでください。私はのちほど、この部屋で少し仮眠をとる予定です。お邪魔はしないようにします。金庫についてですが、ミスター・トラヴァース。明日まで、中身を確認する必要はありませんな？」

「必要はないです、何も」トラヴァースが答えた。彼はヒュー・バイパスに愛想よく振る舞った。執事は出ていった。

「とても誠実な老紳士ですな」ドアが閉まると、テンペストは考え深げに言った。

「彼はとても良い人ですよ、実際」ヒューが応じた。「私自身が彼を雇えるといいのですが」

「奥さんも感じのいい女性だ」

「とても素晴らしい女性です、本当に」ヒューが言った。「気品があり――とても有能です」

それから、ヒュー・バイパス、四十四歳。ブロムリー、ヤンデル・ハウスの教師は、指紋を採取された。テンペストが第二段階の復唱に入ると、彼は、弟のトムもサービスもチャールズ・マントリンも、法に触れるようなことは一切していないと誓った――例え、それぞれが叔父に恨みをもっていたとしても。五分ほどで彼は出てゆき、マーティン・グリーヴが入ってきた。

マーティン・グリーヴ、五十歳。技術者。住所、カムデン・タウン、パワー・ロード、八十九A。形式的な手続きを取り終える。事件の肝心な瞬間、彼は床からカードを拾おうとし、なかなか手が届かず、従って、何一つ誓うことはできないと認めた。

「もう一つ、お尋ねしたいことがあります。私はそのことでかなり頭を悩ませているのですが」テンペストが言った。「推測するに――実際、自分自身の経験から――銅鑼が鳴ったとき、この部屋は、かなり暗くなっていたのではないかと――」

「そんなに暗くはなかったです」マーティンが言葉を挟んだ。「ちょっと薄暗いだけで」

「そうですか。まあ、どうであろうと、あなたたちはゲームを続けた。誰も明かりをつけようとはしなかった」

「そうですね」マーティンは言った。たいして重要でもないことを話しているような声だった。「叔父はゲームに夢中でしたから、明かりを気にするような余裕はありませんでした。残り十分のあいだ、あくせくとカードを掘り起こしていましたから、テーブルから目を離すようなことはなかったと思います。それに、夏の夕方をご存知ですよね？　なかなか明かりをつける気にはならないでしょう、必要に迫られない限りは。もちろん、サービスはそこにいませんでしたし――どちらにしても、状況は同じだったと思いますが」

最後にトム・バイパスが入ってきた。四十歳、もと陸軍将校（障害年金受給者）。住所、イルフォード、エイトキン・ガーデンズ七番地。トラヴァースは最初から彼に好感を抱いていた。物静かに話し、思慮深く、穏やかで、概して柔軟な対応を心得ている。四人の中で彼だけが確信に満ち、一貫性を持ち得るタイプと見受けられた。表面上は、ひどく疲れて病気がちに見えるが。

「ヒューのことは、もちろん、申し上げるまでもありませんね」彼は言った。「僕たち二人は、五フィートも離れていないところで話をしていました。マーティンも――まったく疑う方がばかげています。それから、チャールズ・マントリン。彼の姿は、始終、目の端に映っていました。彼はまったく動かなかったようです」トムは素っ気なく笑った。「彼は僕たち同様、あの忌々しい銅鑼が鳴るのを呪って、早く止むのを待っていました」

午前一時を過ぎてからだった。車で署まで送ってもらえないかと、テンペストがトラヴァースにもちかけた。そして、トラヴァースには、そのまま寝床へ戻るようにと提案した。テンペストの仕事には終わりがない。彼は警察署の電話を使うのを好んだ。夕食が遅れた上に会議も長引き、迅速な行動による次なる方針が進められていた。地元紙もロンドンの新聞社も、報道機関の使命として、直ちに犯罪について伝えなくてはならない。見出しで、エセルについて公表されるだろう――旧姓、グリーヴなどといった情報と――直ちに名乗り出るようにとの文面が。貸し自動車会社は、夜中も営業しており、翌朝早くに、グリーヴをいつも乗せていた運転手をよこすよう依頼することになっている。最後に、トラヴァースの提言と強い主張によって、必要とされる地元警察当局に、四人のいとこそれぞれについて極秘情報をよこすようにと、連絡がいった。

「金庫の見張りだが」キャリーが立ち去ろうとすると、テンペストが言った。「誰か良い人物はいそうかね?」

「僕にやらせていただけませんか?」熱意を込めて、トラヴァースが申し出た。「こんなスリルを感じるような機会は、僕の人生にそうそうありませんからね」

「スリルを感じるですと!」キャリーは唸った。「空っぽの部屋にただ座っていても、そんなにスリルはありませんよ。万に一つの可能性で誰かが入ってくると待っていても、おそらく入ってこないでしょう」

しかし、トラヴァースはいくつもの理由をあげ、敵を困惑させた。あと一、二時間ほどで明るくなり、敷地の探索が始まる。日中寝る時間はいくらでもある。テンペストは自分で車を運転していけるだろう。多少見通しは悪いが。

「やはり、気が進まないな」一度承諾したあとで、テンペストは言い添えた。

トラヴァースは、安心させるように彼の肩を叩き、車に辿り着くまで見送った。

「使用人の部屋にまだ明かりが点いています」巡回の任務にあたっている警官が報告した。「お知らせした方がよろしいかと思いまして、こんなに遅くですから」

「ほら、やっぱり！」これがトラヴァースの最終的な弁明だった。「この家のほとんどの人は、あまり眠れないだろうって、僕は言いませんでしたか？」それから、彼は声を低くした。「金庫を最後に覗き見るためじゃなかったら、サービスは、なんのためにまだ起きているって言うんですか？」

第七章　騒がしい世の中

居間には、カーテンのかかった奥まった場所があった。トラヴァースは窓際よりそこを選んだ。場所について論じたとき、もしサービスが部屋に入ってきて、最初に心配するとしたら、窓際のカーテンが引かれていて、外から見られないかどうかだろう。それで、トラヴァースは椅子を動かし、何もない奥まった部分に横向きに座った。充分な広さがあった。そして、心の底では、きっと何も起こらないであろうと思いながらも、何かを待ち受ける準備をした。

少しも眠たいとは感じなかった。彼は夜型人間で、その頭脳は真夜中に機能を最も発揮すると自分でも確信していた。ともかく、その夜、彼には眠気を振り払う絶対的な解決策があった——四、五時間に及んだ取り調べから浮き上がってくる、主要な点を再検討することに他ならない。その結果を心の中で反芻し、次なる用途のために記録しておくのだ。まったく問題はない。知らず知らず、彼は並外れた記憶力を有するようになっていた。撮影機能のような彼の記憶は、頭の中でスナップ写真を焼きつけ、のちにゆっくり現像することが可能だった。

そして、これからの暗闇の中の二時間、差し迫って急ぐ必要はなかった。ゆったりと問題を検証するのは、彼にとって実に心地良い刺激だった。パーマーも含む、世の人々は、彼が新たな構想で、新たなる本に取りかかっているという重大な事実に気付かずにいる。それは彼の経験から自然と湧き出てきたもので、風変りなトラヴァース風のタイトルが付けられることになっている。『ケンジントンの血だまり』。サブタイトルは、『高尚なる殺人』。

というわけで、その夜、トラヴァースは、心の枠を思う存分広げて自分の考えを反芻してみた。彼が思うに、殺人には主義主張があるべきだ。そして、彼の人生において、全てを受け入れられるような人間にお目にかかった試しはない。それから、自分がどこにいるか忘れ、彼は自分が直接関わることになった殺人事件について考えを巡らした。独自性を主張する殺人こそが、彼にとっては唯一価値のあるもののように思われた。殺人は、ただ人を殺す行為ではなく、芸術ともなり得る。完璧な殺人は露見せず、逃げ切ることができ、それゆえ尋問に備えての裏付けがなくてはならない。そのような方式で、奇跡のようなことを成し遂げるのだ。

奇跡を起こす力。正確に奇跡とは何か？　純粋に相対的なもの、そして、はっきりとした解決が得られるもの、そう彼は確信していた。先住民にとって、火をおこすマッチは一つの奇跡かもしれない。人を惑わすものも、その潜在能力においては、一つの奇跡である。あのマーティンという男を例にあげると、現代の若者の発想に刺激を与えたであろう驚くような機械仕掛けで、小さな男の子や騙されやすい親たちに、しばしば奇跡を披露したのではなかろうか。そして、殺人を犯し、刑罰を逃れるとしたら、どんな奇跡や仕掛けをマーティン・グリーヴは見出しただろうか。彼にとって充分な時間をかけるだけ価値のあることだった。そのような発見には諸経費もかからず、宣伝に時間をかける必要もなく、すぐにとてつもない利益が見込まれる。一つの発想に三万ポンド！

しかし、そのようにやってみようと思っても、トラヴァースは何一つ自分自身の発明を企てることはできないだろう。ヒューバート・グリーヴの殺害において、犯人としての役目を果たすことにもなりかねない。また、戦時中、神秘的な作業に従事するなどということも彼には到底できなかっただろう――偽装工作の専門家、ロムニー・グリーヴのように。トラヴァース自身が認めることだが、二人のグリーヴについて間違った判断を下していた。やるべきことは、その夜の出来事を最初から思い出してみることだ。そして、六人の男をそれぞれ、ぴったりとくる適所にはめ込んでみるのだ。

ジョン・サービス、執事。敬虔なペテン師か、それとも誠実な召使か――どちらだろう？　自分やテンペストを見つめるとき、ずっと妙な表情をしていた。それに、脅しの手紙については、あからさまな嘘をついていた。おかしなことに、マントリンは彼については殺人の可能性を排除しなかった。彼がやった可能性はあるだろうか？　左手で銅鑼《ゴング》を強打しながら、右手で撃つことは可能か？　彼は銃を扱うことができるのか？　軍隊では教わらなかったかもしれない。彼の手に故障はなかったとして、ヒューバート・グリーヴの命と引き換えに、年五百ポンドを手に入れる充分な要因はあるだろうか？　それに、なぜグリーヴ氏は彼に年金を残すことにしたのか？　グリーヴ氏は、かなりの中傷誹謗を受けるような人間だったが、吠えるだけで決して嚙みつくつもりはなかったのか？　結局は、たった一度の試みで、ヒューバート・グリーヴの頭は左側によじれ、サービスが立っていた方向から撃ったのは間違いない、と考えてよいものなのか？

トラヴァースは考えるのをあきらめた。しかし、マントリンがまだ残っていた。疑われるような状況は何一つないが、どうにも怪しい人物だ。共犯という可能性もある――そのことを考え、トラヴァースは薄暗い部屋の中で笑みをもらした――共犯者は、どんな男をも奇跡の職人に仕立てることが可能だ。マントリンが一万ポンドを是が非でも必要としていたか、調べてみる価値はあるだろう。それに、なぜ彼は四人のいとこについて、あれほどまで詳しい情報をくれたのだろう？　もしも自分が話さなくても警察が調べるだろう、という口実だけで？

それから、四人のいとこ。どういったわけか、トラヴァースは彼らが好きだった。弱者や運に見放された者に対して、彼はいつも共感を抱いていた。しかし、それだけが理由ではない。ヒューは何一つ成し遂げられずにいる。弟のトムもだが——再びトラヴァースは、一人で笑みを漏らした——彼自身の理論では、二人の男が最初の容疑者にあがる。それからあの疲れたような外観に、上品な精神を持つマーティン。本当にカードを落としたのなら、疑わしいところなどまったくない。つまり、カードを落としたら、否応なしに目は床に向かう。見るつもりもないものを見ていたとしても、どうして彼を非難できよう。

最後にロムニー・グリーヴ。静物画の画家としての名声を若くして得て、果敢に今度は風景画に立ち向かおうとしている人物。おまけに、絵を描くのを忘れて、突然、理論の執筆に夢中になった。部屋の外から銃弾を放つことができた唯一の人物だ。しかし、三人は、東屋から弾丸が届くことはまずないと主張している！　なぜ前もって特別な寝室を確保する必要があったのか？　まるで不吉な前兆のように。もし雨だったとしても、東屋で絵を描くことはできたし、景色を眺めながら執筆もできたはずだ。それなら、なぜ特別な寝室を？

それから、トラヴァースは、すっかり忘れていた見知らぬ男の存在を不意に思い出した。男が植え込みから銃弾を放ち、その音がマントリンの耳に届いたのだろうか？　その男が脅迫状を書いたという亭主なのか？　それについて調査が進んでいるにもかかわらず、トラヴァースはなぜか、あまり興味を感じなかった。ブライトンの警察が、例のミスター・アーネストを捕まえるまで待つんだ。そう彼は自分に言い聞かせた。エセル本人が名乗り出るまで待つんだ。同時に心の底では、そのようなことが起こらないよう願っていた。それらの中には、なんの神秘もなんの奇跡も存在しないからだ。

彼は再び、自分の本のことを考えはじめた。頭をちょうどよく小部屋の角にもたせかけ、踵を傾いた椅子の横木に引っかけると、二分で心地良い眠気が訪れた。それから三十分ほど、ルドヴィック・トラヴァースは眠った。眠りから覚め、一瞬、顎を上げたが、また下がり、深い眠りに沈んでいった。と、大きな音とともに、彼は前のめりになって椅子ごと倒れ込んだ。きっと部屋中に、もしかすると隣の部屋にまで響いたことだろう。

すぐに、彼は自分がどこにいるか思い出した。一人で力なく笑った。その瞬間、笑いしか出てこなかった。どれほどの音を立てたのか、自分でもわからなかった。意識が戻ったほんの一瞬、地球の土台が崩れたかのように感じたが。薄暗いなか、椅子を戻し、再び座り、片手でカーテンをしっかりと引いた。もう片方の手で眼鏡が壊れていないか、素早く確認したときだった。低い声とドアノブをまわす音が聞こえた。

パチッという音と共に明かりがつき、彼は息をひそめた。沈黙。それから、サービスの声がした。

「ここには誰もいないようだ」

カーペットの上に足音が響いた。トラヴァースは改めて警戒心を抱き、頭の中で必死に適当な言い訳を探し求めた。滑稽にもこんなところに隠れている理由を説明しなければならない。窓のカーテンが開き――また元に戻された。

「窓は大丈夫だ。どこか他の場所だ」

サービスの足が再びカーペットを擦るように歩いている。ドアの近くから声が聞こえた。

「誰なのか、見つけないとならないだろう――誰の責任なのか――そして、物音が聞こえたことを話さなくては」

「そのようなことは、どうかなさらないで」彼の妻の声だった。しかし、その激しい主張には穏やかな彼女らしさが感じられず、どこかの知らない若い女性のようだった。「また嘘を重ねることになるだけですよ」

ドアが閉まろうとしていた。トラヴァースが、そっと覗くと、スイッチを消す手が見え、ドアが閉まるときの最後の言葉が聞こえた。

「嘘？　わしらは、これまでだってそうせざるを得なかった。そうじゃないか？」

かすかな音が沈黙の暗闇の中に退いていった。何分間か、トラヴァースは閉まったドアのそばに立ち、聞き耳を立てていた。ドアを開けたが、彼の耳には何の動きも声も届かなかった。それから、注意深く椅子をもとの場所に戻し、暗い廊下を通って応接間のドアへと向かった。そこに佇み、不意に衝動にかられて電気のスイッチに手を伸ばし、自分の腕時計をみた。午前三時。間もなく夜が明けはじめる。

明かりを全部点けて、彼はそこに立って考えた。それから、音を立てて咳払いをした。ただちに台所の廊下に通じるドアが開き、身なりを整えたサービスがあらわれた。彼は一瞬、瞬きをした。

「これは、びっくりいたしました。何か必要なものがございますか？」

「いいえ、特に」トラヴァースは言った。「でも、もしかしたら、たった今、ここで何か物音が聞こえませんでしたか？」

「音でございますか？」執事はかぶりを振った。「音は、どちらの方からでしょうか？」

トラヴァースは漠然と居間の方を示した。執事はもう一度かぶりを振った。

「まだ起きていたのですか?」トラヴァースが訊いた。

「眠るような気分にはなれませんで」彼の顔が明るくなった。「お茶を一杯さしあげましょうか? ちょうど今、淹れようと思っていたのです——自分用に」

「ありがとう」トラヴァースは答えた。「ぜひ、一杯いただきましょう」

応接間の明かりをつけたまま、彼はそこを出た。外は今、夜明けが近付き、静まり返っていた。やがて、カーテンのかかった閉じたドアから警官が出てきて、巡回の足音が聞こえてきた。トラヴァースは、サービスがあらわれるまでの短い時間、額にしわを寄せ、考え込んだ。

サービスが自分のためにお茶を淹れる? それに、どこか躊躇していた。自分たちという言葉が、出かかっていたのでは? しかし、なぜサービスは妻もまだ起きているということを隠さなきゃならなかったのか? しかし、他の問題の方がもっと深刻だった。嘘をつかなければならなかった。なんの嘘だ? サービス自身の? それとも誰かを守るために? それに彼の声の調子は叱責と決意と指摘とが混ざったものだった。何が嘘で何が真実かを人はどのようにして知ることになるのだろうか?

ドアが開き、執事がトレイを手に入ってきた。トラヴァースは眼鏡を手にそこに座っていた。

「あなたと僕は、一般的にコウモリの目、と言われる類《たぐい》ですかね」彼はおどけたようにサービスに言った。

「本を読む以外は、私の目はとても良い方でございます」執事は答えた。「眼鏡なしで読むことはできませんが、かなり遠くのものは見える方でございます」

トラヴァースの目は、偶然、カードテーブルの上に向けられた。そして、指がそちらに向けられた。

「それじゃあ、昨夜、ミスター・グリーヴが床からカードを拾っていたとき、実際にカードは見えていなかったんですね」

ためらいながらも落ち着いて彼は答えた。「見ておりません、私自身は――見ておりませんでした」彼は笑った。「しかし、前の夜は見ておりました。そのときもミスター・マーティンがカードを落とし、それを拾い集めているのをしっかりとこの目で」

トラヴァースは驚いた。指が眼鏡に伸び、それからまた戻した。彼は微笑んで言った。

「二日続けてカードを落としたんですか？　それは、あなたの鳴らす銅鑼のせいでしょうね、サービス。人が何かを落とすほど、びっくりさせる音ですから」

「ひどい音を出すのは確かでございます」彼は認めた。「でも、ご主人はそれを聞くのがお好きで、それは彼の権利でございます――私のではなく」

トラヴァースは頷いた。彼の顔には懸念がはっきりとあらわれていた。

「こういったことが、全てにどんな結果を生むのでしょうか？　もし我々が、みんなが真実を、完全なる真実を言っていると信用できたなら、わずかな時間で全ては解決するのかもしれません」彼の顔に不思議な笑顔が浮かんだ。とてつもなく大きなべっこう縁の眼鏡が光を受けて反射した。「どうして人は嘘をつくのでしょうね、サービス？　あなたと私は嘘をついていないですね？」

執事はじっと立っていた。彼の目は動かず、何も見てはいなかった。それから、頭を振った。

「あなたのことは、私にはわかりません。でも、私もただの人間です」彼は自分自身に頷いた。「例えば、私の兄弟が何かの責任に問われ――何かの事件の、そして、私が無実だと思うのなら、嘘をつくのは厭わないでしょう――誰かを巻き込まない限りは」

「たぶん、それは正しいことなのでしょう」トラヴァースは厳粛な顔で言った。彼は立ち上がり、老人の肩に手を置いた。「でも、それは単なる憶測に過ぎません。あなたには兄弟はいないし、そういったことは起こらない。そして、あなたは嘘をつくのがとても下手だ。そう思いませんか?」老人は唇を湿らせ、頭を振った。「さあ、これ以上ばかげた話のため、あなたをここに引き止めておくわけにはいきませんね。お茶をどうもありがとう。トレイは片付けに来なくていいですよ、僕は眠っているかもしれませんから」

しかし、目を閉じて横になっても、トラヴァースに眠気は訪れなかった。夜が明け、それとともにテンペストがやってきた。キャリーが捜査のため部下を所定の位置に着かせると、トラヴァースは彼をわきへ引っ張っていった。

「それじゃあ、彼らは一晩中起きていたのかね?」トラヴァースが話を聞かせると、テンペストは言った。「そして、サービスは嘘を言っていると考えられる。我々はどうするべきか? 彼と面と向き合い、会話を耳にしたことを話すべきか?」

「彼は否定するでしょう」トラヴァースは言った。「でも、僕が出しゃばり過ぎだと思っていないのでしたら、考えがあります。あなたが許可すれば、朝食のあと、マントリンはここを離れるでしょう。そうすると、寝室が一つ空きます。誰かをその部屋に入れるべきだとおっしゃってくれませんか? つまり、パーマーと僕を——ここに」

午後五時頃のことだった。重大な発見がなされた。キャリーの呼びかけで、テンペストとトラヴァースは植え込みに足を運んだ。東屋と応接間のフレンチドアとのちょうど中間にあたる場所だ。細い一本の木が月桂樹の茂みの外側にそびえ立っている。緋色のサンザシのようだった。

「ここを見てください」キャリーがものものしく言った。

地面から三フィートの幹のところに、六インチの釘が打ち込まれている。更に二フィート上には、普通の留め金が、そして更に六インチ上には小さめの三インチくらいの釘、そして、そこから数インチの長さの頑丈な紐がぶら下がっていた。留め金を通って、紐の先端がぷつりと切れている。テンペストは眉をひそめた。

「これが何か、おわかりですか？」キャリーが尋ねた。

「そうだな、考えられることはある」テンペストは彼に言った。「まだ未完成だと考えられるが、おそらく、そこに人が立たなくても、照準を狙って銃を発砲するための仕組みだろう」

「まさしく、その通りです！」彼は顔を輝かせた。「大きな釘が銃を支えることに、お気付きでしょう。その場所の前に、ちょうどいい間隔を開けて、月桂樹の頑丈な又木があります。そこに銃の片端が置けるようになっています」彼はどうやら実験を行っていたようで、今度は真っ直ぐな棒を取り出した。「これを銃だとします。銃身に沿って目を細めてみてください」

テンペストは目を細め、トラヴァースも同じようにした。テンペストはかなり興奮している様子だった。

「キャリー、昨夜、老人が座っていた場所に行って、同じようにしてくれ。銃がどこを狙うか、見てみよう」

キャリーは言われた方へ向かった。

トラヴァースの視線は、上の釘に留まったままだった。彼は、それにとても興味をもった。

「その奇妙な仕掛けがどのように働くか、僕にはまったくわからない」彼は言った。「誰かが木の上にでも登らない限り。でもそれは明らかにばかげている。引き金に紐を巻きつけ、滑車でも使わない限りは」

「それのどこが問題なのかね?」テンペストは陽気な声で言った。「あとで、いくらでもそれについての分析はできる。君自身は、これが銃を発砲する仕掛けだと思うかね?」

「そうですね」トラヴァースは答えた。「おそらく、そうだと思います、例えば、月桂樹のその割れ目は自然にできたものではありません。それに、茂みの小枝がきちんと切られています」

キャリーの呼び声が聞こえた。テンペストは、銃に見立てた棒に沿って目を細めた。それから、トラヴァースも。視線は、はっきりとキャリーの首をとらえた——それは、故人の頭のところだろう。

落ち着いた足取りで満足げに、ナデシコの茂みをかき分けながらキャリーが戻ってきた。

「この辺の足跡はどうなっている?」テンペストが彼に尋ねた。

キャリーは鼻息も荒く、適切な判断を告げた。「部下の何人かが、手や膝をついて、この辺を調べています。何か跡が見られますか? 部下は何も考えず仕事をし、痕跡を残していないのなら、この仕事をした人間は何も残すまいと、かなり骨を折ったはずです」

テンペストは頷いた。「しかし、銃が使われたのなら、それはどこに行ったのか?」

「どこに、ですか?」彼は笑った。「私の考えを申し上げましょう。犯行のあと、男はあちらの方へ逃亡したでしょう、屋敷からできるだけ遠く離れたところ、あの森の中へ。それゆえ、どちら側へ行こうと、必ず池の側を通り過ぎる。銃の在処《ありか》はそこです——間違っているかもしれませんが」

「個人的には、君が正しいと思えるが」テンペストは言った。

「池の底をさらうつもりですか?」トラヴァースが口を挟んだ。

テンペストは口をすぼめた。「そうは思わないな。どれくらいの深さだ？」

「深さですか？　中心部は十フィートくらいです。古い人工池ですから」

「それじゃあ、水抜きができるだろう？」テンペストは言った。「弾丸は、我々が知る限り、池の中かもしれない。水底をさらったり、浚渫《しゅんせつ》したりはできない。私道を通って発動機を近くまで運んだらどうだろう。それから、水道局の設備を利用できるかもしれない」

「素晴らしい！」トラヴァースが声をあげた。何か面白い、興奮するような朝の出来事を予感していた。

「それでは、それを手配してまいりましょう」キャリーは振り返り、そこで足を止めた。声が低くなり、目は南西の寝室の窓の方へ向けられた。ものすごく険しい顔で、二人についてくるよう合図をし、池の裏手にあるシャクナゲの陰に来るやいなや、説明をはじめた。

「このことが全て何につながるか、おわかりですか？　あなたがくださったノートによると、この計画を手掛けることができる男が一人おります――その人物の窓の下で、我々は話をしていたのです！」

テンペストは一心に考えを巡らせていた。「そうだ、君の言う通りだ。だから彼は、あの裏の窓から抜け出し、命令を無視して、ここに出てきたのだ。彼は落とした銃を探しにきたのだ」

「それとも、あの仕掛けをめちゃくちゃにして、我々に決して見つからないようにするためでしょうか」トラヴァースが言った。「それで、糸が切れていた」

テンペストは頷き、また眉をひそめた。「それでも、少なくとも三人は、銃が発砲したとき、ロムニーは東屋にいたと誓っている」

「その通りです！」キャリーは言った。「ロムニーは、東屋にいたのです。あの紐の先を握りしめて」

「そうかもしれん」テンペストが応じた。「しかし、どうも納得がいかん。全てが単純過ぎる」

トラヴァースの顔が不意に輝いた。「そんなに簡単ではないということを説明しましょう。みんなは、ロムニーが東屋にいたと断言しました。彼がそこから出てきて、話すのも聞いたかもしれない。しかし、実はそのあいだ彼は、あの寝室からずっと紐を巧みに操っていたのかもしれない。この特別な訪問の際、どうしても使いたいと願っていたあの寝室からです」

テンペストは寛大な笑みを浮かべた。「それは簡単とは言えないな。かなり奇跡的だ」

「そのとおりです！」顔を輝かせたままトラヴァースが言った。「私の最初の見解を覚えていますか？　更に言うと、奇跡は容易く起こる。全ての現象には関連がある。一度、素早く動かしていた手を止めて、人の目を惑わすのをやめ――」

テンペストは笑い、彼の腕をつかんだ。「空いた時間ができたら、全て聞くよ。今は仕掛けの写真が撮れたか、確かめに行こう――残っている部分の――それから、目立たぬよう、すぐ近くに人を配置して、それに手が加えられることがないか確認しようじゃないか」


その朝、八時をゆうに過ぎてからだった。ある動きがあった。貸し自動車会社の運転手、プラントが事情聴取にあらわれた。いつもミスター・グリーヴを車に乗せていました、と彼は言った。二年前、この仕事に就いて以来ずっと、ということだった。

「彼は上客だと思いましたか？」できるだけ愛想よく、テンペストが尋ねた。

「特に、そうは思いませんでした」プラントは言った。「二時間、ときには三時間、彼を乗せましたが、チップはいつも同じ金額でした——六ペンス！」

テンペストは笑った。「いつもどこへ行きましたか？」

あらゆるところへ、とプラントが答えた。「村を巡ったり、ダウンズの丘陵地帯まで行ったり、イーストボーンまで遠出をしたり、一度はブライトンへも。彼は特に庭が好きでした。いつも車を停めて、誰かの家の門や生垣を眺めていました」

「最後の数回は、どこに行きましたか？」テンペストは訊いた。

「すぐには思い出せません」彼はしばし考えた。「イーストボーンに一度。それが先週の金曜日。土曜日はトンブリッジをまわり、バトルを経由して帰って参りました」

「どこかに長時間停まっていましたか？」

「いいえ、土曜日は。金曜日は車を停めました。イーストボーンに行くときは、いつも車を停めていましたね。彼は車から降りて、自分でどこかへ行ってました。そして、決まった時間に、また迎えに行くんです」

テンペストは頷いた。「なるほど。それで、この六カ月間で、どのくらいイーストボーンへ行きましたか？」

「イーストボーンですか？」彼は考えた。「二回——いや、三回です。そうです——三回です。一度は聖金曜日《せいきんようび》に、次は六月、そして最後も金曜日。全部で三回です」

「彼の話からは、なんの収穫もなさそうだな」運転手が帰ると、テンペストが言った。「グリーヴは、妹に会いに行っていないようだ。そうなると、手紙でやり取りしていたに違いない。もう一度、金庫を調べなおしてみるのもいいだろう」

しかし、金庫にも引き出しにも何も見つからず、そのあと九時過ぎにブライトンから連絡が届いた。郵便局には、I・N・アーネスト氏に宛てた手紙はなく、今までも預かった記録はないという。

テンペストは当惑した。「いったいどうして、グリーヴは手紙の返事を出さなかったのか？　もし、その男とここで会う約束をしていないのなら、なぜ、あんなふうに我々を呼び寄せ、話を聞かせたのか？」

「彼は誰から見ても、ケチな年寄ですよ」トラヴァースが言った。「男はどちらにしても自分の住所を知っている、と彼は思っていた。もし、来るつもりがあるのなら、きっと来るだろうと思って――切手代をケチったんですよ」

テンペストとポールゲートは、また新たに、手にした書類すべてに目を通し、エセル・グリーヴの最初の手紙が見つからないかどうか調べた。それから、十時を過ぎると、電話が鳴った。

「私は、イーストボーンにあるJ・T・ベンドライン社の弁護士、J・T・ベンドラインというものです」声の主がテンペストに言った。「警察署に電話をしたところ、こちらにつなげてくださいました。今日の午前中、あなたのご都合のよろしい時間にお会いできるかどうか、お伺いしたかったのです。我々は、亡くなったミスター・グリーヴの弁護士です」

「彼の弁護士！」テンペストは、驚きを隠せなかった。「つまり、彼の遺言をお持ちなんですか？」

驚きの言葉が返ってきた。確かにその事務所は彼の遺言書を預かっていた。日付は、その年の六月。

「彼が亡くなったことをどうして知ったのですか？」テンペストは尋ねた。

しかし、新聞社の最新記事からでないことは予想がついた。シーバラの地方紙『ビーコン』ですら、大急ぎで早版に間に合わせようとしただろう。そして、ミスター・ベンドラインが顧客の急死を目にしたのは、ロンドンの日刊紙の別刷り追加記事だった。

「できるだけ早く、こちらにいらしてください」テンペストは告げ、そのあと思い付いた。「遺言の中身を簡潔に教えていただけませんか？　もちろん、厳密には極秘ということになるのでしょうが」

彼が聞いているあいだ。ルドヴィック・トラヴァースが入ってきた。それから、テンペストが受話器を置いた。

「年配の弁護士が、イーストボーンからここまで来るのに、どのくらいの時間がかかると思う？」満足げな顔で、彼はトラヴァースに尋ねた。

「もし彼が百歳で、ここまで歩くとすれば――三週間ですかね」トラヴァースは言った。「車で来れば、だいたい三十分でしょう」

「なるほど」テンペストは言った。「それでは、あと三十分で戦闘開始だな」

第八章　カリグラのガレー船

池の端、シャクナゲの植え込みが途切れたところに、ルドヴィック・トラヴァースは立ち、ポンプ装置が作動するのを見守っていた。大きなホースが振動し、水が丘の方へ汲み上げられると、彼は期待に震えた。水が丘の斜面を流れ、下の谷に勢いよく流れ落ちると胸が高鳴った。マントリンは、テンペストの許可により屋敷を去って行ったが、四人のいとこは、そこで見守っていた。水が次第に減ってゆき、最終的に泥が見えてくるまで、彼らはどんな気持ちで見つめているのだろう、とトラヴァースは考えた。

ベンドラインの車がやってくるのを見逃さないよう少し場所を移ったとき、二人のバイパスが近付いてきた。トムは頷き、微笑んだ。

「作業するには、もってこいの朝ですね」

「そうですね」トラヴァースが頷いた。「今夜のメニューに魚がでるかどうか賭けをして、ちょっとした金儲けができるかもしれませんよ」

ヒューは、トラヴァースがふざけているとは、すぐにはわからなかった。トムは笑った。

「ここから出てきたら、僕はなんでも食べますよ。でも、ウナギだけはだめです」小さな咳払いをすると、彼は一瞬横を向いた。「すいません。ここの空気がちょっと身にしみるようです」

ヒューが口を挟んだ。「いとこから、あなたが有名な作家だとお伺いしました、ミスター・トラヴァース」

トラヴァースは弁明の言葉を探した。トムが先に口を開いた。

「なぜ、警察と関わることになったのですか？」

「えーとですね」トラヴァースは口ごもった。「それは、とても長い話でして」

「すいません」トムがまた言った。「でも、なぜあなた方は、池をさらっているのですか？」

トラヴァースは、話してもなんの害もないと判断した。誰かが殺人を犯した。そして、その犯人が銃を投げ捨てたかもしれない。また、不思議なことに銃弾も見つかっていない。

「とても興味深いですな」ヒューが言うと、また池の方を見つめた。不意に一、二フィート水が減ったかのようだった。

弟も頷き、さして興味もなさそうに見つめていた。それから、彼の顔にまったく別の表情が浮かんだ。

「ところで、昨夜は我々もかなり慌てていまして」彼は兄の方へ向いた。「ミスター・トラヴァースに、僕が見た男について話しておくべきだと思わないかい？」

すぐにトラヴァースは、その情報を持って屋敷の方へ戻りだした。キャリーは、三人の近くに寄り、ずっと目で追っていた。ロムニー・グリーヴは、昨夜、くどくどと自分の主張を繰り返し、些細な問題を起こしたことなど今やすっかり忘れた様子で、東屋の階段のところにイーゼルをセットしていた。

テンペストは、その情報をまったく歓迎していないようだった。それは、木の細工という大いに期待できる手掛かりの妨げになるものだった。依然として、トム・バイパスへの不信感も消えず、それによって自らを慰めていた。

「彼が見たのは、おそらくマントリンだろう。そちらの方向から来たはずだ、君も覚えているだろう」テンペストは眉をひそめた。「そうは言うものの、どうやって姿を消したのか。もちろん、バイパスが一瞬、目を離し、そのあいだにマントリンが、ドアから見えないところに移動したとも考えられるが」

車の音が聞こえた。そして、呼び鈴の音。すぐにサービスが、ジャクソン・ベンドラインを居間へ案内した。彼は白髪で、動きもまだ機敏で、六十代後半といったところだ。

「当然のことながら、これはすべて絶対に極秘です」前置きが終わると、テンペストは確認した。「しかし、あなたが最初にどうやってヒューバート・グリーヴ氏と接触したのか、ぜひ教えていただきたい」

「彼が、電話をくださいました」ベンドラインが言った。「私の名まえを電話帳で調べたとおっしゃっていました。そして、私の声が気に入ったと。それから約束を取り決め——六月の初めに——前もって電話で遺言の作成という指示をくださった。手紙で詳細を伝え、ある午後にやってきて、すべてを完成させせました。実際、とても簡潔な書類です」

「彼の態度に何かおかしなところはありませんでしたか?」

「特に思いませんでした」彼は笑った。「氏はとても変わったタイプの方でした、もちろん。とても疑い深く——打ち解けない感じで。彼の最初の質問は、この取引が極秘で行えるかどうかでした。間違いなくそのようになされることを私は保証いたしました」

「先週の金曜日、彼があなたに会いにきたときは驚かれましたか?」

弁護士自身、その質問に驚いているようだった。

「ええ、そうですね」ベンドラインは言った。「グリーヴ氏が行ってしまったときは、もっと驚きました」と、再び笑みを漏らした。グリーヴ老人は、どう見てもちょっと変わっていると彼の目に映ったようだった。「彼は言いました。町にちょっと寄ったので、挨拶をしにやって来たと。私はからかうつもりで、新しい遺言でも作りに来たのか尋ねました。すると、彼は笑いました。なんだか妙な笑い方でした。何か手の内を隠しているような。彼が話した内容に興味がおありかもしれませんね。代筆した遺言状は何よりもみなさんを悩ませることになるでしょうね」

テンペストはにやりと笑った。「彼の判断は、さほど狂ってはいなかったと思います。それは私には関係のないことですが。しかし、その日の午後、町で残った時間をどのように過ごしていたかは、ご存知ないですよね?」

「いえ、知っています」ベンドラインは言った。「私のところの事務員が、まあ、その彼もグリーヴ氏を変わった人物だと思っていたようですが、数分後に近くのレストランで氏を見かけたと言っていました。一人でとても楽しそうに、バンドの演奏に耳を傾けていたと」

「それはとても役に立つ情報です」テンペストが言った。

「それから、彼はあなたに電話か何かで、エセルという名の実の妹がいることを告げなかったようですね」

ベンドラインは、かぶりを振った。「まったく聞いておりません。ご存命の妹さんがいるなど、知りませんでした」

「我々は、いるかもしれないと考えているのですが」テンペストは述べた。「さて、彼の遺言の主な条項についてですが。確認させていただいてもかまいませんか？　個人的にメモを取りたいので」

弁護士は繰り返した。一万ポンドをそれぞれ四人の甥に。屋敷と屋敷の中身の特別な遺贈をマーティンに（「彼はいつもクリベッジの相手をしていましたから」と、テンペストが口を挟んだ）。五百ポンドの年金を家政婦に、二百五十ポンドを執事に。残りはリストに載っている慈善事業に。

テンペストはメモをとり、それから、隠していた事実を暴露した。

「シーバラにあるマントリン商会という弁護士事務所をご存知ですか？」

ベンドラインは一瞬興味を持ったようだが、やがて不快な顔をした。

「名前は聞いたことがあります」

「住所をお教えします」テンペストが言った。「なぜなら、ただちにミスター・チャールズ・マントリンに会われた方がよろしいかと。彼は、ヒューバート・グリーヴの法律顧問を長年勤めてきました。そして、あなたのよりも前に書かれた遺言書を持っています。もちろん、あなたの遺言が効力を発揮すると思われますが」彼は驚いているようだった。「このニュースを聞いて、驚きましたか？」

ベンドラインは、素っ気なく笑った。「彼はひどく変わった方だったと、申し上げませんでしたか？　それに」――彼は顎をこすった――「あえて言えば、この件は容易に調整できます。説明することも。ミスター・マントリンと私の間で。彼が、さらに新しい遺言状を持っているということはなさそうですね？」

「彼が持っているのは、少なくとも十年以上前のものです」テンペストは彼に言った。

ベンドラインは立ち去り、テンペストは、ベンドラインが訪問するのを事前に忠告しようと、マントリンの事務所に電話をかけた。マントリン自身が電話に出た。テンペストは、話し出す前に意味ありげな視線をトラヴァースに送った。トラヴァースは耳を澄ましたが、電話線の向こうからは、かすかな音も聞こえなかった。

最後の言葉が交わされているとき、テンペストの表情から、電話の向こうで何が起こっているのか、推測することができた。

「ええ、極秘に情報を耳にしたもので、あなたにも忠告しておいた方がよろしいかと、万一の事態にそなえて……そうです……ミスター・ベンドライン自身がこちらに電話をくれまして、あなたに関係することなんですが……ありがとう。それでは」

「彼はどんな様子でしたか？」トラヴァースは直ちに聞いた。

「判断するのは難しいな」テンペストは言った。「まるで、空高く吹き飛ばされたような、そんな印象だね。電話を切ったときも、まだ地上には戻ってきていないようだった」

「一万ポンドは、失うには大きすぎる額です」それから、彼は笑った。「彼はこの件で、自分が正直であると証明した唯一の人物ですね。彼は我々に色々語っていました。一万ポンドあれば充分満足だと。自分を恐れているという理由だけで、グリーヴは金を残すつもりなんだと。そして、彼はグリーヴを疑っていると。いつだって汚い企みを抱いている可能性があると。マントリンがほのめかした全てが正しかったということですね」

テンペストは頷いた。

「たった一つ、理解できないことがあるんです」トラヴァースは続けた。「一つだけとは、言えませんが。全ての糸口をまだ完全につかんではいないでしょうから。つまり、こういうことです。弾丸を植え込みの方から飛んできて、その音が聞こえたというのは、主にマントリンの証言でした。弾丸を放った銃が、仕掛けのところに残されているとは考えられない。それとも、マントリンが外に出たとき、暗い茂みの中で、それを目にしたのかもしれない。それゆえ、ロムニー・グリーヴを容疑者と想定するのは間違っている。発砲したあと、彼には銃を投げ捨てることなどできなかった。これ以上明白なことはないでしょう。東屋に座ったまま糸を使って、引き金を引っ張ることもできないはずです。なぜなら、茂みが邪魔となるでしょうから。それにもかかわらず、マントリンが正しければ、誰かが仕掛けのところから発砲したということになります」

「脅しの手紙を書いた人物か」テンペストが示唆した。

「それは、もっと不可能です」トラヴァースは言った。「彼が、敷地内の配置を知り尽くしているという証拠はありませんよね？――さらに、銅鑼《ゴング》が鳴ることを知っていたのか？　彼については、わずかな証拠しかなく、どう考えても疑わしいものです。偽の筆跡に偽の名前。グリーヴ氏から名前を隠す理由など何もないはずなのに。グリーヴ氏は、確かに知っていたはずです。そして、自分宛ての手紙を探しに男がブライトンの郵便局を訪れた痕跡はない。我々が、先週の土曜日の夕方、グリーヴ氏と面談したときのことを思い返してみましょう。なぜ、グリーヴ氏自身ですら、男のことを深刻に考えていなかったのか。どちらかと言えば、おもしろがっているようにすら見えました――何か特別な企みを仕組んでいたようにも思えます。グリーヴ氏が自分自身で脅迫状を書いたとしても僕は驚きませんね」

「かもしれんな」テンペストが言った。「彼の筆跡があるものを探して、手紙と一緒に専門家に送ってみよう」

トラヴァースは警察署までテンペストを送ってゆき、そこで降ろした。武器や弾薬の専門家がもうすぐ来ることになっていたが、トラヴァースは開いた頭蓋骨を見るよりも、池をさらう方に断然興味があった。それで、パーマーと荷物を拾い、慌てて町で食事をし、再びペイリングスへと急いだ。

パーマーと彼の雇主、そしてサービス夫妻という三組には、言うなれば、しっかりとしたつながりは何一つなかった。全ては漠然としているため、少しずつ様子を見ながら、偶然に任せるしかない。パーマーは、警察のスパイという立場を快く思っていなかった。彼がやっていることは、都合よく考えると、トラヴァースのためになることだった。それでも、覗き見したり、詮索したり、誘導尋問するようなことはないだろう。トラヴァースも、この従者を信用していた。ただ、彼が自然にサービスの部屋に行き来できるようになれば、求めずとも情報が得られるであろうし、当然、物事が順調に運ぶだろう。

パーマーは、常に私心も偏見も持たない観測者で、彼ほど、その職にふさわしい人間はいないと思えるほどだった。いくつかの点で、サービスに似ていた。しかし、グリーヴの執事は、主人に対して親切心と適切な態度、そして敬意を示していたのに対して、パーマーには確固たる姿勢があり、上品な資質を備え、その銀髪の貴族的な威厳と司教のような側面は、無意味な疑惑を払いのけるほどの価値がある。彼には豊富な記憶の蓄えがあり、それによって、ジョン・サービスからの信頼も得られるはずだ。そして、礼節における古風な魅力は、彼の妻をも魅了するだろう。その上、パーマーには適応力がある。屋敷においては有能で、かなり様々な仕事にも精通している。

午後早い時間に、ルドヴィック・トラヴァースは、再び排水作業を見守っていた。グリーヴ氏がシャクナゲの木々のあいだに置いていた、六脚あるうちの一つの椅子に腰かけ、くつろいでいた。穏やかなとても暑い午後で、水はブクブクと音を立て、ホースを通って丘の下方にしぶきをあげて排水された。トラヴァースは実際に、数週間分の興奮が濃縮されたような一、二時間を過ごしていた。おそらく、多くの近代ローマ人もこのように、カリグラのガレー船（二十世紀になって発見された古代ローマ皇帝カリグラの軍用船）が、ゆっくりと、その姿をあらわにするのを目にしたことだろう。既に水位はかなり下がり、いくつかの木の枝や、怠惰な庭師が捨てたと思われる昔の手桶などが水面に見えてきた。

午後二時、ロムニー・グリーヴが芝生の向こう端から出てくるのが見えた。未完成の絵を抱えている。場違いなエンジン音やいつもの景色を妨げる吸引設備に乱されることなく、すぐにまた回廊で作業に取りかかった。他のいとこの姿はなかった。他の面々はどうしているのだろう、とトラヴァースは思い、また思考は事件へと及び、せっせと推測がなされた。

生きるべきか、死ぬべきか。それが――手掛かりに関しては――問題だ。手掛かりが、手掛かりではなくなったのは、いつか？　トラヴァースは考えた。好奇心と熱意とが、全てを捕えようとし、捻じ曲げてしまった。つつましいくしゃみが、思いがけず猛威となり、悪意ある旋風をもたらすがごとく。例えば、マントリンだ。ベンドラインは、彼の名を耳にして、かすかに嫌悪をあらわした。それとも、気のせいだったのか？　マントリンではなく、何かまったく違うものに対する嫌悪だったのか？　もう一度、マーティン・グリーヴを取り上げると、カードを二晩続けて、同じ瞬間に床に落としたという事実。そこには、たぶん何も意図はないだろう。人生はすべて偶然によって成り立っている。トラヴァースは、自分に言い聞かせた。些細なことに意義を与えるほど簡単なことは他にない。例えば、なぜ、ロムニー・グリーヴは、午後になって絵を描いているのか。朝の明るいうちに始めたはずなのに、今では景色がまったく違うのではないか？　それはつまり――ゆがんだ執拗な見方をすれば――興味のないふりを装って、目の前で排水の進行を確認したいということではないのか？

しかし、池の水はどんどん減っていた。切り立った側面が次第にあらわになり、底のカーブの方へと達すると、汲み上げ速度も早まってきた。骨組があらわれてくると、鷲たちが集まってきた。技師が点検を行い、作業完成まで、あと一時間あまりと述べた。テンペストが戻ってきた。ポールゲートとキャリーは見張り役から退いた。ロムニー・グリーヴはカンバスを片付け、土手の方へやってきた。すぐに三人のいとこも姿をあらわした。

キャリーはトラヴァースとテンペストの立っている近くに寄ってきた。最初に出てきた物を見つけたのは、彼だった。ポールゲートは必要な器具——長い柄の網、熊手が付いている鋤《すき》——を持ってくるよう送り出された。彼が戻ってきたときには、興奮はさらに高まっていた。二冊の本が今やはっきりと見えた。そして二冊をまとめている紐も。

「あの、なくなった二冊の本だ！」テンペストが声をあげた。「取り出すんだ、キャリー」

しかし、まずは一連の措置をとらなければならない。キャリーが着手したとき、本はおかしなことに抵抗を示し、動かなかった。石が重しとして紐の端に括り付けられていた。そこで、鋤のような道具が持ち込まれた。

「何をしてるんだ！　それに触るな」彼らがようやく土手にそれを置くと、テンペストが叫んだ。「手袋をはめろ、ポールゲート。それから、調べるんだ」

ポールゲートは紐を切り、本を開いた。表紙の赤い着色が中身を台無しにしていたが、タイトルははっきりと読み取ることができた。確かにその本は、無くなった二冊だったが、一冊の背表紙は裂かれていて、どういったわけか、表題の部分まで裂け目が続いていた。しかし、それは裂かれたものではない。何かが、本の裏表紙を対角線上に切り裂き、一部分が表紙まで貫通したようだった。その何かは、まだ見つかっていないが、ほぼ見当がつく。そうだ、弾丸だ！

しかし、すぐそばに目撃者が大勢いたため、何も言葉は発せられなかった。ポールゲートは発見物を二つ折りの封筒に入れた。同時に、次のものがあらわれた――銃床だ。キャリーはすぐにそれをつかみ、引き抜いた。それはウサギを仕留めるのに使うような小さなライフルで――実際は、組み立て式の二〇二モデルだった。

テンペストは、そばに寄ってきている見物人に呼びかけた。「すみませんが、みなさん、池の反対側に退去していただけませんか。みなさんが、ここにいらっしゃるのは、とんでもなく規則に反することです」

「本を通り抜けた銃弾が、彼を殺したのだろうか？」土手に人がいなくなると、彼はトラヴァースに尋ねた。「私自身は、疑わしいと思っている。銃弾が正確に頭蓋骨を通り抜けるかどうか」

トラヴァースもこのときばかりは、まったくわからないことを認めた。彼にわかったのは、二〇二モデルの銃弾が、二冊目の本の背にくっきりと切り取ったような穴を開けたということだ。

しかし、水は今、底の方にしか残っていなかった。またキャリーから声があがり、場所を移動し、新たな品を釣りあげた。今度は小さなリボルバーだった。女性のハンドバッグにでも入りそうな、品の良い、小型で白い柄のついたおもちゃのようなものだが、ダイナマイトか色鮮やかな毒ヘビと同じくらいの破壊力を持っている。

十五分ほどで、ホースは最後の音をあげて、池の底はむき出しになった。底はぬかるみではなく、濡れた粘土で滑りやすく、傾斜のあるバターの上を歩くようなものだった。

「君がどうやるつもりか、わからんが」テンペストがキャリーに言った。「牽引式《けんいんしき》の鍬《くわ》か何かを使って上層部を取り除いて調べてみてくれ。銃弾が見つかるはずだ。もっと支援が必要なら、手配してくれ。未許可の者は、誰一人近付けてはならん」

　彼は、トラヴァースとポールゲートともに屋敷へ向かった。

「ちょっと待ってください」トラヴァースが突然言った。「あの植え込みの釘のところで見つけた、擦り切れた紐は、本を括っていた紐と同じものだと考えられます」

「両方の紐は保管してあります」ポールゲートが言った。

　紐は同じものだったが、白っぽくコードのような素材で、素人なら二本は同じ束から切り取られたものだと断言するだろう。紐というのは、ある程度、似たり寄ったりのものだ。つまり、証拠とは程遠い。問題は、銃とリボルバーだった。ポールゲートは、その両方を持って、シニフォードとロンドンの専門家のもとへ向かった。

「彼がまだ町に帰っていないよう、祈るしかないな」テンペストは言った。「でも、そんなはずはないだろう。もしそうなら、シニフォードは電話で連絡してくるはずだ」

　テーブルの上に敷物が敷かれ、ギボン作の二冊の本が置かれていた。二人はしばらくそれを見下ろした。それから、テンペストは頭を横に振った。

「お手上げだよ。サービスは言っている。月曜の夜以降、本棚からなくなっていたと——しかし、本には弾が貫通した跡がある！」

「嘘をついているんです」思い出すようにトラヴァースが言った。「嘘をつかなきゃならなかった」

「わかっている」テンペストは言った。「サービスは嘘をついていたかもしれない。しかし、本については誰も彼の言葉を否定しなかった。誰の目にもその隙間は見えていたってことも考えられる。棚の中でたった一ヵ所だけ空いていたんだ」彼は舌をチッチッと鳴らした。「それに、部屋を独占でもしない限り、二冊の本を抜き取っているところを誰かに見られたかもしれないんだ」

「そして、銃弾を取り出すところも」

「そうだ、銃弾を取り出し、それを持ち去った。本はポケットにすっぽり入るような代物ではなかった」

「だとしても」トラヴァースが言った。「弾丸は植え込みの方から来たという、かなり信頼の置ける証言も得ている――そこで、またマントリンが正しいということになるが。僕が思うに――」彼は言葉を切った。「シニフォードに電話をして、銃身や銃床に結んだような跡があるか確かめるのはどうでしょう？　そうすれば、実際にあの仕掛けが使われたことが立証されます」

テンペストは、急いで部屋を出て行った。戻って来たとき、トラヴァースは新たな考えを語っていた。

「あの小さなフランス製のリボルバーは、ライフルと同じ口径のように見えますが。もしかして、同じ弾丸を発砲できるのでは？」

「電話をして、すぐに訊いてみる」

「個人的には、それが実現可能とは思えませんが」トラヴァースは続けた。「しかし、状態から考えると、あきらかに一緒に池の中に捨てられたようですね。それも、数時間前に」

テンペストはチッチッとまた舌を鳴らした。「でも、なぜ銃が二挺あるんだ？」

「神のみぞ知る」トラヴァースは陽気に言った。それから、彼の手は、すぐに眼鏡をいじりだした。「一つだけ必要なところに、二つの銃。謎々の猫を覚えていますか？　捜査を困難にするため、もう一つ投げ込まれたのか？」

「君の哲学には、参るよ」半分おもしろがって、半分困ったようにテンペストは言った。「電話をして、傷跡が残っていないか、銃を拡大鏡で良く調べるよう言っておく。さて、パーマーがポットにお茶の用意をしてくれていればいいがね」

五時ごろ、二人は池の方までぶらぶらと歩いていった。キャリーが仕事に精をだしていた。彼は言った。それぞれの場所を細かく捜索し、日が暮れるまでには終えるだろうが、今のところ弾丸の痕跡はまったくない。数分間見物し、二人はまた屋敷へ戻っていった。電話番をしていた私服警官が、署長を探しにちょうど出てきた。

トラヴァースは応接間に残り、一夜の上演を経て、そのまま変わらずにいる現場に目を向けた。それから、本棚の隙間の方へ行き、そこから目を細め、グリーヴ老人の頭があったであろう場所を見た。そして、満足そうに印をつけた。その延長線上に、サンザシの木があり、月桂樹の木々も下の方に見えた。一つのアイディアがひらめいたとき、テンペストが慌ててやってきた。

「あのライフルのことですが」トラヴァースが彼に言った。「二〇二モデルの弾丸が、老人の頭蓋骨の端を貫通したなどという疑問をどうして抱いたのでしょうか？　例えそうだとしても、更なる威力が必要です――貫通したのちに――一冊の本を対角線上にきれいに突き抜け、途中もう一冊も通り抜けるとなれば」

テンペストは皮肉な笑いを浮かべた。「ライフルのことなど気にかける必要がどこにあるかね？　リボルバーだって？　どちらも殺害には関係ない。もっと重い銃弾がやったんだ！」

トラヴァースは目を見開いた。「なんということだ――三挺めの銃！」

「そのとおり」テンペストは言った。「おそらく、ずっしりとしたコルト式拳銃だ。三挺めの銃。我々はまだ見つけていない——見つけられる可能性は百に一つだろう」

第九章　更なる奇跡

ロンドン警視庁の専門家自らがペイリングスにやってきた。彼は立ち去るとき、解決すべき更なる謎をテンペストに残していった。重量のあるコルト式拳銃の銃弾でグリーヴが殺されたという他に、専門家は更に、傷を入念に調べ、その銃弾が傷口から出ていることや他にも確証ある意見を述べた。おそらく実際は、部屋の中にいた誰かが拾ったに違いない。

あの小さなスポーツ用ライフルに関しては、確かに発砲され、おそらく、その銃弾は本を貫通した。しかし、ライフルとあの怪しげな小さいフレンチ・リボルバーは、同じサイズの銃弾を使用しない。リボルバーは、実際に使われた痕跡がなかった。それは、どこも汚れておらず――水の中にそんなに長く沈んでいなかったと思われ――弾はすべて込められていた。どちらの銃にも指紋がなかったが、ロンドン警視庁が追跡調査を行う場合に備え、それぞれ全ての詳細が記録された。

しかし、専門家が指摘するには、ライフルは持ち運びが簡単だ。ねじを外すのも簡単で――銃床、作動部、銃身は分解でき、銃身はズボンの足の部分に、残りは大人用サイズのポケットに入る。傷跡についてはかなり精密な顕微鏡で確認したが、あの仕掛けに結び付けられたような形跡はまったくなかった。

そして最後に、仕掛けの調査をしたところ、専門家の意見では、その位置と念入りに計算された月桂樹の隙間は、重さのあるコルト式拳銃を使ってのみ殺害が可能である、とされた。おまけに、そこから撃つとなれば、名人芸が必要である。なぜなら、その距離からは、照準を定めるのが厄介だ。それから、その仕掛けは解体され、使われた形跡がないことがわかり、東屋からコルト式拳銃が発砲されたという可能性は直ちに却下され、問題外ということになった。現実に独断を抜きにして、一つ推測するとすれば、重たいコルト式拳銃をこの部屋で発砲したとするのが、一番自分の考えに一致すると、彼はほのめかした。二つの銃弾――致命的な一発と、本を貫通した一発――に何が起こったかと言うと、それぞれ拾いあげられ、その後、できるだけ遠くへ捨てられたのだろう。

「そして今、いったい我々はどこにいるんだ?」彼が去っていくと、悲しげにテンペストは呟いた。

「ゴムの木の上ですよ」トラヴァースが言った。「三挺の拳銃、そして弾は一つも見つからない。それぞれが、他の者はやっていないと保証している。エセルの亭主を除いて――そして、おそらく彼は存在しない」

テンペストは声を低くした。「どうやってあのライフルは、ここに持ちこまれたのだろう? 誰かのスーツケースの中か?」

「どのスーツケースにも入るでしょうね。解体して対角線上に入れれば」トラヴァースは言い、サービスが入ってくると、話を切った。

「おそれいります、署長」執事はテンペストに言った。「ミスター・ヒューがちょっとお時間をいただけないかと。家に帰れるのか、心配なさっておいでで。それに応じて、今後の調整が必要だそうです」

「もちろん、彼にお会いします」テンペストは言った。「しかし、ちょっとお待ちください。彼らが心配しているのは、察するに、洋服や持ち物のことですね。あまりたくさん荷物は持ってこなかったでしょうから」

それぞれ、小さなスーツケースだけだとサービスは言った。ロムニーはもちろん、絵を描く道具を前もって送っていたが。巧みにトラヴァースに質問されると、それはかなり大きな小包で、列車で送られたとサービスは答えた。

「あなたがこの部屋にいたときの、もう一つの些細な問題ですが」テンペストが新たに問いかけた。「昨夜、銅鑼《ゴング》が鳴ったとき、何が起きたか、明確な状況を示してもらった。まだはっきりしないのは、グリーヴ氏が撃たれ、あなたが銅鑼のスティックを置き、そのあと何が起こったかです。どうか思い出してくれませんか？　そして思い出したことを何でも教えてください。あなたは部屋に留まっていたのですか？」

「ええ、そうでございます。部屋におりました――それから、ミスター・マントリンが警察に電話をしに行くとき、同行いたしました」

サービスは考えはじめ、時間順ではなかったが、わずかに詳細が浮かび上がって来た。マントリンが、外で何か聞こえたと叫び声をあげ、急いで飛び出していった。それから、トムが前の夜、男を見たと言い、彼も外に飛び出していった。ロムニーが部屋に入ってきて、他の者のあとに続き外に出た。サービスは遺体の傍らに残り、ヒューも彼と一緒にいた。マーティンは、何が起きているか、外を見て、それから出ていった。彼はだいたい十分後にトムと一緒に戻ってきた。次にロムニー、最後にチャールズ・マントリンが入ってきた。直ちにマントリンが、警察に連絡するべきだと言った。

サービスがそう話をしているあいだ、奇妙な表情が彼の顔に浮かんだ。テンペストが訊いた。「どうしました、サービス？　何かありましたか？」

「何もございません」執事は答え、首を横に振った。

「何かあったはずだ」テンペストは厳しい顔で追及した。「さあ、話してください。なんなのですか？」

「ええと」――彼は居心地悪そうに足を動かした――「本当に、たいしたことでは――ただミスター・マントリンが警察と話をしているとき、ミスター・ヒューが」――彼の声は無意識に低くなった――「どうも部屋から出ていったようでした。かなり急いで、二階へ」

「二階へ行ったと、どうしてわかったのですか？」

「ええ、私がミスター・マントリンと廊下に出ると、ミスター・ヒューがまた降りてきたのです」彼は不安そうに前方へ首を伸ばした。「そのことについて、私の名まえを出すことはございませんね？　あなたが何かお考えだとしても。私が話をしたなどと誰にも思われたくないのです。本当は話すつもりはなかったのですから」

「大丈夫です」テンペストは親切に言った。「誰も何も訊くことはないでしょう。しかし、それらのことは、本当に確かなのですか？　もしそうなら、ミスター・ヒュー・バイパスに伝えてください。私がただちにお会いしたいと」

　執事の背後でドアが閉まった。テンペストは深く息を吐き出し、両手で頭を抱えた。

「まったく！　次はなんだ？　そのうち質問するのも恐ろしくなる。誰が何を言いだすかと思えば。いったい、よりによって、どうして彼が、急に出て行ったんだ？　物静かで無害な、ごく普通の男が――」

遠くのドアを叩く音がした。テンペストは急いで椅子から立ち上がり、ヒュー・バイパスが入ってきた。彼が特に心配しているのは葬式のことだった。親戚は、当然滞在するだろうから、色々と準備をしなくてはならない。金曜日がいいだろう、とテンペストは提案し、残りの詳細はヒューに任せることにした。死因審問については、木曜日の朝になる予定だ。単に形式的に、チャールズ・マントリンが、認識した証拠をあげることになっている。ヒューはそれについて、とても感謝しているようで、トラヴァースが煙草のケースを差し出すと、口数もわずかに増えはじめた。

「サービスが言うには、今日の夕方、我々の叔母に名乗り出るように訴える放送があったとか。ラジオで聞いたそうですが」

「そうです」テンペストが言った。「でも、結果が期待できるかどうかは、わかりません。あなたたちも、はっきりわかっていたと思いますが、最近のミスター・グリーヴは、全ての出来事を妄想していたのではないかと。ただ単に――みんなを困らせるために、とでも言いましょうか」

ヒューは苦々しく笑った。「ええ、そうかもしれません。彼はかなりの変り者でしたから――ねじ曲がった心を持った人物でした」

「それじゃあ、妄想だったのかもしれませんね。でも、念のため、その叔母さんの件について、あなたにお力をいただいた方がよいかと考えているのです。年長者として、彼女のことを何か覚えておいでではないでしょうか？　例えば、ご主人のお名まえとか」

ヒューは目を細め、考え込んだ。その尽力によって、彼の顔には博愛と苦しみが浮かび上がった。そして、再び目を開け、頭を横に振った。不意に奇妙なことに気が付いたようだった。

「そのことをお尋ねになるなんて、おかしいですね。弟が昨夜、まったく同じことを私に訊きました。

まさにその瞬間でした——事件が起こったのは」

トラヴァースは、素早く前に身を乗りだした。「あなたは、弟さんと座って話をしていたのですね？　月曜の夜も、まったく同じ時間に？　ミスター・ロムニー・グリーヴは、東屋にいた。そして、カードを手にしていた人たちは、それに精を出していた」彼は魅力的な笑みを浮かべた。「同じ席で、もちろん」

「まあ、そうです」ヒューは言った。「彼らは、思いだす限りいつも同じ椅子に座っていました」

「そして、マントリンが入ってきた」トラヴァースは思い返すように言った。「彼は、カードを見ていたんですよね？　つまり、月曜日ですが」

ヒューは笑った。「ええ。まあ、ときには妙な出来事があるものです」彼は頭を振った。「しかし、マーティンは、いつだって辛抱強かった」

「ミスター・マントリンは、誰が勝っているか見に立ち寄ったのでしょうか？」

「うーん、確か、彼は実際、どんな様子か尋ねたはずです」

「そんなに気にかけるほどのゲームじゃないと、僕は思いますがね」最初の方針を忘れ、トラヴァースが言ったが、会話を円滑にしようと思ってのことだった。それから、彼は楽しそうな笑みを浮かべて退き、テンペストがあとに続いた。

「一つ、あなたの助けがほしいことがありましてね」彼は切り出した。「それは、ミスター・マントリンが部屋を出て、警察に連絡をしにいったあとで起こったことなんです。あなたはずっとここにいましたね」

「えーと、そうです」彼は口ごもった。それから、彼の顔に色が差した。「つまり、実際にはいなかったんです。私は二階へ行かなくてはならなかった。単なる個人的な問題ですが」

「そうでしょうが」ためらいながら、テンペストは言った。「しかし、それではまったく我々の助けにはならないのです」彼は立ち上がった。「こう言ってはなんですが、弟さんは、あまり健康そうには見えませんでしたが」

ヒューは、彼にトムのことを話した。心配そうな顔だった。

「それは、非常にお気の毒です」テンペストは言い、それから笑顔になった。「でも、噂によると、間もなく彼は朗報を耳にするそうですね。期待したほどの額ではないでしょうが――充分と言えるでしょう。ところで、彼はどちらの連隊でしたか？　もしかしたら、偶然出会っているかもしれないと思いまして」

ヒューとテンペストは、離れたドアの方へゆっくり歩いていった。穏やかに淡々と話す二人の声を耳にして、トラヴァースは深く考え込んでいた。しかし、戻ってきたテンペストの顔は、穏やかさを失っていた。

「おかしな具合に混ざり合っているようだ」彼は言った。「ある面では、とても朗らかなのに、二階へ行った話になると、なぜあんなふうに落ち着きをなくして困惑するのか？」

「さあ、なぜでしょうね」トラヴァースは、自分の心の中の地雷を破裂させたい気持ちを抑えた。「でも、彼が認めたのは驚きですね。思いがけない出来事が次々と起こっている。我々の得た情報によると、月曜の夜七時三十分、この部屋は、翌日の夜とまったく同じ状況だったということにお気付きですか？」

「ああ」その言葉の裏に何が含まれているか、じっくり考えながらテンペストは言った。「なぜ君が、細かく彼からああいった話を聞き出そうとしていたのか、不思議に思っていたんだ」

トラヴァースは眼鏡を磨きはじめた。「考えがありまして。信じ難いような考えが。しかし、実現可能です」彼の手がテンペストの腕に置かれた。「一晩だけ考える時間をください。ある形を成すまで。今、言えるのは、これだけです。偶然の一致に目を向けるべきだと、手掛かりに関して、釣り合いの取れた判断力を保つことが必要であるとわかっています。でも、あまりにも重複していることが多すぎませんか?」彼の声は張り詰めた囁きとなっていた。「マーティンは、同じ瞬間、同じ場所で、カードを落とした。二晩続けてそっくりな状況が準備されていた。トムが質問し、ヒューが答えようとする。ロムニーが東屋にいて、マントリンは立ち止って、ゲームを眺め、話しかける。そして、それぞれが武器を手に取る。要するに三人が——おそらく、三人が別々に。それぞれ役目を果たすためか、警察が混乱して、手掛かりを見逃すように。殺人が行われ、マントリンが警察に連絡し、ヒュー・バイパスが——親族の長であり、四人の代弁者とも言える人物が——二階へ逃げ出した!」

テンペストは、考え深げに遠くを見ていた。「つまり、五人で共謀していると?」

「もう少し控えめに考えた方がいいでしょう」トラヴァースは穏やかな声で言った。「今のところは——四人の共謀ということで満足しておきましょう」それから、彼は不意にくるりと向きを変えた。

「あなたはなぜ、ヒューに弟のことを訊いていたんですか?」

「つまり、こういうことだ。トム・バイパスは軍人だった。リボルバーを巧みに扱える可能性が高い。それで、試しに至急メッセージを送ってみた。誰でもいいが、彼の下宿に行って、銃を持っていたかどうか、知っている人間がいるか確かめるようにと。私は今にも、何かが明らかになるのではないかと期待しているんだ。それから、彼の部隊を訊くのが堅実な考えかもしれないと。誰かに訊けば、射撃の腕がどうだったかもわかるだろう」そこで、彼は不意に口を閉ざした。

「よろしいですか！　パーマーが食事をお持ちいたします。それから、サービスも。けっこうなご馳走になるようです」

テンペストは、トラヴァースの耳に囁いた。「一時間ほどで戻るよ。それから、短い会議だ」そして、サービスの横を通るとき、「今夜は銅鑼を鳴らさなかったな」と呟いた。

老執事は首を横に振った。「鳴らしません。私が生きている限り、再び銅鑼を鳴らすことはないでしょう」

テンペストは振り返り、トラヴァースと目が合った。おそらく、両者とも同じことを考えていたのだろう。四人の共謀ではなく、五人でもなく――六人だ！　サービスが全てを知っているのかもしれない。

午後九時。応接間のドアが閉められ、短い会議がはじまった。キャリーとポールゲートもそこにいた。四人のいとこについての報告書が届いており、テンペストは会議の前に、それを取り出した。一番上等のワインは、最後までとっておくということで。


ヒュー・バイパス。田舎の古い屋敷を手に入れ、それを私立学校へと改装した。一人の補助教員と二十人の男子生徒で開校した。しかし、教員は春季学期に学校を去り、それ以降、所有者とその十八歳の息子とで運営されている。不運にも、所有地は売りに出された。夏季学期の終わりには、生徒数は九人のみとなった。庭師や管理人も一時は常勤していたが、今は、ときおり臨時雇いの男がいるのみである。

「たいした動機は、なさそうだな」テンペストは言った。「でも、息子は本来、オックスフォードへ行くはずだったと記されている。息子の将来のため、親ならなんでもするかもしれんな。実際、彼は叔父に援助を申し込んでいる――叔父は以前、はっきりとそれを約束していた――なのに、断られた」

トム・バイパス。家主によると、彼は一年前からそこに住みはじめる。それまでは町の高級な賄い付きアパートにいたようだ、とのこと。

「ここは、特に強調しておきたい」テンペストは言った。「なぜなら、マントリンの証言を実証するからだ。明らかに彼は強い義務の意識を抱き、兄やいとこを援助しはじめた。この件については、後ほど深く触れるつもりだが。彼がイルフォードに借りている部屋は、以前の部屋と比べて、とりわけ安くみすぼらしい。イルフォードへ移ったのは、ほかの人のためにほとんどの金を使ったので、節約しなければならなかったからだ。大変ご立派な信条をお持ちのようだ。諸君も同意されると思うが。しかし――ミスター・トラヴァースも指摘するように――同様に非常に高い義務の意識によって、兄やいとこを助けるため、究極の行動へと突き動かされたのかもしれない」

「私は今日の午後、何度も彼の様子を窺っておりました」ポールゲートが言った。「彼は、しばしば厄介な咳の発作に見舞われていました。ここだけの話ですが、あの種の病状では、もう長くはないのではないかと」

「私も、まさしくそう思っておりました」キャリーが言った。「そして、もし、自分の死期が近いとわかっていたら、なりふりかまわず、なんでもするでしょう」彼は、個人的な心の内を打ち明けた。「もし、私が明日、走り高跳びをすると知っていたら、飛ぶ前に何か恨みをはらしておいた方がいいと、考えないとも限らない、そう思いませんか？」

テンペストは皮肉な笑いを浮かべた。「私なら、そこまでは考えないが、確かに引き止めるものは何もないだろうな。しかし、君がそんなことを言うなんておもしろいな、キャリー。そこで、マーティン・グリーヴに関する報告を聞いてもらおう。かなり長いため、要点だけ述べよう」

それは、ある警官の報告書をまとめたもので、最終的に地区本部に転送された。そこで保管され、なんの対応もなされなかった。その警官は、男が混乱状態でフラットの勝手口からあらわれるのを見た。そのフラットはマーティン・グリーヴの住居で、そのとき彼は一人だったらしい。警官は強烈なガスの臭いに気付いた。そして出てきた男は——マーティンの親戚で、その容貌からトム・バイパスと考えられる——医者を呼びにいったあと、もっともらしい説明をした。のちに警官は、医者の使いをしている少年に、誰の薬を持ってきたのかと訊いた。それから、フラットのドアが破壊されていることも。その午後、親戚の男は金物屋へ行き、ドアを修理するのに必要なものを購入した。

「報告書には、もっと詳しいことが記載されていた」テンペストは言った。「我々がすでに知っていることも多数あった。しかし、私が諸君に注目してもらいたいのはここだ。マーティンは一人で自分のフラットにいた。トムが会いにきて、持っていた鍵を使って中に入ろうとした。しかし、ドアの上の方にかんぬきが掛かっていた。すでにガスの臭いもしていたかもしれない。いずれにせよ、彼はドアを壊して中に入り、ガスを止め、いとこの頭をガスオーヴンから出した——続きは、我々が知っているとおり」そこで一瞬、言葉を切った。「何を意味しているか、わかるかね？」

「ええ、わかります」素っ気なくキャリーは答えた。「もし、彼が全てを終わりにしようと思って、自らそういった状況に身を置いたのなら、他の方法で困難から抜け出すのも、そんなに気が咎めることじゃない――叔父を殺すという方法で」

「それと、こんなふうにも言えるでしょう」ポールゲートが続けた。「もし、トム・バイパスが、そのようないとこの困窮ぶりを知っていて、自分で助けることができなかった場合、彼があの老人に手をかけ、自分といとこを同時に救おうとした」

「まったく同感だね」それから彼は、あの皮肉な笑いを浮かべた。「我々にとって問題は、三人が共に誓っていることだ。マーティンには、おそらくそんなことはできなかったと――同様にトムも。果たして我々は、少しでも先へ進んでいるのかね？」

「僕の理論から見て、少しは先へ進んでいると思いますよ」トラヴァースはそう述べると、内に秘めた考えを手短に説明した。「もし、そのように親密な二人なら――誰かに対する敵意によって――マーティン・グリーヴとトム・バイパスのように、容易に協力関係を結ぶことができる。それぞれ、自分の兄弟も巻き込んで」

「ただ、どうやってそれを実行したと、お考えですか？」キャリーが尋ねた。

トラヴァースは笑うしかなかった。「僕を誰だと、お思いですか、キャリー？　魔術師だとでも？」

彼は頭を横に振った。「一つ、お約束しましょう。一晩、充分に考えさせてください。それを排除するか、真剣に考慮すべきか、どちらかに決めます」

「そうだな、それはちょっと置いておこう」テンペストが言った。「四人の最後の人物について考えてみよう――ロムニー・グリーヴだ。彼の報告書によると、十八カ月前、彼はチェルムスフォード近郊の家と借りていたアトリエを手放し、小さな平屋の家に引っ越した。彼には二人の子供がいて――十歳の男の子と八歳の女の子――子供たちの教育のことで、地元の人々とちょっとした揉め事をおこした。彼は、子供たちを地元の学校へ行かせるのを拒み、母親自身が教育するという手続きを進めることに成功した。地元の商人たちと仕事をする際に、かなりの困難をもたらしたと考えられる。彼もまた叔父に助けを求めたが、断られている。そこで再び、動機が存在すると考えられる」

電話番をしていた私服警官が、そのとき入ってきた。テンペストは、昼も夜も電話番を配置していたが、内線電話を引いた方が時間の節約になるかもしれないと考えていた。今、彼は呼ばれ、すぐに出ていくと、キャリーは話題から逸れ、いつものように不満を口にしだした。

「もし、私がそれぞれ四人と、静かなところで三十分ほど話ができたなら」彼はトラヴァースに言った。「すぐに彼らの口をこじ開けると思いますがね。私が捜査に加わったとき、最初にそれをやっておけばよかったのですが」

トラヴァースは、警部補の十五ストーンもある体と四角い顎に目をやりながら、それは間違いないと同意した。

最新の証拠のつかみ方について、キャリーが長い熱弁をふるっていると、テンペストが戻ってきた。署長は、大きな情報を得た男のように素早く部屋を横切った。

「どう思うかね? あの白い柄の銃だが。一週間前まで、トム・バイパスのものだったと判明した!」

情報を漏らしたのは、彼の家主だった。家主によると、銃は、トムがその部屋に引っ越して以来、引き出しに入っていた。家主はその件について彼に話し、銃のことが気にかかると言ったそうだ。彼は笑い、弾が入ってないと答えたそうだが。

キャリーは期待するようにニヤリと笑った。「彼を呼んではどうですか？　四人の共謀であろうと、なかろうと、とにかく今必要とするところに、一人いる」

「急ぐべきではない」テンペストが制した。「疑いをかける場合、こちらも準備を要する。必要となれば、いつでも呼べる。それから、池から出てきた銃に発砲した痕跡はなかった」

キャリーは鼻を鳴らした。「銃をきれいにして、再び弾を詰め込むのにどのくらいかかるのでしょうね？　殺害したあと、彼は暗闇の中に出てゆき、それを二度行うくらいの時間は充分あったはずです」

「でも、彼は殺人を犯していない」テンペストが主張した。「我々が手に入れたどんな小さな証拠も、弾は外から打ち込まれたと証明している。もし、彼が撃ったなら、叔父の頭は大きくねじ曲がったあと、左の肩甲骨の方へ垂れたはずだ！　それほど曲がっていれば、誰かが成り行きに気付いただろう」

しかし、彼はポールゲートに呼びに行かせ、トム・バイパスを招き入れた。キャリーはメモを取る用意をし、その会議は、トム・バイパスの目にも裁判のように映った。しかし、彼は動揺することもなく入ってきて、落ち着きなく瞬きをすることもなかった。

「お呼びでしょうか、メージャーさん？」

「ええ、ミスター・バイパス。そこの椅子にお座りいただけますか？　包み隠しなく、簡潔な供述をいただきたいのです」

その要求はもっともだというように、彼は頷いた。

「つまり、公式の供述という意味ですか？」

「そのとおり」

「それでは、試練が待ち受けていますね」バイパスは、もっと落ち着く姿勢になるよう座りなおした。

「池で見つかった銃の一つに関することです」テンペストが切り出した。「一つは、フランス製の小さなリボルバーでした。白の組み立て式のもので象牙色の柄が付いています。先週、あなたがそのような銃を持っていたという情報を入手いたしました」

彼が動揺を見せることはほとんどなかった。まるでトム・バイパスは毎日髭を剃る、といった情報をテンペストが口にしたかのようだった。

「はい」トム・バイパスはゆっくりと答え、おもしろがっているようでもあった。「そのとおりです。確かに、そのような銃を持っています。もう何年も前から。フランス人でした――戦争のあと、フランス人からもらったのです」

「それが今、どこにあるか教えていただけますか？」

「ええと」――彼はちょっと弱ったように笑った――「それは困りました。もちろん、どうしても、ということであれば――」

「どうしても、お願いしたい」テンペストは言った。

「たぶん、それは違う銃だと思います」バイパスは快活に言った。「実は、ここに来る前にあれを手放したんです」物思いにふけるように天井を見つめた。「金曜日のことです」

テンペストはニヤリと笑った。「手放したと？　どうやってそれを証明するのですか？」

彼はまた、おずおずとした笑みを浮かべた。「話すのは、とてもお恥ずかしいことなのです。できれば話したくないのですが」

「私は、それについて判断しなくてはならないのだ」テンペストは告げた。「ここで、どうしてもお話しいただきたい。どうやって手放されたのですか？」

「では、あなたのおっしゃるとおりに」彼は、なすすべもなく首を振った。「あのですね、ここに来る準備をするのに、充分な金を持っていない者がいたんです。私も、ちょっと足りなかったので、工面することにしたのです」

「売ったのですか？」

「いいえ——質に入れたのです」

テンペストは目を細めた。「何か証明となるものはありますか？」

バイパスは眉をあげた。「友人同士で証明を？」

「今は友情については問題じゃない」テンペストは顔をしかめて言った。「証拠を見せてください」

「好きになさってください」彼は、胸ポケットから書類をいくつか取り出し、中から一つ選んで手渡した。それは質札で、前の週の金曜の日付だった。

その後すぐに彼は出て行った。テンペストは両手を上にあげた。

「恐れ入ったね。偶然の一致とは！」

「それは、同じ銃じゃなかったかもしれない」キャリーが示唆した。「他の銃を質に入れたのかも」

ルドヴィック・トラヴァースは眼鏡をはずした。「僕は百対一で賭けてもいいよ、それは同じ銃だ。家主が見た銃は正式に質に入れられた。僕たちはチケットをこの目で見た」

「これが最初の一歩とは、なんてことだ！　すっかり不発に終わった」テンペストが再び嘆いた。

「見方を変えれば」トラヴァースが言い出した。「うまくいくはずはなかったんです。そうじゃないですか？　彼は最初から自信満々だった。彼の動作は全て、自分は安全だと物語っていた。露骨に言えば、メージャーさん、彼は常にあなたの足を引っ張ろうとしていた」

険悪な顔をしてテンペストは頷いた。

「なぜだと思います？」トラヴァースは続けた。「彼は自分が安全だと知っていたからです。そして、なぜ安全か？　しくじることなく、逃げおおせる殺人の方法を考案したからです。彼が自分で手掛けなかったとすれば、仲間と共謀したのです。やったのは仲間です」

「そのとおりですね」キャリーは同意し、自分の膝をぽんと打った。

「どうであろうと」トラヴァースは言った。「新たな針路を見つけだしますよ。良識とされるものが、きっと勝利をおさめるはずです。僕は、奇跡の時代に戻ってみるつもりです」

第十章　ある男の肖像

ルドヴィック・トラヴァースは、その夜、早く寝床に就いた。とは言え、眠ることはまったく考えていなかった。窓を開け、闇の匂いを嗅ぎ、ベッドでくつろぐつもりだった。心は体から離れ、二人の男に焦点を当てていた――現代の懐疑的な世の中に身を置きながら、二人はまだ奇跡の時代に生きているのかもしれない。はじめに、ロムニー・グリーヴ。戦時中の偽装工作における芸術と謎の再検討。そして、マーティン。玩具の設計者でその様々な装置の制作者については、のちほど手掛けることにしよう。

しかし、居心地良く体を横たえていると、五分もしないうちにドアを叩く音がした。体を起こし、目を開いた。奇跡は本当に起こった。部屋は明るい日差しに包まれていた。彼は息を呑み――そして理解した。まったく睡眠をとらず、一晩過ごしてしまったのだ。新たな一日が、すがすがしい空気とともにやってきた。枕に頭をのせた途端、すぐに眠り込んでしまったんだ。そして、パーマーが早朝のお茶を持ってやってきた。

「気持ちのよい朝でございますね」パーマーが述べた。「どうやら――私が思いますに――暖かい日になりそうです」

「素晴らしい」トラヴァースは眼鏡に手を伸ばした。間もなくテンペストに告白しなければならないと考えると恥辱の思いでいっぱいになった。奇跡についての調査がはかどっていないと知れば、テンペストは我慢ならないだろう。

「グレーのスーツでよろしいですか？」パーマーが訊いた。

「古いのでもなんでもいいよ」珍しく不機嫌な声でトラヴァースは答えた。それから、すぐに自分自身を恥じた。「きっと、グレーの方がいいだろうね」

「グレーですか？　承知いたしました」彼はスーツにブラシをかけ、きちんと並べた。

トラヴァースは、お茶を一口飲んだ。「それで、どんな具合だい？」

「とても満足しております」パーマーは答えた。「とても気持ちの良いご夫婦でして――特にミセス・サービス。彼女は親切で大変上品な方です」彼は妙な具合に軽く咳払いをした。「しかしながら、ちょっとご報告しておいた方がよいと思われることがございまして。わたくしには、さっぱり理解できませんが、きっと、あなたなら――」

「もちろん！」多弁に言葉をつなげる老召使に、彼は微笑んだ。「何かね、パーマー？」

「視力の問題から生じたのだと思われますが。ミセス・サービスと私とで内密に話していたんです。つまり、そのときサービスはそこにいなかったもので。夫人は、ずっと視力が良いことを自慢にしていたようなのですが、最近、ちょっと怪しくなってきたとおっしゃるんです――こんなふうに申してはなんですが」

「どんなふうにでも、どうぞ」温かいお茶を飲む合間に、ふざけてトラヴァースは言った。

「火曜の夜に、奇妙なことがあったそうです。夫人は、全てのものがきちんとそろっているか確認するため、夕食前に各寝室に立ち寄ったのです。銅鑼《ゴング》がなる少し前に、最後の寝室に行きました。そこは、ちょうど応接間の上の部屋でございます」

トラヴァースは不意に興奮を感じた。「ロムニー・グリーヴの部屋？」

「確か、そうだと思います。しかし、夫人がおっしゃるには、目におかしな錯覚が生じたようでして。東屋を眺めたとき、画家のミスター・グリーヴが目に入ったそうです。それから、どうやら彼が様々なことをやっているのが見えたとおっしゃるんです。実際には見ていなかったと思われますが。目の錯覚と申しましょうか――わたくしの言っている意味がおわかりでしたら」

「わかるよ」トラヴァースはイライラしながらそう言った。

「いいですか、最初に座って絵を描いているミスター・ロムニーが見えました。そして次の瞬間には、描いていなかった――彼は立っていた。そしてまた、座って描いていた。そして、また消えた！」

トラヴァースは眉をひそめた。「それのどこが変なんだね？　その動作の間隔はどれくらいだったのかな？」

「そこが、問題でして」パーマーが意味ありげに言った。「夫人によりますと、ほとんど同時に起ったと！　座って描いていたはずが、瞬きをする間に、もう座っていなかった――おわかりですか。立っていたんです！」

「なるほど」トラヴァースは、パジャマの上着で眼鏡を拭きながら言った。

「このことは、サービスには言わないようにと口止めされました」パーマーは続けた。「サービスは、夫人に眼鏡をかけるようにとずっと言い張っておりまして、彼女はそうしたくないのです」彼は心得顔で笑った。「彼女の外見と関係がありましてね、夫人は大層見映えのする方で、器量よしとでも申しましょうか」彼は靴を取り出し、ドアに向かうと、そこで立ち止まった。「つけ加えることがございました。ミセス・サービスが、そういった事態を目にしているあいだに――ええ、あの出来事が、銅鑼が鳴りはじめたそうです。彼女はただちに夕食の準備のため、階下へ急いだようです」

トラヴァースは考え込んだ。様々な思考が頭を巡っていた。靴を取ってパーマーが戻ってきても、まだ考えていた。朝食のときもまだその状態で、終わっても心の中でテンペストに会うことを考えながら、私道をぶらぶら歩き、大きな道路へ出て、門のところではじめてパイプを吹かした。ある考えが浮かんだのは、そのときだった。

東屋をただちに調べなくては――しかし、姿を見られてはいけない。彼は屋敷を避けて、植え込みの方を目指した。先端の部分までこっそりまわって、隠れた側面から、そっと東屋に入る――実際にグリーヴ老人が、土曜の夜に彼とテンペストを連れていってくれたように、ぐるりと遠回りをすればよい。

しかし、近付くにつれ、池の方から声が聞こえてきた。声は次第に近くなり、その一人はヒューだとわかった。

「朝食ができてるぞ。いったいどうしたんだ?」

「黙って来てくれないか」答えたのは、マーティン・グリーヴだった。トム・バイパスも一緒にいて咳をしている。トラヴァースは、東屋の後ろの月桂樹のそばに身を屈めていたが、何が起こっているのか理解した。マーティンとトムが朝食前に庭をぶらつき、ヒューが彼らを呼びにちょうど出てきたところだった。今、彼らは戻ろうとしていた。三人が集まった。ちょうど植え込みの反対側にいて、トラヴァースの位置とほとんど同じ高さだった。そこで、自分の名まえが聞こえてきた。

マーティン『彼にT・Tのことを話すんだ、トム』

ヒュー『T・T?』
マーティン『トムが彼につけた名まえだよ。トラヴァース探偵《テック》』
ヒュー『テック?……ああ、わかった、探偵《ディテクティブ》か!』
マーティン『そのとおり。彼に話すんだ、トム』
彼らはゆっくりと屋敷の方へ移動していった。トラヴァースは、彼らのあとを忍び足でそっと追った。ちょうど彼らは立ち止った。
トム『こういうことなんだ。誰かが通り過ぎたような気がして、今朝、ドアからちょっと覗いてみたんだ。T・Tの召使がいた。屋敷に滞在している。ドアを閉め、彼はT・Tの部屋に入っていった。そして、ちょうどそのとき、忍び足で後ろからサービスがやってきた。僕は急いでドアを閉めた。そして、もう一度ちらっと見てみると、サービスがT・Tのドアの鍵穴に耳を当てていたんだ。もちろん、こっちに背中を向けて。でも、彼が必死に聞き耳を立てているのはわかったよ』
ヒュー『なんてことだ!』
マーティン『驚いたな』
三人はまた歩き出し、トラヴァースもあとに続いた。植え込みはどんどん広がり、自然と彼らから離れていき、声は聞きとりにくく、はっきりとしなかった。
『……ドアを閉めて……T・Tの召使が出てきて……本当に驚いたよ……サービスはまったく抜け目ない……』
三人が応接間に入ると、声は消えていった。トラヴァースは、致命的な一撃を受けた男のようにしばらく立ち止まっていた。サービスが鍵穴から聞いていた。あの三人が何を想像しているか、彼にはわかった――パーマーが外部から屋敷に送り込まれたのだと。なぜ、サービスは危険を冒して鍵穴から聞いていたのか？　サービスは――嘘は必要だと妻に話していた。サービスに関して――マントリンは何の保証も請け負わなかった。いったい、彼は何を聞いたのか？　まったく無害なことだろうが。それでも、トラヴァースは新たな動揺を感じた。状況においては、まったく無害だろう。「ちょっと報告すべきことがございまして」パーマーの言葉だ。危険な言葉だ。パーマーが部屋に入って、しばらくして言ったことだ。サービスの耳がしっかりとこちらに向けられたときに。

それから、トラヴァースは笑った。トラヴァース探偵《テック》という言葉を思い出したからだけではない。パーマーはゴシップ屋かもしれない。しかし、彼の話はとても印象深く、影響力の強いものだ。それを聞いた者は、自分の耳を疑うことだろう。彼に忠告する必要はない。通常通りにしゃべらせておけばいい。その純粋とも言える頑固さ、長老的な博愛の精神は、彼自身をも守ってくれるだろう。

しかし、マントリンはサービスについての噂を聞いているのかもしれない。そう考えたとき、トラヴァースは植込みの終わりまで来ていたのに気が付いた。すぐそこに、はじめて見る東屋がある。それは、石と漆喰でできた建物で、幅十五フィート、長さ十フィートほど。スレートぶきの屋根がついていて、庭に面した広い入口があり、狭い方の入り口は応接間の方を向いている。他の壁には窓があり、前方に伸びた屋根を支えている。両脇には偽のギリシャ風の支柱がある。

屋敷の応接間に向いている狭いドアから、トラヴァースは寝室の方をちらりと眺めた。そこから、サービス夫人の目が錯覚をおこしたと、パーマーが言っていた。応接間のフレンチドアは開いていた。現場の状態は変わっていたが、どこに何があったか、チョークで印がつけられ、屏風の端はそれまでどおりの状態で見ることができる。

彼は東屋の方へ振り返り、その冷たい石の床に目を向けた。暑い日に執筆したり、作業をするには適した場所だ。ロムニーのイーゼルが置かれたままになっていたが、絵も絵の具箱も筆記具もどこにもない。執筆——トラヴァースは顔をしかめた。ロムニーは、狭い入口のところに座っていた——それか入口の後ろか——応接間に向かって。しかし、夕闇が近付くと、暗くて見えにくいはずだ。正面玄関の方に戻った方が仕事はしやすいだろう。夕日が入りやすく、背中から差し込んでくる。それゆえ、執筆するのに他の場所を選んだのは、ロムニー・グリーヴが集中していなかったということだ。彼がそこにいたのは、応接間の方から見やすかったからか、眼下に彼らをとらえるためか。

ざっとあたりを見まわし、トラヴァースは正面の芝生を通って堂々と屋敷に戻っていった。エンジンの音が聞こえ、警察の車に乗ったポールゲートの姿が見えた。

「みんなはどこだい？」トラヴァースが尋ねた。

「署長は、審問の準備をしています」ポールゲートが答えた。「キャリー警部は、一つ二つ、仕事をして、それから、審問に出る予定です」

巡査部長の姿を見て、トラヴァースに新たな考えが浮かんだ。それはなんとも絶妙な思い付きだった。

「侵入者がこの敷地に入って来た、あの夜のことを覚えているかい？　グリーヴ老人が、君たちにこの辺の捜索をさせたときのことだが？　唯一の手掛かりは、残されたスチール製の巻尺だった。それに指紋は付いていなかったということだが？」

「ええ、そうです」しかし、ちらっと彼を見上げる目は、どことなく怪しげだった。そのあと、一瞬満足げな微笑みが続いた。

トラヴァースも心得顔で微笑んだ。それ以上、あれこれ言葉を並べるつもりはなさそうだった。

「確かかい？」

ポールゲートは躊躇した。彼はトラヴァースに対して、とてつもない憧れを抱いていた──その鋭敏さ、それを誇示することなく、穏やかで礼儀正しい物腰。それに、そのときの彼には信頼に値する何かがあった。

「ええと、ここだけの話ですが──」

「もちろんさ！」トラヴァースは言った。「君と僕だけの話だ」

ポールゲートはにやりと笑い、全ての秘密を漏らした。

「なるほど」トラヴァースは納得した。「いいかい──君を今から僕の車に乗せて町まで行くよ。マントリンと話がしたいのでね──もちろん、ここだけの話だ。それから、君の職場に行って、君が見つけたものについて話を聞こう。戻って来る途中、君のやっていることが見つかった場合の言い訳も考えておこう」


チャールズ・マントリンは事務所の中にいて、トラヴァースはそこへ案内された。立ち上がって握手をする際、相変わらず片手で上着の襟をつかんでいた。その仕草は、何か重要な問題を抱えていて、それで頭がいっぱいになっているように感じられた。

「おじゃましてすいません」トラヴァースが切り出した。「もしかしたら、ちょっとした情報をいただけないものかと思いまして──よろしければ内密に」不意になぐさめるような口調で言った。「ところで、本当にひどい話ですね。グリーヴ老人がもう一つの遺言状を作成して、あなたをペテンにかけるような真似をするなんて」

　マントリンは肩をすくめた。「私は驚きませんよ。あなたにも話したでしょう。あの人はそういう男だと」

「それでもやはり、一万ポンドはちょっとした損失ですね――あなたの懐《ふところ》に入るはずだったのに」

ある考えが浮かんだ。「それで、思ったのですが、これでそんなに悩まずに口を開いて、あの老人の秘密を打ち明ける気にならないだろうかと」

　マントリンは首を振った。彼はこの件ですっかりふさぎこんでいるようにトラヴァースには思えた。冷静だが、浮かぬ顔をして、冗談にもまったく応じる様子はない。

「私があなたと署長に話したことは事実です」彼は口を開いた。「私の父は、間違いなく有力な情報を握っていた。彼を窮地に陥れることができるような。しかし、父はその内容を私に伝えなかった――なんの書類も見つからなかった」彼は上目使いでトラヴァースを見た。「あなたが来たのは、その件を探るためですか？」

「いえいえ、まったく違います！」トラヴァースが声をあげた。「それは全て、あなた個人の問題ですからね。僕はサービスについて関心がありまして」彼は躊躇してみせた。「あることに気が付いたんです――有罪になる可能性が非常に高いことです――今は、はっきり申し上げられませんが。しかし、あなたが理由を詳しく説明するか――または、しないか――はっきりさせるときが来たように思います。なぜ、あなたはあの夜、サービスのことだけ口にしなかったのですか？」

「そうですね」マントリンは目を細め、考え込み、そのあいだ指はしっかりと襟を握りしめていた。トラヴァースは、上着の襟が傷まないかといぶかった。「ええと――これは極秘です。いいですか、ばかげた疑いに過ぎません。ずっと考えていましたが。それとも、何か見間違ったのかもしれません。でも、私の目にはそう見えたのです。サービスは、あの夜、右手で妙なしぐさをしていました、左手で銅鑼を打ちながら」彼は、トラヴァースの質問を制するように手を振った。「彼が何をしていたのかは、わかりません。その夜、どんな風に見えたか思いだしてみると、彼が右手で何か妙なことをやっているような、はっきりとした印象を受けたんです。ご理解いただけるかどうか、つまり、二つのことを同時にやっていたのです」

「銃の発砲ではないですね？」

「まさか、違います！　それだったら、すぐわかります」

「まったくそのとおり」力なくトラヴァースは言った。「他に疑わしいところはありましたか――その前後に？」

「なかったと思います」マントリンは落ち着いて答えた。「動機はあります。もちろん。彼は年金を受け取ることになっていた。グリーヴ老人は彼を鼻であしらい、何かというと、それを振りかざしていた」彼は冷笑した。「グリーヴ氏にとっては、何かにつけ、いつも八つ当たりしているような存在――それがサービスでした」

再び警察署に戻るとき、トラヴァースは考えていた。どうもしっくりこない。サービスは、グリーヴ老人の叩かれ役になることを自ら買って出たのかもしれない。しかし、彼は有能な執事だった。責任感も強い。それにしても、サービスもマントリンもどこか奇妙だ――そして自分自身も。マントリンの挙動にやましいところはないが、どこか信用できない。サービスのことは、心の中では気に入っているが、執事の態度としては依然として疑わしいところがある。

ポールゲートは、足音が聞こえると、仕事場のドアからこっそり覗き見た。ルドヴィック・トラヴァースの足音とわかり、安堵したようだ。

「問題ありません。誰もいません。これが、あなたが見たがっていた指紋です」

トラヴァースはそれを見下ろし、頷いた。

「ペイリングスで採取した他の指紋は？」

ポールゲートは、ただちにそれをファイルから取り出した。

「すばらしい」トラヴァースが声を漏らした。「それじゃあ、それらを照合してくれるかい――そうだな、四人のいとこの分を全部」

すぐにポールゲートは調べに取り掛かり、ぽかんと口を開けた。「どうしてわかったんですか？これは、ロムニー・グリーヴの指紋だ――あの画家の！」

「暗闇の中での企てだ」落ち着いた声でトラヴァースは言った。「でも、僕が指示を出すまで、これは秘密にしておいてもらいたい」彼は難しい顔をしていたが、やがて、その顔にぱっと明るさが灯った。「よし、僕がやってみよう！」

「何をですか？」

「聞いてくれ」トラヴァースは言った。「今から話すよ」再び顔をしかめた。「わからないが、君に危険を負わせたくはない。これは非常に危険だ」

ポールゲートは落胆しているようだった。トラヴァースの表情が明るくなると、彼の表情も和らいだ。

「君に、それを任せよう」トラヴァースが言った。「君に盗んできてほしいものがあるんだ――いや、取ってきてほしいと言った方がいいかな。確かに、誰かに咎めを受ける可能性がある。もしそうなったら、なんとしてでも嘘をつかなくてはならない。僕は手助けのためにここにはいられない。もし、うまくいかなかったら、手に入れるべきものが見つからなかったら、僕も一緒に厳しい処罰を受けるよ。さて、どう思う？」

「もう少し詳しく教えていただけますか？」ポールゲートは訊いた。

トラヴァースは、しばし考えた。「よし！　君の車でペイリングスまで戻るんだ。屋敷の前に停めて、ロムニー・グリーヴが、東屋の中か外で絵を描いているか調べてみてくれ。もし、彼がそこにいて、そして、見張りの者がいなければ、車で、そっと丘の裏手の道路を進み、東屋の近くに停める。それから、電話のところまで行ってくれ。僕がそこに連絡をするから。もし、彼が絵を描いていたら、町の公衆電話から電話して、彼を呼び出そう。君の部下が彼を呼びにいくだろう。彼が屋敷に入ったら、君は絵をかっさらって車の後部に載せ、ロンドン・ロードを走り抜ける。僕は電話を終えたらすぐに、同じ道へ向かい、屋敷から一マイルほど離れたところで落ち合おう。どちらが先に着くかわからないが、もう一人が来るまで待っているんだ」

ポールゲートは、一瞬、考えていた。「ちょっといいですか、毒を食らわば皿まで、という言葉があります。あなたが電話をして、彼を審問に呼び出す、という手があります。そうすると、彼はすぐに出てゆき、私を非難するようなこともないでしょう」彼はまだ少し不安げだった。「もし、何かあれば、署長に話をして解決できるのでは？」

「もし、何かあればね」トラヴァースは彼にそう言った。「僕が自分で探偵事務所を開いたら、間違いなく君をスタッフに雇うよ」

ポールゲートはにやりと笑った。「それから、あなたの大きな車で門を抜けるとき、頭を出さないように。見張りがそこにいるはずですから」

そして、ポールゲートは出発した。十分後、トラヴァースは彼を電話で呼び出した。それから、別の公衆電話に行き、再びペイリングスにかけた、自分は裁判所の事務員だと告げ、検視官の指示により、直ちに審問に出席するようロムニー・グリーヴに告げた。

それから十分で、トラヴァースはペイリングスから一マイル離れたロンドン・ロードへ出たが、ポールゲートがすでにそこで待っていた。道路に他の車が見えなくなると、絵が運ばれ、トラヴァースはそれを敷物で包んだ。

「簡単でしたね」ポールゲートが言った。「四人ともそこにいましたが、他の三人は背中を向けていたので、中に入って、すぐに出てくることができました。門の見張りには、今朝、私の姿を見なかったことにしておいてもらいました」そして、彼はウインクした。

トラヴァースはニヤリと笑った。「我が友が審問にあらわれたら、面白いことになるだろう。ところで、裁判所に事務員なる人物はいるのかい?」

ポールゲートは、まったく聞いたことがなかった。

「その方がいいだろう」トラヴァースは言った。「物事をより複雑にするには、隠すに勝るものはない」彼は手を差し出した。なぜそうしたのか、のちに不思議に思ったが。「口を閉ざして、まったく知らん顔をするんだ。テンペストに僕と会ったことを伝え、突然、町に帰る用ができたと言ってくれないか。今日の夕方には戻ると。パーマーにも知らせてほしい。そしてもし、僕の予想があたっていたら、君には十ポンドだ」

一時間も経たぬうち、トラヴァースはロンドン郊外まで辿り着いた。やがて交通量が多くなり、ジェームズ・ストリートにある絵画修復家ジュリウス・レベンの店の外に車を停めたのは一時間後だった。昼食に出ようとしているフランク・レベンをつかまえた。

トラヴァースは、苦労しながら絵画を事務所に運び込んだ。「扱いにくい仕事だと思うが」彼は言った。「迅速かつ巧妙にやってもらわなきゃならない。優秀な人材が二人ばかり必要だね、それぞれ両側からはじめるとして。ご覧の通り、一種の風景画だよ——眺めの良い庭園とでも言おうか？——とても魅力的な作品だ。それをはがしてほしい。全部ではないが、大部分は、このあいだの水曜日の朝に描かれたものだ。わかるかな？」

レベンは頷いた。

「その絵のすぐ下に」トラヴァースは続けた。「厚く塗られたカドミウムか、黄土色の絵の具が出てくるはずだ。もし尋ねられたら、画家は、それを絵の下地だと言うだろう。なぜなら彼は——完璧な技術をもって——そこに光度を加えたかったんだ。その下地も全部取り除いてほしい。その部分もこの前の火曜日に塗ったばかりだが」

レベンは顔をしかめた。「それから、どうするんですか？」

「それから」トラヴァースは言った。「見るべきものが、見えるだろう」

レベンは、また頷いた。「承知しました。下地の下に、まだ別の絵が隠れているとお考えなんですね。そして、それをあらわにしてほしいと」彼は首を横に振った。「絵の具が塗られたばかりだと、できるかどうか確かではありません。でも、最後に出てくる絵はどうですか？　どのくらい前に描かれたものですか？」

「君にとって悪い情報だが」トラヴァースが告げた。「おそらく、数日しか経ってないと思う。従って、それも描かれたばかりだ」

レベンは口笛を吹いた。「まあ、それはあなたの問題です。うちの職人は、やってみるのを厭わないでしょう。うちの店には特別な代物がある。特に注意が必要な場合に使うものです――乳化アルコール。テレピン油じゃ太刀打ちできないでしょうから」


午後三時。ルドヴィック・トラヴァースは二階の部屋に座り、レベンの二人の職人が作業するのを見守っていた。そこに来て、一時間半が経っていた。クライマックスは、もう間近だった。彼が見ているうちに、絵はただの黄色の薄い塗膜となり、二人の男はそれが乾くのを待っていた。

「今のところ、何かわかりましたか？」トラヴァースが尋ねた。

「あなたにお話ししたことだけです」職長が言った。「確かに下にもう一つの絵があります。塗られて間もない着色が所々見えますから」

十分経ち、眼鏡を付けて二人の男は、また作業に取り掛かった。ペタペタと軽く器用に塗っては拭き取り、塗っては、また拭き取り、ゆっくりと黄色い染料が剝がれ落ちてゆく。何度か繰り返し、黄色く塗られていた箇所が、どんどん取り除かれてゆく。トラヴァースが首を伸ばして見ると、その背景がぼんやりと見えてきた。ほとんど望みがないと思っていたのだが。

さらに十分が経ち、職長が背中を伸ばした。

「さて、これで絵がめちゃくちゃになりましたが、何が描かれていたかおわかりでしょう。親方の考えでは、あなたが必要としていたのは、これではないでしょうか」

トラヴァースは、すぐに絵をつかみ、窓の方へ持っていった。キャンバスの上には、まだかすかな黄色い染みが残っていたが、まさしくポールゲートのポケットに十ポンド紙幣をもたらすものだった。

「肖像画ですね？」

「そうです」トラヴァースが言った。まるでそれが、レンブラントのものであるかのように。「自画像です」

「もしかして、私も知っている画家ですか？」

「いえ、残念ながら知らないでしょう」トラヴァースは彼に言った。「これは、ある紳士の肖像画です。彼の専門は、奇跡を描き出すことです！」

第十一章　トラヴァースの説明

　夕方六時半。トラヴァースは、ペイリングスに顔を出す前に、絵画を安全な管理の元に置こうと、警察署の構内に車を乗り入れた。テンペストが署内にいるとわかり——絵を持たず——彼は陽気に悠然と入っていった。

　キャリーがそこにいた。テンペストはやきもきしているようだった。その理由は訊かずとも簡単に推測できた。トラヴァースが入っていくと、その日の驚くべき出来事を聞かされた。テンペストは遠回しに話をはじめたが、途中で中断された。

「知っていますよ」トラヴァースが言った。「ロムニー・グリーヴが絵を盗まれて、さらに不可解なことに審問にあらわれた」

　テンペストは目を見開き、それから笑った。「ポールゲートに会ったんだな」

　トラヴァースは首を振った。「断じて、違います！　僕が彼の絵を盗みました。そして、邪魔者をいなくするため、審問におびき出しました」

　それから、なだめる過程に入っていった。テンペストの憤りは激しい抗議となり、抗議がおさまると、威厳が傷つき、それは好奇心が優位に立つまで続いた。つまり、トラヴァースがレベンの仕事場で、午後に発覚した事実を述べるまでだった。キャリーが絵を持って再び入ってきた。ポールゲートも一緒だった。

「なんと、ロムニー・グリーヴじゃないか！」テンペストが声をあげた。「まるで生さている人物のようだ」

「そのとおりです」トラヴァースが応じた。「もし、お許しがいただければ、説明してみせます。彼が何を考えていたかだけではなく、ミセス・サービスの視覚の奇妙な変動についても。それについては、まだ聞いていませんね？　それでは、お話ししましょう」

遂に講義の準備は整った。トラヴァースは、絵を机の上に立て掛け、スチール製の巻尺を手にした。

「まず、この事実に注目してもらいたいのです。ご自分の目で確認できると思いますが。東屋の通用口ですが、そこから応接間の窓が見渡せます。幅は二フィート九十九インチ、高さが五フィート二インチ。以前から、実際にドアは付いていません。対のドアが正面にあり、Ꭓの間は折り畳まれていきす。しかし、横の勝手口は一種の便利さと装飾を兼ねたものです。思い出していただけるかもしれませんが、例えば側面には二つの滑稽な化粧漆喰の柱があります。

さて、この絵を見てみましょう。お気付きのように、横幅は正確に測って三フィート二インチです。言い換えると、戸口、または入口ですが、それよりも幅があります。その理由は、入口の後ろにちょうどおさまるよう設計されたからです。入口の内側に煉瓦でできた一インチ半の枠組みがあり、ちょうどそれが本物の戸枠のように絵を支える役割を果たしています。

そうしますと、なぜ高さが五フィート二インチじゃないのか、入口にぴったりはまるように縦も同じように、と疑問に思われるかもしれません。その件については、すぐあとで検討することにします。最初に、理論を組み立てることからはじめましょう。

ロムニー・グリーヴは、戦時中、偽装工作の専門家でした。それゆえ、彼は絵の具や色彩や複雑な線が、人を欺く価値があることに気付きました。もしも、夕暮れ時だったら、見間違いが起きやすい。そしてそれが、同時に二か所に自分がいるように見せる、彼の技法の基礎となっています」

「わかったぞ！」テンペストが口を挟んだ。「彼が何をしたか、ようやくわかった」

トラヴァースは、幾分残念そうに首を振った。「それは、僕が考えたことなんです。問題は、彼がやったことを発見すればするほど、その隠れた意味や理由がわからなくなることです。町から戻ってくるときも、ずっとそのことが気掛かりでした。出発したときは、夜までには、ロムニー・グリーヴを拘留できると思っていました。でも今は、それは不可能だと思っています」

テンペストは、頑固に口を閉ざしたまま首を振った。

「説明を続けさせてください」トラヴァースは彼に言った。「その方法を思いついたのは、ロムニー・グリーヴです。もし彼の家に行って聞き込みを行ったら、その夜、ロムニー・グリーヴがいなかったと必ず判明するでしょう。ペイリングスで、庭師が東屋から暗闇の中に侵入者を見たという、あの晩のことです。ポールゲート巡査部長が、その出来事と四人のいとこの指紋を結び付けるなど、まったく考えつかなったことでしょう。しかし、彼にもっと詳しい調査をさせるようお願いします。拾った巻尺に、ロムニー・グリーヴの指紋と合致するものがあるかどうか」

ポールゲートは平然と出ていった。トラヴァースは続けた。

「それで、僕が思うに、彼はバスでやってきて、ペイリングスの入口へと通じる小道で降りた。そして、懐中電灯を手に正確な入口の寸法を図りに敷地内に入り込んだ。彼は見つかり、追い出されたが、寸法はわかった。それで、執筆している振りをして自画像を描く仕事に取り掛かった。彼は素晴らしい仕事をした。出来るだけ強固に塗り固め、くるくると巻き、瞬時に額縁に見えるよう木材を組み立てられるように準備をした。絵、額縁、イーゼル、折り畳み式のスツール――のちに絵を切り取ることになるが――は、前もってペイリングスに送られた、そして、サービスに預かってもらうよう手配した。

今、僕にできるのは、根拠となる証拠を思い出すことです。東屋を見渡せるような寝室を特別に用意してもらったり、決まった時間の庭の景色を描いているとわざわざ告げたり――彼は本来、静物画の画家です――愛好家のための記事を書いているなんてばかげたことを話したり。実際に彼は、東屋にいて執筆をしていたという巧妙な言い訳を準備していた。

「殺人前夜のことを考えてみると、怪しまれずに丸めた絵を持ち込み、額縁を組み立て、暗くなると、目の錯覚の効果を試してみた。彼は間違いなく誰かに尋ねたはずだ、自分の姿が見えるか――そして、確かに見えた。でも、今はそういったことは置いておきます。それにはかなりの憶測が含まれているからです。証拠が立証する決定的な事実について話を移しましょう。

ロムニー・グリーヴが、どのように叔父を殺すつもりだったかについては、触れずにおきます。その件については、あとで充分悩まされることになりますから。東屋から、あの木に取り付けた仕掛けを使って撃つつもりだったのか、それとも、東屋にいると見せかけて、自分で木のところに行き、そこから撃つつもりだったのか。しかし、我々にわかっているのは、こういうことです。夕闇が訪れ、時間を知ると、銅鑼が鳴るまであと数分だった。みんなが応接間にいるのが見えた。ただ一人、行方がわからないのがマントリンだった。もしかすると、彼は勝手口の絵を目にするかもしれない。すぐ近くにいては危険だと思い、正面玄関のまわりを探した。

時間は経ち、決定的瞬間まで、あとわずかだった。ロムニーはまだ東屋にいて、引き金を引く糸を握っていたのか？　植え込みにいて、そこから発砲しようとしていたのか？　僕にはわかりません。でも、わかっていることがあります。彼はマントリンの声を聞いたか、彼の姿をとらえた。もしも、東屋にきて、絵の進捗状況を見たいと言ったら、全てはおしまいだ。それで、彼はさっと絵を取り除き、マントリンに呼びかけて、時間を訊いた。マントリンはそのとき、芝生の外れにある、フレンチドアのそばにいて、ロムニーが座って執筆し、自分に話しかけるのを見た。彼は背中を向け、屋敷に戻るような素振りを見せた。ロムニーは、忙しいので、すぐに行けないと言った」

ポールゲートは戻ってきた。瞬き一つせず、静かな声で発見したことを報告した。

「おっしゃるとおりです。二つの指紋を見つけ、取り出すことができました」

「素晴らしい！」トラヴァースが言った。「さて、どこまでいったかな？　ああ、そうでした。ロムニーは忙しいという理由で、マントリンが入ってくるのを防いだ。彼は、ちょっとしたパニックを起こしていた。急いで絵を動かした。目の前に戻し、全速力で黄色い絵の具で塗りつぶした。それなら、風景画の下地だときっちり主張することができる。そして、その横に立ち、銅鑼が実際に鳴るのを聞いた。そのあいだ、ミセス・サービスは寝室の窓から見ていた。ロムニー・グリーヴの不思議な行動を――座って執筆をしたり、消えたり、またあらわれたり、といった具合に。

うろたえていたにもかかわらず、彼は銃弾を放ったのか？　これも僕にはわかりません。でも、わかっていることがあります。彼は、なんとかあの絵を自分の部屋に戻したかった。それで、こっそり抜け出したんです。彼はつかまりましたが、絵を持ち去ることができました。寝室で彼は絵の端と額を切り落として、現在の寸法に直して、次の朝、何事もなかったように描きはじめた――彼は常に言い張っていた。あれは夕刻の絵だと、夕刻の印象を絵にうまく描きだしたいのだと」

「なぜ彼は絵を小さく切り取ったのですか？」キャリーが訊いた。

「二つ、理由があります」トラヴァースが彼に説明した。「第一に、そうすることによって、入口の寸法とは合致しなくなった。さらに形態も。景色を縦長ではなく、横長に描いて、細心の注意を払って偽装した。その他の理由は、風景画を横五フィートと縦三フィートで描くなんてまったくばかげている。それは、絵画と言うよりも巨大な怪物です。切り取ったあとでさえも、ご覧のとおりまだ大きい。ところで、もし、持ち去ったときに、絵を目にした巡査部長に質問したら、これよりずっと大きな絵だったと断言することは間違いありません。入口のサイズとぴったり合っていたかどうかは、判断できないかもしれませんが」

「なるほど、見事な仕事ぶりだな」テンペストは言った。「まったく見事だが、それで、どうだと言うのかね？」

「もし、差し支えなければ」キャリーが言いだした。「あなたは今夜、帰り道で、あることをずっと懸念なさっていたとおっしゃっていましたが、それがなんなのか、訊いてもよろしいですか？」

「ぜひとも」彼の指が眼鏡に置かれた。「第一に、みなさんも認めると思いますが、計画が手抜かりのない完璧なものでなければ、ロムニーは、叔父を撃つところまで到達できなかったはずです。それゆえ、実際に撃っていたなら、仕事をやり残し、危険を冒して窓から出て行って――警察の命令を無視して――絵を取りに行く必要などなかった。これは疑う余地のない事実だと思います。ロムニー・グリーヴは叔父を殺さなかった。しかし、思うに彼は、他の準備をしていた。次の夜、それに取り掛かるつもりだった。あの仕掛けが完成したら。我々が見た状態では、仕掛けは完成していなかったが。

我々の誰一人、それを効果的に利用する術を思いつかなかった。しかし、重要な点はここです。ロムニー・グリーヴは、部屋に入って、誰かが叔父を殺したのを見て非常に驚いた。そこから、できるだけすぐに出て、銃を池まで捨てに行く時間はかろうじてあった。そして、のちに絵を取りに戻った」

「道理にかなっていると思えるよ」テンペストは言った。「しかし、その銃についてだが。彼が池に捨てたのは、どちらの銃だったのか？　ライフルか、小さなリボルバーか？」

「間違いなく、ライフルです」トラヴァースは言った。「もし、東屋を調べてみれば、屋根の下に水平の出っ張りが見えるでしょう。スレート葺きのすぐ下です。そこに物を隠すことができます。でも、彼が捨てたのは、ライフルだと思います。リボルバーなら、入念な仕掛けなどいらないはずです。ライフルなら、他の場所から発砲者が狙いを定める際、仕掛けが必要です。そのことが、僕をもっとも悩ませているのです。もし、ロムニー・グリーヴが、ライフルで叔父を殺すつもりだったなら、やったのは彼のはずがない。なぜなら、重量のあるリボルバーの銃弾で、殺されていたからだ」

「そうだな」テンペストはそう言って、顎を撫ぜ、目をあげた。「でもなぜ、策略に使うのに、彼がライフルと銃の両方を持っていたと考えられないのだ？　なぜ、ライフルを隠さなきゃならなかったのかね？」

　トラヴァースは頭を振った。「あなたも今、かなり混乱されているようですね」彼の顔は不意に明るくなった。「でも、一つ思いついたことがあります。お話しさせてください。ロムニーは、何か不可欠な理由があって、あの特別な部屋を要求した。その窓から自分の姿が見られないように」

「でも、実際は見られていたんだ！」テンペストは異を唱えた。「ミセス・サービスが、その夜、はっきりと東屋を見たんじゃなかったかね？　目の錯覚だと言っていたが？」

トラヴァース微笑んだ。「その結末は重要ではありません。ロムニー・グリーヴが心配していたのは、朝のことです。もしお望みなら、僕が明日、ミセス・サービスに偶然出会った振りをして、火曜の朝、彼がかなり早く起きたことを彼女が証言するか、やってみましょう。おそらく彼の靴は露で濡れていた。使用人の一人がそれに気が付いた。でも、誰にも見られずに仕掛けを設置できると思って、夜明けとともに起きたと僕は見ています」彼の顔は、確信に輝いていた。「証明できると思います！　本についてはどうですか？」

「本？」

「ええ。あの二冊、『ローマ帝国衰亡史』でしたか？　サービスが月曜の夜、部屋を閉めたときにはあったはずなのに、翌朝にはなくなっていた二冊です。なぜ、そんなことが起こったか？　言わせてもらえば、それは起こるべくして起こった。ロムニー・グリーヴが、明け方、起きてすぐ応接間を抜け、フレンチドアを開けて出ていったからです。植え込みの中に、自分の企みにぴったりの場所があった。それとも、東屋の入り口を測りに来た夜に、その場所を決めていたのかもしれません。月桂樹の木に穴を開け、あらかじめ置いてあった椅子の上から照準を定めてみた。叔父の頭のところにちょうど来るように。それから、どこに銃を固定するか調べるため試しに撃ってみた。あれは猟銃です、いいですか。ピシャリと音がするだけです。あなたならおわかりでしょう、メージャーさん。僕も義理の兄がまったく同じようなものを持っているのでわかります。二階にいて起きていた者には、その音が聞こえたでしょう――たった一度だけ。残響もありません――小さな割れるような音だけです。その人物は、次の音を待っていたでしょう。それがなかったので気のせいだと思った。狙い定めた弾は、本を貫いたのです、ご存知のように」

テンペストは頭を横に振っていた。「試すというには、驚くほど危険なことだが」

「ロムニー・グリーヴは、ライフルを扱うようなスポーツマンでしたか？」トラヴァースは挑んだ。

「彼に経験がありますか？　絵の中の彼を見てください。どう見えますか？　芸術家の顔です。私やあなたが簡単だと思っているようなほとんどのことでも、著しく実務能力を欠く男の顔です。殺人など、とても自分の手には負えないとわかっていたことでしょう。弾丸がどのようになったか、忘れていたのかも。それとも、引き金に触れて、知らぬ間に発砲してしまったか。しかし、どう発砲したにせよ、彼は本を取り除かねばならなかった。弾は容易に取り出すことができた。あるいは、二冊目の本を通過して、すぐそばに落ちていたのかもしれない。弾をどこかに捨て、本のまわりに石を巻き付け、池に投げ入れた。それから、彼は仕掛けに取り掛かった。が、家の者が活動をはじめているかもしれないと思い、途中でやめた」

「ライフルは、どこで手に入れたんだ？」

「どこでも手に入ります」トラヴァースは答えた。「あれは猟銃です。店に入っていって、すぐに買えます」

「使用人の誰かが降りてきて、彼が応接間のドアを開けるのを見つけた可能性はなかったのですか？」キャリーが尋ねた。

トラヴァースは笑みを浮かべた。「誰が見つけると考えられますか？　来客には自由に朝早く起きる権利はないのですか？　居間を抜け、ドアを開け、そのままにしておく権利はないのですか？　彼がそうしたとして、どうして疑われなきゃならないのですか？　おまけに彼はいつも主張していました。自分の絵には、日没と同様に夜明けの光が必要だと——それは同じ性質の光だと。彼は絵を描くために起きたのです」

テンペストは笑うしかなかった。「なるほど、完全にやられたな、キャリー」

「私はかまいませんよ」キャリーは言った。「まあ少しは役に立ちますが、一種の議論に過ぎません。我々の仕事には確固たる議論が必要です」

「手ごわい方ですね」トラヴァースは言った。「感謝の意を表する前に、指摘してもよろしいですか？　どんな殺人においても、それが実行されるまで非難を浴びることはない。犯人はいくらでも準備ができる――ロムニー・グリーヴがやったように――実際に殺人が行われるまで危険を背負うこともない。殺害を試みた、と非難される可能性のあるいくつかの行動について、いつでも説明できるよう事前に準備をしていた。それから、もう一つ。ロムニーの視点から考えると、あれほど素晴らしい立地はないことに注目していただきたい。もう充分わかっているように、東屋から出入りするのは簡単だ。誰もあれ以上の立地は思いつかない。端の方の開いている窓からすり抜けて、植え込みのはずれまで行けばいい」

さらに議論は続き、やがて一つの主な問いに要約された。ロムニー・グリーヴに供述を求めるかどうかだ。トラヴァースは後に引き延ばす考えで、テンペストはすぐにでもという意見だった。しかし、トラヴァースにもわかっていた。ロムニー・グリーヴの有用性を。容疑者のリストから外れただけではなく、プレッシャーのせいで、うっかりして何かを漏らすこともあり得る。そして、妥協案に辿り着いた。翌日の午後、他の三人が葬式に出ているあいだ、ロムニーは残り、じっくりと尋問されるのだ。それまでに、新たなひらめきが浮かぶかもしれない。そして、攻撃の方向を定めることができるだろう。

トラヴァースは長い脚を伸ばした。「それで、あなたは退屈な一日をどうやって過ごしたんですか?」おどけた調子で、問いかけた。

「忌々しいことが次々とあってね」テンペストは応じた。「ところで、遺体を屋敷に運んだんだよ。居間の方にね。今夜あたり、君が夢遊病になって、見に行くかもしれないからね。屋敷から葬式へ向かった方が、報道機関も避けられる。式は二時半だ。使用人を代表してサービスが出席する。細君は行きたくないそうだ」

「それで、思い出しました」トラヴァースが言った。「今朝のあの、サービスの忍び足や他の点も考慮して、彼の軍隊での履歴を調べてみてはいかがでしょう?」

「遅過ぎるね」テンペストは言った。「すでに入手した。それから、四人のいとこのも。トム・バイパスについて調べるとき、全部一緒にやったんだ。詳細はマントリンから得ている」彼は冷ややかに笑った。「不公平にならぬよう、マントリンのも同様に手に入れた」

「ベンドラインは、明日やってくるでしょう」トラヴァースは念を押した。「彼に極秘で尋ねてみるべきです。なぜ、マントリンの名前を出したとき、様子が変わったのか?」

テンペストは頷いた。「そうかもしれんな」それから、また冷ややかに笑った。「でも、彼は殺人を犯してはいない。奇跡を起こすような人間じゃない」

「決してわかりませんよ」快活にトラヴァースは言った。

そして、トラヴァースは幾分疲れて、明らかに空腹も感じて、ペイリングスへ車で戻っていった。パーマーはまだ起きていて、ひどく気を揉んでいた。四人のいとこは、早めに寝室にあがったが、トラヴァースの食事はいつものようにあまり人目につかないように、応接間に運ばれた。サービスも運ぶのを手伝った。

「報告すべきことがあるのです」二人きりになると、すぐにパーマーが切り出した。

「それじゃあ、ここで給仕をしてくれないか」トラヴァースは言った。「君自身の耳にも聞こえないように話すんだ」

パーマーの話は、このようなことだった。彼は午前中、サービス夫妻とともに執事の部屋にいた。電話番の男が顔を出し、ロムニー・グリーヴの所在を尋ねた。彼は東屋にいるとサービスは答えた。そこで男は、ロムニーのもとへ向かい、その間、電話が来ないか、耳を傾けておくようサービスに頼んだ。ところが、男がいなくなるや否や、サービスがさっと立ち上がった。トラヴァースの寝室でのことが頭をよぎり、パーマーも立ち上がった。しかし、踊り場まで行くと、声が聞こえてきた。注意深く階段の方を振り返ると、サービスがこそこそと電話を使っているのが目に入った。背を向けていたので、パーマーは、ためらわず近付いていった。

「彼は、言わせていただきますと、電話に屈み込むようにしておりまして、エセルとかいう人物と話をしてるではありませんか」

「エセル！」トラヴァースは椅子から飛び上がりそうになった。

「エセルです。彼がそう言うのをはっきりと聞きました。『そこにそのままいるんだ、エセル』そして『誰にも知られることはない、エセル』と」

「それから？」

「電話を終えて、電話番の男が戻ってきたとき、なんと申しますか――まったく何もなかったような顔をしておりました」

「それで、彼は君の姿を見なかったんだね？　サービスは？」

パーマーは、頭を横に振った。「背中をずっとこちらに向けていましたので」

トラヴァースは大急ぎで食事を終え、テンペストに電話をかけ、彼がまだ署内にいるとわかると、馬車置き場から再びロールスロイスを出して町へと走らせた。

テンペストは彼を待っていた。電話で話すのは危険すぎる、何か衝撃的なニュースを期待するかのように。トラヴァースがそのニュースを伝えると、彼も椅子から飛び上がりそうになった。

「エセル？　確かに『エセル』と？」

「パーマーは間違いないと」トラヴァースは、そう告げた。

テンペストは頷いた。「それは、これまでで一番の情報だ」それから、彼は一枚の紙を取り出し、劇的にそれを披露した。「ちょうど、これが届いたんだ。我らが友、サービスについても書かれている。彼の隊の本部記録では、戦争中にそういった名前の男は歩兵大隊にはいなかったそうだ！」

第十二章　白い薔薇

一晩中、サービスのことを心に留めながら、金曜の朝、トラヴァースは目が覚めた。あれほど確信的な情報を得たことによって、非常に限られた結果が浮かびあがってきた。サービスがかけた自動ダイヤル電話は、地元の番号として単に登録されていた。そして、電話会社には受信番号が記録されていなかった。しかし、可能性として、エセル・グリーヴの捜索範囲が狭まったということだ。執事の電話によると、今のところ彼女は町のどこかにいる。もし、パーマーの聞いたことが正しければ、サービスは彼女に、その場に留まるよう訴えていたと言う。そこで、テンペストが考えたのは、金曜の朝、サービスを町に送り込み、慎重にあとをつける。口実として、葬式の花輪を選んで手配してくること。それは警察が匿名で届けるという話になっている。

マントリンから告げられた情報については、議論も交わされた。サービスにとって有利なことが一つだけあった。つまり、彼が重たい銃をしっかりと手にとって、動いている的に向かって機敏に発砲する姿など想像もつかないということだ。どういうわけか、トラヴァースに言わせると、サービスとリボルバーは結びつかなかった。大司教が油にまみれたマストに上っているなんて、想像もつかないように。

しかし、執事に不利なのは、マントリンの証言は今までのところ疑いようがないという事実だ。サービスは銅鑼《ゴング》の一番近くにいた。音が一番激しかったはずだ。彼の見解からすると、殺人を一番行いやすい場所にいた。誕生日のときではなく、他の機会にサービスが殺人を犯したとしたら、どんなに抜け目なく計画をたてようと、彼が主要な容疑者となることだろう。屋敷は疑惑に満ちていた――彼も充分承知のとおり――それぞれが誰にも劣らぬ強い動機を抱いていた。

トラヴァースが正面玄関から外に出たのは、七時半を過ぎた頃だった。天気は持ち堪え、漂ってくる空気の匂いを嗅ぎながら、彼はチャールズ・マントリンが称賛した眺めを見に、庭のずっと外れを目指した。東屋をまわって芝生へと出るとき、シャクナゲの向こうの椅子に座っているヒュー・バイパスの姿が目に留まった。トラヴァースは朝の挨拶をし、ヒューは彼が座れるよう場所をあけた。

「さて、間もなくあなた方ともお別れかもしれませんね」晴れやかに、それでいて残念な気持ちを滲ませながら、トラヴァースは思いを述べた。

「我々は、解放されるとお考えですか?」ヒューは不安そうに尋ねた。

「そう推測しています」トラヴァースは彼に話した。「念のため言っておきますが、僕にその権限はありません。僕は単なる取り巻きですから」

それから、彼はサービスについてあることを思い出した――所属部隊を訊いたところ、かすかに耳が遠いような気がした。答えるのが遅れたのは、どこの部隊か考える時間を取るためだったのだ。彼には、まだ何か隠していることがあるのだ。

「サービスは、かなりつらい思いでしょうね、今になって、ここを離れるなんて」トラヴァースは述べた。「約十三年だそうですね?」

ヒューは思い返し、同意した。

「彼は、どこから来たのですか？」トラヴァースは尋ねた。「どこか良い家の育ちではないかと思いましたので。あなたの叔父さんは運がよかったですね、彼のような執事がいて」

彼は目を細め、考えていた。必死に考え抜いたものの、思い出せるのは、いとこたち——自分を含む——が、ある年、叔父の屋敷を尋ねるとサービスがいた、ということだけだった。それ以前は使用人は女性ばかりだったそうだ。

「耳が悪いのは、ちょっと気の毒ですね」トラヴァースは何気なく言った。

「耳が悪い？」ヒューが訊き返した。「なぜ、そんなふうに思ったんですか？　彼はとても耳がいいですよ」

それから、彼が話すことを耳にして、トラヴァースは幾分自分を恥じた。ヒュー・バイパスは真に誠実な人間なのだ。微妙な質問の真意をまったく汲み取ることがないほどに。

「私は心から願っています、ミスター・トラヴァース。警察が、ここで起こったこととサービスを多少なりとも結びつけることがないように。私は彼をとても高く評価しています——彼の妻も」彼は素早く、見定めるような目をした。「あなたにお話ししていいものかどうか。絶対にここだけの話なんですが。今回の事件とはまったく関係のないことです」

それから彼は、自分が叔父を以前訪問した際に、執事と彼の妻が、わずかながらも金銭的援助を申し出てくれたことをトラヴァースに話してきかせた。

「二人は正直で純粋な方々です、ミスター・トラヴァース。一年に一度、ここに訪れるだけですが、彼らのことは良く知っていますし、彼らも私たちを知っています。私たちは、いつも彼らの体を気遣い、彼らはこちらの子供たちを覚えていて、元気にしているか尋ねてくれます」彼は確固たる思いで頭を振った。「そのような人々が、殺人と何らかの関係があるなんて、言わないでいただきたい」

トラヴァースには、ヒュー・バイパスの個人的見解を補正する多数の論拠があったが、相手を打ち砕くような方法を取ろうとは、まったく考えなかった、それで彼は穏やかに同意し、そのあと、マーティン・グリーヴが、屋敷から芝生を横切ってこちらにやってくるのが見えた。彼はトラヴァースに、この上なく丁寧な挨拶をしたが、ヒューに話しがあって来たのだった。

「トムに会ってきたところだが」彼は言った。「今朝は、ひどく調子が悪いようだ。葬式に行くなど狂気の沙汰だと思う」

トラヴァースは話をする二人を残して、屋敷に戻った。私服警官が電話番をしているのを見て、ある考えが浮かんだ。朝方、パーマーから聞いていた、寝室を見てまわるのはミセス・サービスの習慣になっていると。私服警官が、階段の近くのちょうど便利な場所にいた。彼女が二階へ上がったら、すぐに教えてもらえるだろうか？

そして、トラヴァースが話しかけると、警官は電話の上の壁に掛かった、巨大な凸面鏡に目を向けた。すぐ側にいる彼は、誰よりじっくりと鏡を見る特権を与えられていた。

「これは、かなりの値打ちものだと思いませんか？」警官は言った。

トラヴァースは頭を横に振った。「最初にそれを見たとき、僕もそう思ったよ。でも、それは年代ものではない――今ならわかる。よくできた複製品だけどね」

「人がどんなに騙されやすいかを示しているわけですね」

「そのとおり」トラヴァースがおどけて言った。「僕や君のように正直な人間には、近頃は、ほんのわずかな運も巡ってこない」それから、気の利いた言葉を全部言い終わる前に、彼は不意に口を閉ざした。彼の目に、もはや価値あるものとしてではなく、ただの鏡として、その隅に階段を降りてくるサービスの姿が映った。そこで、トラヴァースは目立たぬように動き出し、自分がどれほどのことを見逃していたかに気が付いた。

朝食のあと、すぐにテンペストがやってきた。執事が町まで出かけるお膳立てをするため、そして、尾行の手配を行うために。一つのニュースを持ってきた。白い柄のリボルバーが質から出されたとのことだった。トム・バイパスが言った通り、それはフランス製だが、造りも口径も池から取り出されたものとは違っていた。さらに、両方とも家主に見せ、彼女がよくよく検討し、バイパスの引き出しにあったのは、質から戻ってきたものだと指摘した。言い換えれば、彼女は被告人のために見事な証人役を果たし、攻撃の道筋は完全に閉ざされた。

その朝、電話の前に誰もいなくなるという機会が二、三回あったが、執事が再び内密に使用することはなかった。たぶん、トラヴァースが言ったように、小鳥が見ているところで網を張り巡らしても無駄だということだ。しかし、期待できる兆候もあった。サービスは町に出発しようとしていた。町に着いたら、いつくか用事があると彼は言った。屋敷へ食事を出前してもらう手配など。

「必要なことがあれば、どうぞ遠慮なく」テンペストは彼に言った。そして、サービスが出発すると、トラヴァースに得意満面な顔をした。「うまくいったぞ！　サービスは彼女と連絡をとるはずだ。なんとしてでも」

トラヴァースは、彼の思い通りにいくよう願った。テンペストは、電話の前で結果を待つことになった。そして、五分もしないうちに、トラヴァースは、ミセス・サービスが二階へ上がったという情報を受けた。それで、自分の部屋へと上がってゆき、運よく彼女が二階の踊り場にいるのを見つけた。そこからは庭が見渡せる。彼女は彼にちょっと会釈をした。それは礼儀正しく、うやうやしくさえあったが、どこか素っ気なかった。トラヴァースは、もっとも魅力的な表情を浮かべて見せた。

「すみません、お詫びしなくてはなりませんね、ミセス・サービス」彼は言った。「この屋敷でとてもご迷惑をかけていること、申し訳なく思っております」

「迷惑だなんて、そんなことはございませんよ」彼女は優しく答えた。

「そんなふうに思っていただいて嬉しいです」彼は言った。「パーマーもまた、ご迷惑をおかけしていないかと」

そこで、彼女は微笑んだ。「ミスター・パーマーは、この家でとてもよくやってくださっています。同僚ができて、とても助かっています」

「そうですね、おそらく」彼は言葉を探した。「ここの庭は、昔風の美しい庭ですね」

彼女も窓の向こうを見つめた。「私は、昔風のものが好きです」

「それから、昔風のやり方も？」

「ええ」彼女は言った。「ええ、昔風のしきたり。そのようなものは、もう何もありませんけれど」

「それが本当かどうか、僕にはわかりませんが」彼は厳かに答えた。「自分が子供だった頃の時代が好きです――こういった今の時代も、嫌いではありませんが」

彼女はまた静かに微笑んだ。「あなたはまだ、子供でございますよ――私に言わせていただきますと」

彼は笑った。「パーマーは違う風に言うかもしれません」それから、顔をまっすぐ前に向けた。「でも、おそらくそうでしょうね、ある意味では。あなたには、ミセス・サービス、そんなふうに感じるのでしょう。これほど月日が流れて、ここを去るには」

「そうでございますね」

「立派なご主人を亡くされましたね」

彼女は頷いた。「はい、あの方は私にとっては、よいご主人でした。これ以上の場所は望めません」

「あなたにとっては、かなりのショックでしたでしょう」

彼女は、奇妙にもちょっとためらった。「はい、そうでございました——でも、そうではなかったとも言えます。あの、わたくしには、わかっていたんです」

トラヴァースの五感が、全て吹っ飛びそうになった。「わかっていた！」

「はい、そうです——お茶の葉を見ましてね」

彼はしばらく、ぽかんと見つめていた。それから、笑いだしたい衝動をなんとか制した。「お茶の葉ですか？」

「はい、そうです。カップの中に死相が見えました。旦那さまだとわかりました」

トラヴァースは、厳かに頷いた。「あなたはお茶の葉で占うことができるんですね？」

彼女は、しばらく考えていた。「はい、そうです。できると思います。以前にも予言したことが何度かございます」

トラヴァースは再び頷いた。「おそらく、天賦の才ですね。思い出しましたが、知っている看護婦がおりまして、『オールドムーアズ・オールマナック』（英国の暦。占星術師がその年の出来事を予告する書）をいつも信じていました」

「とてもおかしなものですが、私も信じていますよ。何度も、それが真実だと証明されています」

「本当ですか?」彼の微笑みが徐々に薄れていった。「僕もティーカップで、何かを見つけることができたなら。我々が知りたいことを何か伝えてくれるかもしれない」

彼女は不意に唇を噛んだ。「それはつまり……誰が犯人か、ということでございますか?」

「はい、そうです」トラヴァースは言った。「必ず解決しなければならないことです。法は、私たちよりもより大きな力を有しているのです」

彼女は、ためらいながらも一歩前へ出た。懇願するように彼を見上げた。ひと気のない階段にさっと目を走らせた。

「少し申し上げてもよろしいでしょうか?」

「ぜひとも」トラヴァースは厳粛に応じた。

「あなたは、この家の誰かがそんなことをしたなどと、考えてはいらっしゃいませんよね? 甥たちの誰かが、ミスター・グリーヴを殺したなどとは?」

トラヴァースは言葉を失い、顔をしかめた。

「彼らの誰も、事件とは関係ないと確信しております。彼らのことは、少ししか存じ上げませんが、私にはわかるんです。」

トラヴァースは彼女の腕に触れた。「もちろん、彼らはやっていません。そのように彼らを擁護する言葉を聞けて嬉しいです」

彼は、ロムニー・グリーヴに関する話題を持ち出すには、他に何を言えばいいのか迷っていたが、彼女は直ちに動きだした。

「申し訳ございません、このようにお引き留めしてしまって。もう行きます。やるべきことが、たくさんございますからね」

トラヴァースが引き留める言葉をひねりだす前に、彼女は階段を降りていってしまった。彼女の古風な威厳と頑固な信念に一人微笑んでいると、廊下の先のドアが開いて、トム・バイパスが出てきた。トラヴァースは彼が来るのを待った。

「あまりお加減がよくないと聞いていましたが。どうですか？　少しよくなりましたか？」

「ほんの少し」トムは言った。「僕のような人間は、よくなったり悪くなったりの繰り返しです」

「船旅にでも出れば、元気になるでしょうが」トラヴァースが言った。

彼は頭を横に振った。「どうでしょうね。でも、ここから出してもらえれば、すぐに試してみるつもりです」彼は皮肉っぽく笑った。「それは、まだみたいですが」

「なぜ、まだだと？」

「僕が本来、単純で正直な奴ではないと、あなたはわかっていらっしゃるようだ」

トラヴァースは非難するように頭を振った。「いいですか、そのような発言は、罪の意識がある人間に限って出てくるのです。法律は公平なものなのです」彼は笑った。「同様に、僕はとても抜け目ない考えの持ち主です——絶対にここだけの秘密ですが——誰がやったか、あなたは知っているんですね」

「口がお上手ですね」力なく彼は言った。「でも、どうしてそう思うのですか？」

「皮肉をおっしゃったからです」トラヴァースはそう答えた。「皮肉を言うのは、基本的に人より優位に立っている証拠です。あなたは不意に、ある皮肉な言葉を発しはじめた——あなたらしくもなく。つまり、優位に立っているということです。なぜなら、あなたにはわかっている。他の人と同様、決して――そうです、自分は殺人の罪には問われないと」

彼は、ほんの一瞬目を細め、それから微笑んだ。「あなたはいい人だと思います、T・T――すいません。あなたのニックネームは、T・Tだとご存知なかったでしょう?」

「もちろん、知っていましたよ。でも、あなたが言おうとしていたのは――?」

「僕ですか?」彼は眉をしかめた。「ああ、そうです。殺人の罪について話していたんでしたね。おそらく、あなたが正しいと思います。結局、やっていないことに対して、その男が有罪だとは証明できませんからね」

「それは、残念です」再び、トラヴァースはトムに言った。「あなたは、少なくとも皮肉屋なんかじゃありません。それでも、やっていないことで、縛り首になる場合もあるんです」彼の指が眼鏡の方へ伸びた。「それに、あなたなら殺人を容易に行えたか、も、し、れ、な、い」

トム・バイパスがじっと見つめた。彼は再び目を細めた。

「どうやって?」

トラヴァースは微笑んだ。「適切に判断すると、それは救いようもないほど非論理的な質問です。もし、あなたが殺人を犯したなら、答えを知っているはずです。もし、そうじゃないのなら――単なる憶測に過ぎません」

「我々二人とも、中身のない話をしているようですね」トムは彼に言った。「下に行きますか? このような日に室内にいるのは残念です」

二人は応接間に入っていき、トラヴァースはドアの方を振り返った。トム・バイパスは彼の方に目を向けた。はっきりと面白がっているような皮肉な眼差しだった。

「僕がどうやってやったと？　あなたの考えを話す気になりませんか？」

トラヴァースは、頭を横に振った。

「では、いつそれを発見したんですか？」

「お話ししますよ」トラヴァースが言った。「あなたが寝室にいたときです。どうやってやったのか、的を射た考えが浮かんだのです」

彼は当惑しているようだった。「昨夜？」

トラヴァースはかぶりを振った。「いいえ、今朝です」彼は笑いながら顔をそむけ、頷いた。それから、最終的な考えを述べるため、また振り返った。「そして、おかしなことですが、ほんの五分前です。それに気が付いたのは」

ユーモアの欠片もない顔で、テンペストが戻ってきた。サービスも一緒だった。執事は、二つの花束を抱えていた――ピンクの薔薇の大きな花束、それと小さな白い薔薇の花束。

「ちょうど門を通り過ぎたとき、サービスがバスから降りてきたんだ」テンペストが言った。「それで、すぐそこだが、車に乗せてきた。花束をどう思う？」

「こちらは違います」トラヴァースが白い薔薇に指を触れると、サービスが言った。「こちらはちょっとした捧げものでございます、妻と私からの」彼は少し慌てたように見えた。「勝手な真似をしていると、皆さんに思われなければいいのですが」

「非常に思いやり溢れる行為だと思いますよ」トラヴァースは言い、すぐに両方の薔薇を賞賛した。特に白い方を――明らかに、ミセス・サービスの選択だ。

執事がいなくなると、テンペストは、応接間の中へとトラヴァースを誘った。

「驚いたが、彼は町に行っても、何も疑わしいことはしなかった。二人の男を尾行につけたが、花屋とお菓子屋と雑貨屋に行っただけだった」

「店に電話がなかったのですか？」

「もし、電話があっても、使わなかっただろう」テンペストは言った。「尾行を一人、ずっと付けていたと言ったろう。どう思うかね？　もう少し泳がせておくか、尋問をはじめるか？」

トラヴァースは、もう少し様子を見るよう依頼した。ロムニー・グリーヴが、午後に何か漏らすかもしれない。すると、テンペストの顔が不意に明るくなった。

「私が出ているあいだ、トム・バイパスについての極秘の文書が届いた」彼は、デッキチェアに座り、日差しを浴びているトムを覗き見た。「彼の連隊では有名なリボルバーの名手の一人だったとか。しかし、健康状態が原因で第六連隊に所属し、戦後、競技会か何かのためにアメリカに送られた」

トラヴァースは、どこか満足した様子で頷いた。

「何か、わかったのかね？」テンペストが迫った。

トラヴァースは頭を横に振った。「昨日のあの絵画の大失態のあと、大きな進展は何も見られないと認めます」

「でも、何かを発見したのではないかね？」

「わかりません」再び彼は頭を振り、微笑んだ。「今日の午後までにすべきことは、座って、あなた自身が、あの殺人を行ったかどうか、試しに考えてみることです」

テンペストはあっけにとられ、彼を見た。

「そうです」トラヴァースは続けた。「もし、あなた個人の特異性と、あなたが漏らした疑わしい言葉から、相応の理由をいくつか見つけたら、僕は自分の精神の均衡をすっかり失くしてしまったとわかるでしょう。それなら、この事件からきっぱりと手をひきます」彼は眼鏡を拭きながら、かすかに瞬きをした。「あの夜、この屋敷にいたどの男も、手掛かりを突き付けていますし、誰にも動機はあった――しかし、たった一人が銃弾を撃ち放った」

「マントリンは、疑わしいことは何もしていない」テンペストは言った。「ヒュー・バイパスも」

トラヴァースは頭を横に振った。「マントリンは、二日間続けて同じ場所に立っています。そして、どちらの晩も質問をしている」

「でも、誰もが月曜日の夜と同じ場所に、火曜日もいたんだ」テンペストは念を押した。

「わかっています。それで、僕はおかしくなりそうなんです。それから、ヒュー・バイパスもいました。彼は最初に警察に通報してから、二階へ慌てて逃げたのでは？」

テンペストは、頭を横に振った。「あれほど穏やかで無害な凡人の男が？　君は見当違いの非難をしているよ」

「そのとおりです」トラヴァースはそう答えた。「でも、彼が不利になるようなことを僕が話したとしたら？　彼ら兄弟に関することで。我々のすぐ目と鼻の先で、いつもそれが行われていた。そして」――彼は笑った――「それが、完全に無害なものかもしれないとしたら」

「いったい、それはなんだね？」

「言うつもりはありません」トラヴァースは素っ気なく言い返した。「少なくとも、今はまだ。でも、ロムニー・グリーヴの件が終わったら、よろしければ、ちょっとした実験をしてみましょう。そのあと、いくつか実情を明かすことができるかもしれません」
「君次第だ」テンペストは言った。「しかし、誰に実験を行うんだ？」
「ヒュー・バイパスにです」トラヴァースは答えた。「単に、彼は穏やかで無害な凡人だからです」

ちょうど昼食前にトラヴァースは廊下へ出た。というのは、応接間のドアを開けると、居間から出てくるミセス・サービスが目に留まったからだ。彼女は、そっと目に手をあてていた。彼女の涙の邪魔をしないよう、彼は部屋に戻った。しかし、彼女が行ってしまうと、自分がまだヒューバート・グリーヴの最後の姿を見ていないことを思い出した。

居間のドアを背後で閉めると、すぐに花の強烈な甘い匂いがした。花は棺のまわりを飾っていた。ヒュー・グリーヴからの巨大な百合の花。使用人からの花輪が棺の外や中に。真紅の薔薇の花束がロムニー・グリーヴから。白いカーネーションはトム・バイパスからで、小さな百合の花輪がマーティン・グリーヴからだった。トラヴァースは、棺に納められた故人を前に、皮肉な気持ちをかき消した。そして考えた。四人のいとこは、相続についてそんなにも確信を抱いているのか、惜しみなく供え物を捧げるほどに。

あの匿名のピンクの花束は、扇形に広がって、棺の上に置かれていた。棺の頭の方に、サービス夫妻からの供え物が置かれていた。茎のところに細くて黒いリボンで、白い封筒が括られていた。トラヴァースは、その文字を読んだ。

謹んでお悔やみ申し上げます

J・アンド・A・サービスより

そして、白い薔薇の匂いを嗅ごうと身を屈めたときだった。何か妙なことに気が付いた。廊下でそれを見て、触れたとき、棘が指にあたった。今、更に近くで眺めると、茎からは棘がきれいに取り除かれている。しかし、それに気付いたあとでも、眠りや妄想から抜け出そうとするように彼は頭を振っていた。ほら、まただ！　テンペストの前で、彼が笑っていたのは、まさにこのことだった！　手掛かりは至る所にある。それとも、実際に見たと思いこんでいるだけの妄想なのか。

と言うのも、なぜ、こんなにも親切で、思慮深く、古風なことができるのか、完璧な理由があるからだ。棘を抜いたのが、アリス・サービスだからだ。彼女自身も、それを花束にしてリボンを結ぶときに指を傷つけたのかもしれない。それで、誰かがそれを墓地のわきで手にしたとき、危険がないようにと考えた。どちらにしても、それが正当な理由でも、ばかげていようとも、もう悩むのは、やめにしようと決心した。自分が何を見ようと、何を聞こうと、無視するのだ。手掛かり、手掛かりと——何の根拠もない。手掛かりなんか知ったことか、長年の論理がなんだと言うのだ。それにしても、なんとも奇妙だった。ヒュー・バイパスの行ったことは！

第十三章　全ては金のために

ロムニー・グリーヴの尋問が続いているあいだ、まだ居間の重苦しい花の香りがあたりに漂っていた。ポールゲートは葬式に出向き、キャリーは残った。速記者が隅に座っていた。部屋に入って来た最初の瞬間から、容疑者は、何か不吉な空気が漂っていることに気付いただろう。それから、テンペストが公式の警告と呼出し状の内容を告げ、ノートを手に一連の提言を行った。

最初、ロムニー・グリーヴは一種の精神的難聴を装い、自分に容疑がかかっているという驚くべき出来事を拒絶しようとしているかのようだった。一度だけ、彼は言葉を遮った。

「私が申し上げたいのは」テンペストは言った。「殺人のあと、実際に警察を混乱させるような場面を作り出し、外部の男を容疑者にしようとした。エセル叔母の夫という架空の人物を作り上げ、彼の名まえで脅迫状を書いた。あなたは知らなかったでしょうが――」

ロムニーは強く抗議した。どういうわけか、その抗議には説得力があった。

「あなたが何を言おうと、私は誓います。先週の月曜、ここへ来る途中に弟やいとこ達に会うまで、エセル叔母が生きているなんて考えもしなかった。彼女のことなんて、もう何年も思い出しさえしなかった。私がそんな手紙を書いただなんて、とんでもない」

テンペストは、その誓いが破られるような論法で、次々と事実をあげていった。ロムニーはじっと座っていることができない様子だった。それから不意に、彼にかすかな変化があらわれた。実際は椅子の上で、もぞもぞと動いていたのだが、ゆったりとくつろいでいるように見えはじめた。精神的難聴はどこかへ行ってしまい、テンペストが告発する驚くべき事案について、父親的な興味を示しているかのようだった。一、二度、彼は笑った。彼が安堵しているのは、あまりにも明らかで、その変化はあまりにも興味深かった。トラヴァースは不安を抱きはじめ、キャリーと目が合うと、彼も疑うように眉を上げて見せた。

長く続いた告発の弁が終わり、テンペストはノートを脇に置いた。

「さて、ミスター・グリーヴ」彼は言った。「我々があなたに伝えた供述に署名する準備はできていますね？　何も不満はなさそうですが」

「ありません」ロムニーは答えた。「不満はありません。でも、私自身の発言を聞いてもらってもよいのでは？」

「もちろんですとも」テンペストは許可した。「発言してもよろしいですよ。それから、供述を読み上げますので、署名していただきたい」

彼は礼儀正しく頭を下げた。かすかに微笑みを浮かべ、その下には、まだ不安の名残が口元に残っていた。

「あなたがおっしゃったことに対して、異議を唱えるべきかどうかわかりませんが、ただ例外は、あなたが言及した仕掛けについてです。あれは本格的に作ったものではありません。ただ皆さんを惑わすためのものです」彼は、さらにおおっぴらに笑顔を見せた。「やはり、不適切なところから話をはじめてしまいましたね。あなた方は全体を間違ってとらえています。私には、決して叔父や誰かを殺す意志などありませんでした――まさか、本気で殺すなどとは！」

冷たい視線が彼に降り注いだ。微笑みからは、明るさも確信も薄れていった。

「それに、へまをやらかしたなどとも思っていません。誰かが叔父を殺そうとしていたなどと、どうして知ることができましょう？」彼は前に出て、両手を広げた。「一つ、お願いしたいことがあります――完全に先入観を捨て去り、叔父が殺されていないと想像してみてください。そして、私をここに呼んで、尋ねると考えてください――ええと、ある疑わしいことが起こり、それにあなた方は気付いた、殺人を試みた形跡かもしれない。もし、そうした場合、あなた方がどんな間違いを犯しているかわかるでしょう」

「続けてくれたまえ」厳しい顔でテンペストが言った。

「いいですか、私の中の全ての発想は、推理小説を書くためのものです。私はお金に困っていました。その事実は隠しません。不名誉とは考えていませんから。ですから、ちょっとやってみようと思ったわけです。とりわけ、そういった場面を用意してくれる人物を知っていましたから。そして白状しますが、叔父のことを念頭においていました。じっくり考えた結果、彼が唯一、殺されるにふさわしい人物でした」彼は再び前に身を乗りだした。「おわかりだと思いますが、私が欲しかったのは個人的な経験です。私のような未熟な素人が推理小説を書くとなれば、自分の知っている人々や場所について書くのが唯一の方法です、そう思いませんか？」

「続けてくれ」テンペストは素っ気なかった。

「ええ、あなたが信じようと信じまいと、私の頭にあったのは、そういったことです。先程申しましたが、殺されるのは叔父であるよう設定し、当然、犯行がここで行われるべきだと考えました。確かに、あの夜ここに来て、ドアの寸法を測り、置いて行ったのは私の巻尺です。肖像画を描き、あなたの言った通りのことを行いました。小さなライフルは、私が何年も保有していたものです。そして、それが目的に役立つだろうと確信していました。本に書くつもりだったのは、東屋から銃を発砲する場面です。みんなは、私が例の記事を書いていると思っていました。もちろん、絵も見せていましたから。それから、あの木の仕掛けを思い付いたんです。警察が——もちろん、物語の中の警察ですが——誤解を抱くように。

あれらの本は、故意に狙って打ったわけではありません。私は偽の仕掛けを作っていたのですが、突然、思ったのです。計画を変えて、実際に植え込みから撃ってみたら、本をもっとおもしろいものにできるのではないかと。それで、銃で照準を合わせてみたのです。すると、知らぬ間に弾が飛んでいってしまった」彼は少し息を吐いた。「それが起きたとき、恐怖で凍り付きました」

「続けてくれ」そう言って、テンペストは頷いた。

「他に言うべきことはありません」彼は言った。「あなたが発見したことは正しいと言う以外。ただ一つ、考えていただきたい、あの夜、私が部屋に入ってきて、誰かが本当に叔父を殺したのを目にしたときのことを」思い出しただけでも混乱するように、彼は頭を振った。「それで、私は他の者と外に出て、ライフルを池に捨てたのです——そして、その後に屋敷から出て、肖像画をちゃんと隠したか確かめなければならなかった」

「それで、全部かね？」

「はい」ロムニーは答えた。「全部だと思います」

「わかった」テンペストは言った。「それで、君がやったあれらのことは全部、作家が言うところの、固有色の習得ってやつかね」

「そのとおり！　もし、全てを自分自身で行ったら、どんなことでも、のちに本の形にするのが容易ですから」

「そして、想像力をかすかにでも制御する代わりに、言うなれば、とてつもなく広範囲に及ぶ迫真性を求めたと」

ロムニーは再び手を広げた。「まさに、私が申し上げるべきことです。また、もし、批判に立ち向かう立場に身を置けば、全ては実際に試してみたことだと言って、本を擁護することもできます――言うなれば」

テンペストは頷いた。「その時点で、あなたはかなり困窮していた。それにもかかわらず、エセックスからここに来るまで、かなりの額を費やした。単にドアの寸法を測るために。サービスへの極秘の手紙も、同じ目的を果たすためだった」

彼は肩をすくめた。「残念ですね。私を信じてくださらないなら、仕方がないでしょう。でも敢えて自分自身のために言います。それを行うのに、お金はそんなに心配ではありませんでした」彼は悲しそうに笑った。「もし、私のポケットに一ポンド入っていたら、それを何に使うかは、神のみぞ知る、です。それに、おわかりだと思いますが、私は大っぴらにここに来て、寸法を測ることはできなかった――一週間後にここへ来ることを考えたわけではないのです。叔父が歓迎しないのは、言うまでもないことですが」

誰も訊くべきことがなかった。テンペストが最後の言葉を発した。

「あなたが話したことについて、私は何の意見も申し上げません、ミスター・グリーヴ。私が訊きたいのは、供述書を読む前に、自分の意見を擁護するため、つけ加えることがあるかどうかです」

彼は顔をしかめ、それから笑った。「ええ、一つだけあります。運よくそれを思い出しました。お望みなら、あなた方がご自分で、私が言ったことが真実かどうか確認することができるでしょう。妻へ伝言を書きますので、それを使いに持たせ、直ちに送りだせばいいだけです。妻は、私が今まで書いた推理小説を使いの者に渡すでしょう」再び、彼は悲しそうに微笑んだ。「残念ながら、まだ多くは書いていませんが。ただの想像上の事件の物語です。男がやって来て、ドアの寸法を測る様子です。ああ、それから、どのようにライフルを手にして、自画像を描くかです」

ロムニーがさりげなく全てを告げたとき、法廷の情景は、それぞれの心の中を反映して、どんよりとした描写に取って替わった。それから、トラヴァースが彼の方に身を乗りだした。

「それでは、あなたはどの角度から物語を書いているのですか？」

彼はしばし考え、それから、晴れ晴れした顔で答えた。「そうですね、もちろん、殺人者の視点からですよ。言うなれば、読者に全ての仕組みを示し、のちに警察が手掛かりに手掛かりを重ね、どう事件を解明するかを披露する」

「奥さんに伝言をお書きになりますか？」テンペストが尋ねた。

「ええ、もちろん」彼は言った。「もし、お望みなら、電話で連絡を取ることもできます。隣人がいまして……」

ドアの向こうにロムニーが締め出されると、テンペストは口笛を吹いた。

「我々の計画の裏をかくとは！　どう思うかね？　もっともらしいことは何かあったかね？」

「嘘を並べ立てただけです。最初から最後まで！」軽蔑するようにキャリーは言った。「本を書いているだとか、どれ程書いたかとか、見せるだとか！　彼は前もって全てお膳立てしていたんです。それがアリバイになるとわかっていたんです」

「それでは、悪魔のように巧妙だ」トラヴァースが言った。

「信じないのですか？」

「今のところは、何を信じるべきか、わからない」トラヴァースは率直に話した。「今までの人生で、あそこまで迫真性を追求した男になど出会ったこともない。僕が思うにおそらく、彼はこの部屋に入って来て、我々が知っていることをすぐに嗅ぎ取った。最初は窮地に追い込まれたふりをした、それゆえ、愚か者の態度を取った。それから、彼は我々に共感するような態度を示した――我々が、哀れな盲目の愚か者であるかのように」

「いいかね、君たちは、私が彼に忠告するのを聞いた」テンペストは、部屋の面々に言った。「もし、彼が一言でも発したら、なんらかの名目で拘束するつもりだった」

「それでも、同じことです」トラヴァースは言った。「たった一つ、些細なことが浮き彫りになりました。推理小説の執筆は全て計画の一部だったと、そして、実際に東屋から発砲し、叔父を殺すつもりだったと仮定してみてください。我々は正当な理由でそう考える資格がある。覚えていらっしゃると思いますが、あのライフルは、あの場所から撃つのに充分適したものです。全てそう仮定して、我々は二つの問題にぶつかります。彼は叔父を殺していないという事実。もう一つは、あの夜、叔父に銃を向け、いつでも発砲できる用意があったとしても、それを実行することはできなかった」

「どうしてだね？」

「マントリンの存在です。マントリンが常に彼の視界を遮っていました。よろしければ、外に出て実証してみせます」

ロムニー・グリーヴの姿も、トム・バイパスの姿もなかった。実証が行われた。キャリーがヒューバート・グリーヴの椅子に座り、トラヴァースがマントリンの代わりに屏風の端に立ち、テンペストが東屋から照準を合わせる実験を行った。

テンペストは、頭を横に振りながら戻ってきた。「君の言うとおり、彼が実行するのは無理だ。例え、その気があったとしても。しかし、脅迫状についてだが。ロムニーが書いてないと誓ったとき、君は信じたのかね？」

「そう思います」トラヴァースは言った。「彼が言った中で、唯一説得力のある言葉でした」

「うーん、グリーヴ老人が書いたものではないと、もうわかっている——専門家の話が正しければ。問題は、それじゃあ誰が書いたか、ということだ。結局、あれは本物だったのか？」

「一つ、考えがあります」キャリーが言った。「手紙のことについては、随分と考えてみました。今日の午後、彼が自分のやったことを説明したとき、まあ、なんと言いますか、考え合わせて推測してみたんです。彼は、叔母についてはまったく知らなかった、と言っていました。それは真実だと思います。しかし、誰がいったい、その叔母について知っていたんでしょうか？　誰がその場にいて、それを最初に耳にしたのでしょう？」

「マントリンだよ、もちろん」

「彼が、特に親しくしていたのは誰でしょう？」

「トム・バイパスだね」

「それです」キャリーが言った。「トム・バイパスが手紙を書いたんですよ。マントリンが、遺言の中身が変わりそうだとほのめかして。さらに言えば、それを違う方法でも証明できると思います。月曜の夜、庭にいたという男が、他のことと同様、偽物だとしたら？　彼を見たとされる唯一の人物とは？　それはトム・バイパスです！」

テンペストは頷いた。「君の言うとおりだと思う。それをどう利用するかは、また別の問題だが。それでも、チェルムスフォードに連絡を取ってみるつもりだ。この有名な推理小説の中身がどうなっているか。おそらく、我々にとって不利な結果になると思うが」

キャリーとトラヴァースは、庭の方へゆっくりと歩いていった。

「署長は少し憂慮しているようです」キャリーが言った。「今朝の『ビーコン』紙を見ましたか？　ロンドン警視庁に、そろそろ援助を要請する頃だと明白に示唆していました。ここだけの話ですが、もしこの数時間に何も起こらなければ、そういったことになるでしょう」彼は不平を漏らした。「けれど、彼らに何ができるのでしょう。我々がまだやっていないことで。私にはわかりません。ああいった絵画を見抜くことだってできないでしょう、あなたがやったように」

トラヴァースは、ただ頭を横に振った。キャリーの推測は続いた。

「それに奇妙なのは、私の今までの経験の中で、手掛かりや特別な事態が、こんなに至る所にあらわれる事件などありませんでした。手紙を例にあげると、ロムニー・グリーヴは書いてないと考えられる。サービスが言った嘘はどうですか——見たことはないと言い、それなのに、手に取って読んだことが証明されましたね？　それから、まだ他にも考えていることがあります。マーティン・グリーヴとカードのことです。彼は二日続けてカードを床に落としました。今、一つのアイディアが浮かんでいるのです。うまくやれば、当てはまるかもしれない。あれらは全てバイパス兄弟の計画だったんじゃないでしょうか?」

トラヴァースは耳を傾け、聞き入った。最後に彼は頷き、何か決意したようだった。

「さあ、葬式に行っていた連中が戻って来た。でも、あとで先程の件について二人で話をしよう。そして、ある実験に取り掛かろうじゃないか。署長の目玉が飛び出すような実験だ」

サービスは、お茶のあと、ベンドラインを応接間に案内した。テンペストは、すぐに彼を東屋へと連れ出した。

「皆さん、遺言の内容に喜んでおられましたか?」テンペストは尋ねた。

「そうですね」——弁護士は顔をしかめた——「そうでもありますし、また、そうでもありません。おわかりでしょう。結局、よくよく考えてみると、満足されると思います。一万ポンドは三万ポンドではない、しかし、悪い冗談よりはずっとましだ」

「マントリンがいなかったので、驚かれましたか?」

「私がうまく説明しましたので」ベンドラインは言い、それは、そのままとなった。

テンペストは、しばし口ごもり、何か言いたそうにしていたが、やがて要点を切り出した。

「ところで、とても扱いにくい質問ですが、ここにいるミスター・トラヴァースと私は、我々の捜査にとって不可欠なことだと考えております。もし、はっきりと答える気になってくだされば、情報源としてのあなたの名まえは決して漏らさないと保証します。マントリンのことなんです。先日、ここで彼の名を述べたとき、我々は、あなたが以前彼と会ったことがあると感じました」

ベンドラインは微笑んだ。「その通りです、それについては何も隠すことはありません」

「そうでしょうとも」テンペストは言った。「更に言いますと、あなたがなんらかの理由でマントリンと会ったとき、良い印象をもたなかったのではないかと我々は感じました。それについてお伺いしたいのです」

ベンドラインはしばらく考え、それから頭を横に振った。

「すいませんが、それについては、お話しできません」

トラヴァースは微笑んだ。「そんなに難しい話ではないと、おわかりだと思いますが、ミスター・ベンドライン。あなたは何も言わなくてもいいのです、本当に。あなた自身、責任をとることは何もない。すでにあなたはおっしゃいました。彼と関わる仕事をしたことがあると。それは、どこから見ても、彼の名誉となるものではなかった」

「お好きなように解釈を」弁護士は反論した。「それでは、私はメージャー・テンペストさんに、欲しがっている情報を既に与えたことになりますね」

「なんてことだ、トラヴァース」まじめな顔を装って、テンペストが言った。「まったく、余計なことをしてくれたな」

トラヴァースは申し訳なさそうな顔をし、ベンドラインは思わず笑った。ちょっとしたユーモアが生じたことによって、彼は不意に気を変えたようだった。

「念のために言っておきますが、これはまったく専門外のことなんです。でも、その件についてお話ししましょう。それをどうするかは、あなた方にお任せします。まず、二人の弁護士をAとBと呼ぶことにしましょう。そして、顧客はCです。Cは、ある株に投資しようと、Aにいくらかの金額を託しました。詮索好きで何にでも首を突っ込む女性だったため、彼女はAの言葉を鵜呑みにできなかった。全て手配が整ったとAは言ったが、彼女は全てを自分の目で確認したかった。Aは、何度も何度も彼女をはぐらかし、遂に彼女はBに相談した。Aは Bに対しても、同じような戦法に出た。しかし、遂に全てを譲り渡すことになった。その間、奇妙な偶然の一致で、Bは発見した。Aには、金を工面する必要があったのだと。これで全部です——ただ、株は購入されました。最初に提示していた日付のあとで」

「そして、それ以後、その件はBの手に渡った？」

「すいません」ベンドラインが言った。「これ以上お話しすることはできません」

「それは、残念だ」トラヴァースは言い添えた。「尋ねようと思っていたんですが、それは、弁護士Aが充分な儲けを得たあとだったのか」

二人は、弁護士が車に乗り込むのを見届け、それから屋敷に戻り、四人を探した。彼らはまだ居間にいて、活発に話し込んでいた。

「聞きましたよ、あなたたちにお祝いを述べなくてはなりませんね」テンペストはそう言って、一瞬、なんとか警官の立場を忘れようとしていた。「本当に、心からお祝い申し上げます。おそらく、本来の権利の全てを手にすることはできなかったと思いますが」

トラヴァースも顔を輝かせて見まわし、とても喜ばしいと言及した。ヒューは振り返って礼を言い、少しのあいだ、部屋は明るく活気に満ち、陽気とも言えるくらいだった。そして、テンペストが、水を差す言葉を発した。

「今日の晩、ちょっと時間をいただきたい」彼はヒューに言った。「あなたたちが、ここを退去する件についてです。月曜の朝一番だと思いますが、その前ということも考えられます」

彼らの顔は一様に無表情だった。ヒューは、みんな明日の朝にもここを去るつもりだと穏やかに言った。トラヴァースはテンペストの耳に何か囁いた。

「恐れ入ります」テンペストは言った。「残念ながら、それは不可能です。しかし、今晩お会いすることになると思います。夕食の前になるでしょうが、そのときに詳しい情報をお伝えできるかと」

「なぜ、夕食のちょっと前だと、言わなきゃならんのかね？」一同が再び部屋から去ると、テンペストがトラヴァースに訊いた。

「おしずかに！」トラヴァースは意味ありげに囁いた。「キャリーと僕で、ちょっとしたサプライズをあなたにご用意しました。夕食前に、我々は応接間に集まります。キャリーとポールゲートは、どこかの隅で、書いたり、何かしたりしているでしょう。そして、僕にヒュー・バイバスと話をさせてください。いいですか、あなたは忙しくなりますよ。あなたは他のテーブルで何か書いていてください。ご理解いただけるなら、他のことは頭に入らないくらい、一心に取り掛かってください。あとで、あなたと僕で何か合図を決めます。あなたはキャリーのテーブルへ行って、彼と話をしてください。背中をバイパスと僕の方に向けて」

「その裏に何が隠れているんだね？」

「それが」トラヴァースは言った。「サプライズを構成するものです」

テンペストは、急いで警察署に立ち寄るため、出発した。トラヴァースは、庭をさまよい歩き、ポールゲートに出くわした。彼は思いがけなく、植え込みの中からあらわれた。

「やあ！」トラヴァースが声をかけた。「何を探しているんだい？」

ポールゲートは、おどおどしながらニコッと笑った。「あの腐葉土の中をうろついていたんです。誰かが弾丸を拾ったあと、埋めたかもしれないと思いまして」

「君が仕事に喜びを見出すことを願っているよ」トラヴァースは彼に言った。「それで、葬式はどんな様子でしたか？」

やじ馬で大騒ぎだったとポールゲートは話した。しかし、うまい具合に対応がなされたようだ。

「ところで」トラヴァースは不意に尋ねた。「白い薔薇の花束か花飾りを墓前で見なかったかい？」

ポールゲートは彼を見つめた。「あなたがそれを尋ねるなんて、おもしろいですね。サービス夫妻がそれを捧げたんじゃありませんか？」

「そのとおりだ。どうして？」

「私は、サービスのすぐ後ろにいたんです。彼は知らなかったと思いますが。もしかして、謎のエセル叔母という人物とやり取りするかもしれないと思って見張っていたのです――結局、私が見る限り、そういったことはありませんでしたが。棺が降ろされたとき、彼が手に薔薇を持っているのが見えたんです。最初の土をかけたとき、まさか花を投げ入れるなどとは！　あんな素晴らしい花をなんてもったいない」

「そうですね」トラヴァースは、深く物思いに沈んで言った。「そうだと思います。でも、どういったわけか、僕はそれについて違う見方をしたいのです。なぜかはわかりませんが、そうしたいと」

「今はもう、そう思わないでしょう」ポールゲートは彼に言った。「花は土の六フィート下ですから」

「そうでしょうね」落ち着き払ってトラヴァースは言った。何か思い出したようで、財布を探し、間違いなく十ポンドの紙幣を取り出した。

第十四章　テンペスト、退く

　舞台は整った。書棚のそばのテーブルには、キャリーとポールゲートが座っていた。銅鑼《ゴング》の近くのテーブルでは、テンペストも筆記具を用意していた。トラヴァースが座っているのは、事件の夜、バイパス兄弟がいた場所で、彼はトム・バイパスの椅子に、ヒューの場所も既に用意されていた。トラヴァースは、まわりを見まわして場所を確認し、ポールゲートに合図を送った。巡査部長は、ヒュー・バイパスを探しに行った。テンペストは厳しい顔でテーブルに向かい、書きはじめた。

　ヒュー・バイパスが入ってきた。ポールゲートはヒューに空いた椅子を示し、自分とキャリーの仕事場へと戻った。

「お座りください、ミスター・バイパス」愛想よくトラヴァースが言った。「煙草はいかがですか?」

「いいえ、夕食前はけっこうです、ありがとう」ヒューはそう答えた。

「それでは、僕もやめておきましょう」と、トラヴァース。部屋の中の作業を邪魔しないように彼は声を落とした。「メージャー・テンペストが、あなたたちの出発について手段を講じるよう僕に依頼したのです。警察の調査は、あまり進展しておりません。それで、ロンドン警視庁に支援を求めるかどうかの瀬戸際にいるのです」

　ヒューは、何気なく眉をあげて見せた。

「と言うことは、もちろん、どんな関係者を送り込んでくるか、わかりませんが、あなたたち全員に再び尋問を行い、まずは証言を訊くでしょう。言い換えれば、明日、無駄にお金をかけて出発してもほとんど意味がないのです。明日の晩には、また連れ戻されるかもしれないので」

ヒューは浮かぬ顔をして、その議論は理にかなっていると認めた。

「では、ご理解いただけたことでしょう」トラヴァースが言った。「しかし、メージャー・テンペストは、あなたたちが町に行くことには反対しておりません。ある保証がある限り」彼はずっと椅子から立ち上がっていたが、不意にまた座った。「それから、あなた方がここにいるあいだ、一つだけ、ちょっとお願いしたいことがあります。ばかげていると思われるかもしれませんが、それには大きな意義があることを保証します」

彼は前に身を乗りだし、小さく咳払いをした。テンペストは、それを合図と見て取り、立ち上がった。そして部屋を横切るあいだ、トラヴァースは質問をした。

「あなた方のご両親が、エセル叔母について話しているのを最後に聞いたのはいつでしょうか？」

およそ十秒後、トラヴァースはまた小さな咳をした。テンペストはキャリーのテーブルを離れ、自分の席に戻ってきた。

「まったく思い出せません」ヒュー・バイパスが言った。「なんとなく聞いたことがあるくらいです。おわかりいただけますでしょうか。はっきりと内容は理解できませんでした」

静かな会話の中で、テンペストの興奮した声が割り込んできた。

「ちょっといいか、このテーブルに誰がいたんだ？」

トラヴァースは、彼の方にじっと目を向けた。「誰が、なんですって？」

「このテーブルにいたんだ。誰かが、私の文書を汚したんだ」

トラヴァースは当惑しているようだったが、それから笑った。彼は、なんとかヒュー・バイパスも仲間にしようとして笑いかけた。

「いいですか、署長、いったい誰がそんなことをするって言うんですか?」

「さあ、まったく見当がつかん」テンペストは言った。「もし、君じゃないのなら」

「僕ですか?」彼は当惑し、顔をしかめた。「でも、僕はあなたの書類の近くには行っていません!」

彼の目が再びヒューと合った。ヒューは話しだした。「ミスター・トラヴァースは、ずっと私と話をしていました。恐縮ですが――」

「もういい、わかった」テンペストは、不意に怒りがおさまったようだった。「たぶん、立ち上がったとき、自分の上着の袖で汚したんだろう」

トラヴァースは、ヒューにちらっと目配せをしながら立ち上がった。二人は小さな声で会話をしながら、離れた方のドアへ向かった。トラヴァースは穏やかに、お休みなさいと挨拶をした。テンペストは、彼が戻ってくるのを頷きながら眺めていた。

「君が何を企んでいたか、わかってたつもりだよ」

「そうだと思いました。あなたが急に話題を変えたので」トラヴァースは言った。「そして、実際にやってみていかがでしたか?　それにも気付いていましたか?」

テンペストは顎をこすり、あまり確信はないと言った。

「わかりました」トラヴァースは言った。「それでは、部屋の中をもう一度、配置し直しましょう、事件があったときのように。そして、全てがちゃんと一致するか見てみましょう」

テンペストは、屏風の端のマントリンの位置についた。ただ観察するだけで、他は何もしなかった。トラヴァースがヒュー・バイパス、キャリーがトム、ポールゲートがマーティン・グリーヴの役を引き受けた。夕暮れ時の雰囲気をさらに強めるため、部屋の隅のライトだけをつけた。

「もちろん、全てはヒュー・バイパスが、ごまかされるかどうかにかかっています」トラヴァースが話し始めた。「朝食前、彼と一緒にいたとき、最初に気が付きました。でも、試してみようと思い付いたのは、あとになってからです。彼が真剣に考えるとき、目を細め、体を後ろに反らします。または両手で頭を抱えます。ポールゲートが証人となり、私は席を立ち、つま先立ちでカーペットを歩き、書類を汚し、そして、また座った――ヒューは何一つ、まったく気付かなかった。さらに言えば、彼は自分の特異な癖にも気付いていないようでして。彼は盲目的に誓いました。ずっと、僕のことが目に入っていたと」

「とても自然に事が運びましたね」キャリーが言った。

「そう思われます」トラヴァースが同意した。「もし、あなたが誰かの近くに座って、話しているとすれば、その人物が目に入っているのが普通に考えられます。男がくしゃみをする。そして、二回目にほんの少し目を閉じた隙に、話をしていた男が、三番目の男のグラスにサッと毒をいれる――これで、堂々たるアリバイが成立する。我々に関する限り、肝心なのは、その独特の習慣が、弟にとっては完全になじみ深いものだと言うことです。その事実から、トム・バイパスとマーティン・グリーヴの特別なつながりへと進んでゆくと――マーティンが自殺を図ろうとし、トムが訪問したのを覚えていますか？――その二人が殺害を実行するため同盟を組んだと考えられます。ヒュー・バイパスもその同盟に入っていたかもしれない。もしそうなら、三人の同盟ということになります。

でも、今のところ、ヒューは言ってみれば、何も知らない中立の立場にあるとも考えられます。さて、計画の中のマーティンの役割ですが。キャリーがあることを思い付きました。それは、誰にでも絶対に支持される案だと思います。マーティンが、二晩続けてカードを落としたのは単なる偶然ではない。二回目は特別な時間を狙って、起こるべくして起こった。その理論は、カードを落とすことによって、叔父の頭の動きに影響を与えることができたからです。屈んでカードを拾うとき、叔父の足に触れ、その動きにさらに影響を及ぼすことができた。

何より重要なことですよね？　老人の頭がどちらを向いていたか、情報を得ようとしたときのことを覚えておいでですか？　入手した情報は、かなりチグハグなものだった。マントリンは、ある一つのことを言い、サービスは別のこと、トム・バイパスは漠然とマントリンの意見を裏付けた。もし、確かなことがわかっていれば、銃弾の出所がわかったはずです。今の論理では、マーティン・グリーヴは、明らかに銃弾の出どころに影響を与えることができたということになります。

話を少し前のことに戻しましょう――トム・バイパスが月曜の夜に見たという男について。どちらのドアから見えたのか？　そこの右側のドアです。屛風の横ではなく。それでは、この男がグリーヴ老人を殺害したと仮定した場合、銃弾は、そこの右側の開いたドアを通過したに違いない。もし、トム・バイパスが、頭蓋骨の中心を打ち抜こうとした場合、グリーヴの頭を右側のドアの方へ向ける必要があります。弾がそこから来た印象を与えるため」

「そして、もちろんあとで、トム・バイパスは、叔父の頭は違う方向を向いていたと断言した」テンペストが言った。

「そのとおりです！　もしグリーヴ氏の頭が、右に向いていたと証言できたら――グリーヴ氏から見て右側です――弾は植込みから発砲されたのかもしれない。もし、左を向いていたなら、もう一つのドアから、トム・バイパスの代わりの男が発砲したのかもしれない。でも、一つ覚えておいていただきたい。必ずしも、その一晩で犯行を実行する必要はなかった。まだ他の夜もあった。グリーヴ老人の頭が適切な位置に来るまでは、犯行は実施されないことになっていた」彼は必死に訴えるように三人を見た。「我々は、そのことを心に留めておかなければなりません。多くのことが、それにかかっています。繰り返します。トム・バイパスの計画にとって、叔父がマントリンの方を、つまり右側を向いていることが必須条件だった。そうすると、弾は左のこめかみに当たる。何らかの方法で、右を向かせ――トムが断言したその位置に――そして、頭はちょうどそこにおさまり、実在しない男から発砲されることになっていた。トム・バイパスが、そのドアの向こうの庭に見たという男です」

「エセル叔母の夫ですね」ポールゲートが言った。

「そうです。脅迫状を書いたと思われる男です。それで、我々はマーティン・グリーヴがカードを落とした動機を思い付いたのです。もし、マーティン自身の頭が垂れていたら、弾丸の通り道からもはずれることになるだろう！」

テンペストは頷いた。「そして、彼はどの銃で撃つつもりだったのか？」

トラヴァースは渋い顔をした。「これは憶測ですが、それでも、論理的だと言えるでしょう。トム・バイパスは射撃の名手だった。彼は体を壊し、軍隊を退いた。それゆえ、もう何年も射撃は行っていない。けれども、彼は小さな白い柄のリボルバーを持っており、それを引き出しに入れていた。そして、どこかから弾薬も手に入れた。ここに来る一週間ほど前、事態は絶望の淵まで達し、叔父を殺す決意を固めた。しかし、あのリボルバーは家主に見られており、不利な証拠になるかもしれない。

それで、彼は非常によく似たものを手に入れ――」

「急なことで、それは、かなり難しかったのではないかね？」テンペストが異議を唱えた。

「さあ、どうでしょう。以前、似たものを目にしていたのかもしれません。それがきっかけで、自分のリボルバーを使うことを思い付いた。しかし、否定できない事実は、彼はリボルバーを質に入れ、大事に質札をここまで持ってきた。彼は、よく使い慣れたものと似た二挺のリボルバーを買ったと考えられます。家主に見つかるように二挺めのリボルバーを引き出しに入れ――彼女の記憶をすり替え、それから、質に入れたのです。


自分自身のリボルバーを使うのが必要不可欠でした。なぜなら、第一に、それを使いこなす自信がある。第二に、小型のリボルバーが必要だった。第三に、実際に殺人を行う際、出どころがわかるような新たな銃を手に入れ、危険を冒す真似はしたくなかった。それをどう使用したかについては、輪ゴムのようなものを付けて、袖の中に入れたのだと推測しています。発射の瞬間がやってくると、それを掌で巧みに操作し、実行した。それから、また袖の中に隠した。


月曜の晩、リハーサルが行われた。火曜日に殺人を実行する機会が訪れた。しかし、決断は彼の手にゆだねられた。ほんの一瞬で、全ては彼の望みどおりだと判断し、実行に至った。果たして、そう考えてもいいものでしょうか？」

「でも、彼は実行しなかった！」

「彼がやっていないのは、わかっています」トラヴァースが穏やかに言った。「でも、ちょっと想像してみましょう。水曜日の夜、全て状況が整っていた。サービスが入ってきて、銅鑼を鳴らす。それは、予告として鳴り響く。マーティンがカードを落とす。グリーヴ氏が頭の向きを変える。銅鑼の音が弱まり、トム・バイパスがすぐ近くにいる、彼の銃もそこにある。彼が発砲する。グリーヴ氏が倒れる。トムが、マーティンはやっていないと断言する。ヒューは、トムがやっていないと断言するが、ヒューが言ったことは、現在のところ論議を呼んでいる。弟がタイミングよく投げかけた問題によって、彼の目は固く閉じられていた。

しかし、火曜日の夜に起こったことは、皆さんがおっしゃるように、まったく異なっていた。いったいどう異なっていたのかは我々にはわからない。しかし、叔父が殺され、一番驚いたのはトム・バイパスです。いいですか、非常に冷静で、人当たりも良く、温厚な彼が混乱し、自分自身の計画を放棄し、銃を処分することとなった。彼は、それを池に投げ捨てた。彼自身の常識が——愚かなロムニーとは違って——最初に捜索されるのが池であると告げたに違いない。それから、気力を取り戻した。誰が実際にやったかわかったのか、それとも、誰も自分がやったと証明できない絶対的な確信があったか。彼は、恐るべき事件の全容を皮肉的かつ無頓着に見なすことができた」彼は微笑んだ。「彼は、先日の夜、平然とこの部屋に座ることすらできた。署長、あなたをからかおうとさえした」

「ずっと、からかわれっぱなしだがね」テンペストは冷ややかに言った。「しかし、そういったことが、全てなんだっていうんだ？　我々に何を説こうとしているんだ？」

「すみません、ちょっといいですか」キャリーが割って入った。「なぜ彼は、あのコルト式拳銃を使うことができずに、やみくもにもう一挺の銃を捨て去ったのか？」

「彼は、それを隠さなかったはずだ」テンペストは言った。「少なくとも、ミスター・トラヴァースが提案したような方法では」

「我々は、全て否定的に推理を構築しているからでしょう」トラヴァースが言い添えた。「それに、他の銃を使うつもりなら、なぜ銃を質に入れたのか？　もし、彼が他の銃を使ったら、口径がまったく異なる。なぜ、自分を巻きこむことになる、小さな白い柄の銃を使ったのか？　家の引き出しの中に入れておいた方がずっとよかったはずなのに」

「もし、彼が本当に金を必要としていたとすれば？」

「トム・バイパスのような立場にいる男が、二十五シリングを必要としますか？――彼が得た額は、それだけです」トラヴァースは頭を横に振った。「しかし、決定的な証拠があります。あなたがヒューバート・グリーヴの位置に付き、僕がトムだとする。別々のことを同時に証明することができます」

　キャリーが、死んだ老人の席に座った。彼のこめかみに赤いインクの染みをつけ、そこに銃弾が当たったとする。額につけた黒い染みは、弾が出てきた場所だ。

「それでは」トラヴァースが、想像上の銃に指を巻き付け、言った。「彼の頭をこちら側に向けてください、メージャーさん。銃弾がここから発砲されるまでに」

「できないな」テンペストが言った。「彼の首をねじ曲げなきゃならん」

「肩を動かしてみたらどうでしょう？」キャリーが提案した。

「それじゃあ、辻褄があわなくなります」トラヴァースは彼に言った。「もし彼が、体や肩を動かしたら、気付いたはずです。それから、その印でわかったと思いますが、彼はテーブルのすぐ近くに座っていました。たっぷりとしたテーブルセンターに入り込むほど近く、椅子を少し後ろに下げなくてはならなかった。もし、彼が体を動かしたら、テーブルも動いたはずだ――それか、椅子も」

「これで、決定的だ」テンペストが言った。「トム・バイパスは発砲しなかった――コルト式拳銃でも同じだ」

トラヴァースが不意に、くすくす笑い出した。「キャリーの頭をねじってみてくれませんか、ここから打てるまで。よろしければ、肩を動かしてください、キャリー。……そんなところですね。それから、屏風のところに戻ってください、メージャーさん。……さて、他の理由がわかりますか？　例え、グリーヴ老人が体や肩を動かしても、トム・バイパスは、弾を放つことはできなかった」

「そうか！　わかった」テンペストが言った。「彼は、私を撃っていただろう！」

トラヴァースはその事実を認識していた。それは驚くべきことで、一瞬、その場は和んだ。彼自身も微笑んでいた。しかし、最初に表情を戻したのは、彼だった。

「マントリンが邪魔をしていた。おかしいと思いませんか？　それは、まさに今日の午後、会議の最後に出てきたことだ。マントリンが、ロムニー・グリーヴの邪魔になっていた」

「そうですね」キャリーが言った。「もし、彼がたまたまそこにいなければ、老人は二回撃たれていたかもしれない。実際に撃たれたのとは別に」

「なんというバースデーパーティーなんだ！」テンペストが言った。「考えてみたまえ。彼らの二人が屋敷の中で老人を殺すことを考え、他の人物は外から。考えるだけでも耐えられん」

「死に物狂いになっている三人の男」トラヴァースが言った。「四人かもしれませんね。ヒューもかなり深入りしていたとすれば。そして、マントリン。もし彼が、委ねられた資金を不正流用している状況だったら――それは、ベンドラインがはっきり言っていたことですが――彼はかなり切迫していたでしょう」

「そして、執事は」キャリーが言った。

「そうですね、執事もです」彼は頭を横に振った。「何人かが、自分の良心に著しく苦しめられることになるでしょう。人生最後のそのときまで」

「そうだな、私にはわからんが」テンペストが言い、ため息をついた。「私は、どうしようもなく打ちのめされたよ。何かを発見すればするほど、ますますわからなくなってゆく。君たちは、どうだかわからんが、考えれば考えるほど、混乱に陥る」彼は首を横に振った。「少し、この件は置いておこう。みんな食事をとって、十時にまたここに集合しよう。もし、誰も新たな考えが浮かばなかったら、すぐにロンドン警視庁に支援を要請するよ」

残った最後の時間、ルドヴィック・トラヴァースの眼鏡は、かつてない程きれいに磨かれていた。頭の中のどこかに、もう少しで発見できそうな何かが引っ掛かっている。まるで舌の先に言葉が乗っていて、話そうとすると消えてしまうかのように。やがて、一つの考えが形を成してきた。無数の雲がゆっくりと集まり、暗闇の中で巨大な雷を引き起こすかのように。それは、一種の恐怖を伴って彼の心に重くのしかかった。もし彼が正しければ、真実は彼らの記憶の中に深く隠されていたのだ。彼らの意志のもとに。

十時になり、みんなが集まってきた。

「何か、思い付いたかね？」テンペストがキャリーに尋ねた。

キャリーは頭を振った。

「君はどうだ、ポールゲート？」

「いいえ、何も新しい考えは」

「君は、トラヴァース？」

「あなた自身はどうですか？」トラヴァースが訊いた。

「まったく何も」テンペストが言った。「ただ、マントリンのことが、どうしても頭から離れない。考えられる限り、彼がやっていないのはわかっているが。彼は常時、全てを見渡せた。しかし、彼は偶然あらわれ、おそらく二人の人物が殺人を犯すのを食い止めることになった——それなのに殺人は実行された！」

「彼はあなたにとって、一種の中心人物と思われますか？」

「ある意味、そうだ。しかし、だからと言って、なんの解決にも結び付かない。君自身はどうかね？何か新しいことは？」

「いいえ」トラヴァースは答えた。「ただ、あなたが何をなさろうと、僕は奇跡を信じたいのです」

テンペストは顔をしかめた。「どんな奇跡かね？　玩具や偽装工作じゃないだろうな？」

「わかりません」彼は頭を横に振った。「この事件では、僕は数々の間違いを犯しました。偽の結末に飛びつきもしました。しかし、どういったわけか、今から話すことには、これまで以上に確信があるのです。今まで発見してきたことは全て、入り組んだ壮大な計画の一部であると信じています。我々が限られた事実を発見するように、最初から意図されていたのかもしれません——ロムニー・グリーヴの仕掛け、池でのいくつかの発見、月曜の夜と火曜の夜の出来事の類似、等々です。それぞれ絶望的な立場に置かれた男たちが、自分たち共通の利害関係のために決断した——そして、自分たちの安全を絶対不可欠とした上で——グリーヴ老人を殺害することを瞬時に計画したと思われる。それぞれが自分の専門分野を担当し、ほんの少しの間違いすら犯さぬように、全てをぴたりと適合させる。

何人かは、ヒュー・バイパスや、もしかしてサービスのように、気付いたときは、もうその仕掛けの一部になっていたかもしれない。それが、嘘をつく必要がある、嘘をつき続けなくてはならない、と述べたサービスの言葉を説明するかもしれない」彼は笑った。「まったく奇想天外じゃないですか？」

「わからないな」テンペストが厳しい顔で言った。「でも、もしきみが正しければ、すぐにでも、ロンドン警視庁を呼んだ方がいいだろう。彼らには威信がある。敵を急き立てて、容疑者を追い詰めることになるだろう」

「あなたのおっしゃるとおりだと思います」トラヴァースは言った。「しかし、必ずしも真実が見えてくるとは思いません――もし、私の理論が正しければ。殺人の共謀は、のちには沈黙の共謀を意味します」

「または虚偽の共謀」キャリーが口を挟んだ。

「まさにそうです」トラヴァースは言った。「そして、さらに悪い方向へと進みます。計画を企てた組織化された頭脳は、組織化された嘘と沈黙にも、その才能を発揮する」彼は、何かを思い出した。

「ところで、サービスの指紋を警視庁へ送りませんでしたか？」

「指紋なんか、知らんよ」テンペストは言った。「私は途方もなく広い見解を抱いて、全ての指紋を送った。あとは何も知らんよ」

「投げ出してしまうということですか？」

「そうだ」テンペストは言った。「断念するよ。十分以内に署から警視庁に電話をする」

トラヴァースは微笑んだ。「そうですか、私のちょっとした休暇もこれで終わりですね。パーマーを呼びましょうか？　それとも、あなたがご自分で？」

「君がやってくれないか」テンペストは彼に言った。「それから、君が永遠に去る前に、私の所に話をしに寄ってくれ、忘れないように」

トラヴァースは、ドアのところまで彼を見送った。ちょうど車が出ようというとき、何かを思い出した。

「それぞれの連隊について、何か情報が入りましたか？」

「ああ」テンペストが言った。「全て申し分のないものだった」

「マントリンも、問題はなかったですか？」

「そう思う」テンペストは答えた。「彼は負傷した――確か、そうだ――それから彼は、後方支援のコンサート・パーティー（出し物を見せる英国の演芸会）に従事した」彼は笑った。「何より驚いたが、あれらのショーをこの目で見たことがあるんだ、実際に。名前も確か覚えている。君は観たことがないかね？『ムーン・ビームス』だよ？」

トラヴァースは考え込んだ。「いいえ、見たことはないです――それか、忘れてしまったか」彼はまた顔をしかめた。「どうも想像がつきませんね、マントリンが戦争中に巡業に加わっていたなんて。彼には、どんな才能があったんですか？　まさか腹話術師じゃないでしょうね？」

テンペストは笑って、じっと見つめた。「訊いてみたら、どうかね？」

「でも、まさか？」

「私には、さっぱりわからんよ」テンペストは彼に言った。

「それは、残念です」車が動けるよう身を引きながら、トラヴァースが言った。「なるほど、彼はたった一人、コンサート・パーティーを決行した。そして、奇跡を起こすことを期待していた」

第三部　トラヴァース、踏みとどまる

第十五章　トラヴァース、大いに笑う

その同じ夜、トラヴァースはサービスを見かけると、翌朝出発することを告げた。土曜の朝、朝食後、トラヴァースが自分の部屋にあがると、パーマーが荷造りをしていた。

「サービス夫妻に何か贈り物をしたいと考えているんだ。親切にしてもらったからね」彼は言った。「何がいいか、思い付くかい？」

パーマーは、少し考えた。「私には、よくわかりませんが。もし、申し上げるとすれば、サービスと夫人は今、何不自由なく暮らしていらっしゃるので、ちょっとした装飾品などはいかがでしょう？」

「それがいいかもしれないね」トラヴァースは言った、「夫人にはチョコレートの箱と、サービスには普段用のネクタイを」彼は、しばらく上着が器用に折り畳まれるのを見つめていた。「君は家に帰れて、きっと嬉しいだろうね」

「ここで、とても居心地よく過ごさせていただきました」パーマーが言った。「今までに経験したことがないほど快適でした。ミセス・サービスは、とりわけ素晴らしい女性でございます」

「そうだね」思い出すようにトラヴァースは言った。「僕もそう思うよ。彼女の趣向はとても古風で、それでいて独特だね。この年代は、何らかの兆しをいつも読み取ろうとするが、ティーカップの底を読み取るなんて」

パーマーは、雀のように頭を横に傾げた。

「ティーカップでございますか？」

「そうさ」トラヴァースは答えた。「ミセス・サービスは、お茶の葉で未来を占うんだ。それに『オールドムーアズ・オールマナック』を信じているんだ」

「言わせていただきますと『オールドムーアズ・オールマナック』には、真実が多く語られています」パーマーは断固として言った。「それを体験いたしました」彼は横に頭を振った。「しかし、私は、ミセス・サービスが信じていることを全て信じることはできません」彼はそっと鼻を鳴らした。「幸運の石ですとか、花言葉ですとか」

「花言葉？」トラヴァースは不意に考え込んだ。「ミセス・サービスは、それを信じていると？」

「さようでございます。このあいだの夜、それについての本を読んでらっしゃいました。サービスは困惑しておりましたが。彼は何か厳しく言っておりました。実際に聞いたわけではございませんが」

「その本がどこにあるか、知っているかい？」

トラヴァースが不意に声の調子を変えたので、パーマーは素早く顔をあげた。そして、首を横に振った。

「たまたまその話を耳にしたとき、私は部屋の外におりましたので。本は、それ以来、見かけたことはございません」

トラヴァースは素早く腕時計に目をやり、一瞬難しい顔をし、それからドアに向かった。

「ちょっと出掛けてくる。荷物を下におろして待っていてくれ」

彼は町はずれまで運転していくと、そこでスピードを落とし、文房具店を探した。よりみすぼらしい地区に来た方が、より見つけやすい公算があった。二軒の店が閉まっていた。中心にあるショッピングセンターの本屋を訪ねてみることにした。

「そのような本は、ございませんね」そう言われたが、女性の店員が言葉を挟んだ。

「お探しなのは、花言葉のようなものですか？　それなら、辞書に載っているかもしれません」

確かに辞書に載っていた。トラヴァースは、わずかな可能性に六シリング投資した。それから、交通巡査に何度も止められながら町から出た。彼の目は、一般的な意味の書かれた花の一覧を追った。

薔薇――――愛。

薔薇、淡紅色――常に新鮮な美。

薔薇、黄色――恨み、または嫉妬。

薔薇、白――あなたのことを尊敬しています。

薔薇、コケ色――あなたを愛しています。

トラヴァースは、ひどく不快な顔をした。ミセス・サービスが選択した白い薔薇には、なんの意味も見いだせなかった。六シリングをすっかり無駄にしてしまった、と思ったが、花言葉一覧の締め括りのページに記載された文面に目が留まった。

花言葉として知られるこれらの言葉は、昨今、世界中の至る所に普及しておりますが、古来からずっと使われているものでした。人里離れた先住民、未開の部族にまで知られ、言語の代わりとして利用されてきました。

さらに、個々の花には、たいてい意味が与えられ、それは上にあげたように一定の変化を遂げ、整理が行われ、国や地域によっても異なります。

スペインでは、棘と葉を取り除いた薔薇は、「私たちの愛は何も残っていない」もしも、棘だけが取り除かれたら、意味は「私たちの愛の障害となるものは、今や何もなくなった」白い薔薇は、清らかさや愛を象徴します。同じ状況でも、意味は適切に変わります。葉も棘も取り除かれた場合の意味は「何も残っていない、希望も恐れも」棘だけが除かれた場合、ある国では「私は純真のままです」他には「子供の頃の思い出以外は、何も残っていない」黄色い薔薇は、棘を除くと、会合は無事に

……

トラヴァースは、最後の段落をもう一度読みながら顔をしかめた。心の奥底には、まだ最初の好奇心がくすぶっていた。そもそも、なぜ薔薇に手が加えられたのか。しかし、彼の考えは、それ以上先へ進めずにいた。そして今、奇妙な考えが、彼の心のドアを叩いている。ほとんど無意識に本を座席の横に置き、ゆっくりと車を発進させた。

私道に戻るまでには彼の決心は固まっていた。新たな証拠が持ち上がらない限り、サービスは自分の信念を貫くはずだ。それから、廊下に入ると、さらに偶然と偶然を重ね合わせ、自分自身で証拠を得るため、彼は電話の上の鏡に目を留めた。そこには、私服警官がまだ座っていた。トラヴァースが鏡に興味を持ったときにいた、あの警官だった。今、更なる興味を抱いて見つめ、近付いていった、

鏡に何が映し出されるか、ずっと見守りながら。

「やっぱり、立派な代物だとわかったのですか?」

「もっとひどいものだとわかったよ」トラヴァースは意味のわからぬことを言い、サービスを呼ぶベルを押しに出ていった。


居間にいたトラヴァースは、座るようにと手で示した。しかし、サービスは、ひどく落ち着かない様子だった。紳士風の態度はいつもの親切さを欠き、どこか素っ気なく無造作だった。

「そのときが、来たようです」トラヴァースは切り出した。「あなたと僕とで、ようやく理解し合えるときが。あなたの振る舞いのいくつかの面について説明が必要です。わかっていないようですが、殺人は、この屋敷で行われたのです。しかしながら、ある面々——あなたを含む——は事実を隠し、他の人間に歪めて伝えた。わかりますか?」

老執事は鋭く彼を見た。

「嘘が伝えられた。あなたは何か嘘をつきましたか、サービス?」

執事は唇を舐めた。「いいえ、そのようなことは」

「あなたが嘘をついたと僕が証明すると思いますか? あなたはことの成り行きをわかっているのですか? 自分が身柄を拘束され、罪を訴えられ、名前が新聞に載って——そして、ミセス・サービスの名前も?」

彼はじっと見つめ、素早く首を横に振った。「いいえ。いいえ、妻の名まえは」

トラヴァースは前へ身を乗り出した。ある警戒心を抱き、サービスは数日前の夜、あの部屋に来た。

うっかりして彼が物音を立てると、それをサービスが妻と共に調べにきた。

「あなたは、それを警察に報告すると提案しましたね」トラヴァースは言った。「ミセス・サービスは思いとどまるよう説得した。なぜなら、それはさらに嘘をつくことを意味するからだと。いいですか、サービス、あなたの奥さんによると、そのときまで、あなたはいくつか既に嘘をついていた。そして、あなたは奥さんになんと言いました？　さらに嘘をつかなきゃならないだろうと」

サービスは頭を横に振った。「あなたは、何か勘違いをなさっている」

トラヴァースは笑った。「あなたは法廷で、そんなふうに逃げ切れると思っているのですか？　僕にしらを切りとおせると思っているのですか？」彼は、また前に身を乗りだした。「戦争で、あなたが実際に所属していた連隊はどこだったのですか？」

サービスは再び彼に目を向けた。真実と嘘が均衡を保ち、妥協がそれにうち勝った。

「できれば、申し上げたくありません」

「それじゃあ、その方がずっといい」トラヴァースが穏やかに言った。「真実ではありませんが、僕たちはそれに近付いています、サービス。そこで、ある女性が出てきます――亡くなったご主人の妹。彼女の名まえはエセルです。覚えていますか？　あなたは、ミスター・グリーヴ宛にきた脅迫状をこっそり読んだ」

「いいえ、そのようなことは」

「それでは、あのようにあなたの指紋が手紙についていたことをどのように説明しますか？　どんな陪審員でも、あなたが読んだと納得するはずです」

「私は存じません」

「しかし、あなたはこの女性に電話をかけた！　あなたの言葉は聞かれていたのです」

不意に執事の態度が変わった。彼は威厳を保つよう真っ直ぐに立った。それは明らかに予想された姿勢だった。

「その件についてお話しするのは、お断りしなければなりません」

「素晴らしい！」トラヴァースが言った。「僕に立ち向かう準備はできていた。かなりうまくやってのけもした。しかし、この女性に関しては、彼女と連絡を取ろうとしたことはないし――また、連絡をもらったこともない。我々は、手紙のやり取りについては常に注意していました。あなたが、警察を出し抜くほど巧妙でない限り、そんなやり取りなどなかったはずだ。けれど、その話はしばらく置いておきましょう。ただ、単純な質問に答えていただきたい。それは殺人とはなんの関係もありません。あなたの以前の地位と以前の雇主は？」

「アメリカ人の紳士にお仕えしておりました。ウィリスというお名前の方です」

「ここで？　それともアメリカで？」

「アメリカでございます。ニューヨークです」

トラヴァースは微笑んだ。「素晴らしい。まさか、彼は亡くなったんじゃないでしょうね？」

「彼は、お亡くなりになりました」

「最初からわかっていましたよ」おどけて怒ったようにトラヴァースは言った。「ひそかに考えていたんです。あなたが外国で紳士に仕えていて、今はもう亡くなったと言えば、これ以上都合のいい話はないと」

老いた執事の顔は、仮面を装っていたはずだが、その上に深い苦痛を見てとり、トラヴァースは不意に自分を恥じた。彼は立ち上がった。

「気の毒なことです、サービス。あなたと奥さんは、とても注意深く計画を立てた――哀れな嘘までついて――あなたがやるべきことは、真実を明白にすることです」

「真実ですと！」

トラヴァースはまた座った。彼は身を乗りだし、自分から二フィートも離れていない距離に執事の顔があった。

「ええ、サービス。真実です。僕を見て、自分自身に問いかけてください。僕は、あなたが誰か知っています、サービス、そしてミセス・サービスが誰かも。そうじゃないですか？ 僕の考えは合っていますか――それとも間違っていますか？」

執事は目を伏せた。「私にはわかりません……でも、おそらく……あなたは合っていると思います」

トラヴァースは彼を見ながら頭を横に振った。まるでやんちゃな子供のように。

「どうして、わざわざそんなことをしたんですか？ どうしてメージャー・テンペストか僕のところに来て、内密に真実を告げなかったのですか？ 我々はきっとあなたの秘密を守ったでしょう」

サービスは唇を舐めた。「おそらく、そうすべきだったのでしょう」彼は目をあげ、哀れを誘うように訴えた。「あなたは本当に知っているのですか？」

「はい、知っています」

「決して一言も外には漏らしませんか？」

「ここを去るまでは決して」トラヴァースは厳かに言った。「もう全てを話してください。最初にどうやってここに辿り着いたのですか？」

「全ての問題を引き起こしたのが、戦争でした」サービスが語りはじめた。結婚後、二人はイギリスにやってきて、彼が適当な仕事を見つけるまで彼女のお金で暮らした。そして、仕事が見つかった——夫婦二人に。町の有閑階級のフラットでの執事兼従者、そして彼女は一人で家政婦の仕事を。戦争が始まり、サービスは入隊した。彼の雇主も入隊した。ミセス・サービスは管理人として残った。そして、雇主は戦死し、二人はフラットを出ることになった。サービスは、政府支給の手当てで、なんとかやりくりして妻を養った。それから、戦後はどういったわけか、仕事がなかなか見つからなかった。一つは——夫婦二人の仕事が——見つかったが、ミセス・サービスにとってひどく骨の折れるものだった。彼女は体調を崩していた。蓄えも徐々になくなってゆき、限界まで来たとき、ミセス・サービスは新聞で兄の名を見つけ、助けを求める手紙を書いた。兄は彼女を受け入れることを承諾したが、夫の方は拒否された。それで、彼女も断った。やがて、妥協案に達し、彼女とサービスは、ただ有難く現在の職に就いた。

「私たちは、彼に約束しました。決して勝手なことはしないと」サービスは言った。「そして、約束を守ってきました。彼は、もし自分の身に何か起こったら、私たちがちゃんと食べて行けるよう手はずを整えておくと。そして、はっきり申しておきますが、ご主人は、気前よく約束を果たされました。もし、何かが外に漏れたら、取り決めはおしまいだと脅されました」

「あなたへの扱いは、少しもよくはなかった」トラヴァースが言及した。

老執事は頭を振った。「彼は、ときどきものすごく気難しくなりました。それは認めます——しかし、私たちは二人とも感謝しております。そして、私はもぐりの雇われ者でして、自分でも充分それをわかっておりました。私の妻は——彼の妹は——いつも親切にしていただいておりました」

「あなたの現在の名前を授けたのは、彼ですか?」

「はい」サービスが言った。「彼らしいことです——ある意味。決して忘れてはならない、ということを暗に示すようなものです」

トラヴァースは頷いた。彼の同情は、いつも奇妙な具合に老執事に示された。今、彼は執事と握手を交わしたいような気分だった。

「そして、なぜ、あなたはメージャー・テンペストのところへ来て、話をしなかったんですか?」

サービスは頭を横に振った。「若い方々のことがありましたので。彼らの面目を失わせるようなことをお話しするわけにはいきませんでした」

トラヴァースは頭を振った。「彼らは、決してあなたのことを恥じたりはしませんよ、サービス——彼らの叔母のことも。もし、そうなら、あなたが彼らを恥じることになるでしょう」彼はもう一度首を振った。「しかし、それでも、あなたは危険を冒した。彼らの子供たちのことを尋ねたり、あなたと奥さんは、ミスター・グリーヴが拒否したとき、一度は彼らに手を差し伸べようとした」

「我々は、危険を冒さないではいられなかった」サービスは静かに語った。そして、目をあげた。

「あなたが調べようとしているのは、そのことですか?」

「いいえ」トラヴァースは言った。「確かに、そのことで、何かに気付いたには違いないが。しかし、君が自ら僕に語ったんだ——そして、ミセス・サービスも僕に教えてくれた」

「彼女があなたにですか?」

「そうです。あなたが墓所に投げ入れた白い花束です。棘がついていませんでしたね、サービス」

老人は驚いているようだった。それから頭を横に振った。

「私は、そのようなことは一切しないよう妻に言いましたが、自分のやり方を通すものでして。彼女にはとても感傷的なところがあるのです——ときおり」

「ミセス・サービスはまったく悪いことなどしていません」トラヴァースは言った。「そして、あなたの方ですが、一度あなたは言いましたね、嘘をつくつもりだと——もう恥じる必要はありません、サービス——僕は、嘘を見抜かなくてはなりませんでした。そして、あなたはパーマーが自分を密かに見張っていることに気が付いた。パーマーは、あなたと一緒に廊下に出て、二階へあがった。電話の前には誰もいなかった。鏡を目の隅に入れながら、あなたは電話をしている振りをした。そして、パーマーが階段の上から聞いているのを見ていた。あなたは、我々を嘘の手掛かりへとおびき寄せようとしたが、自分を巻きこんでしまっただけだった。もし、あなたが『エセル』という名を発しなければ、そんなにひどいことにはならなかった。我々は、それを追及することになった」

サービスは頭を振っていた。それから、静かに笑った。「あなたがおっしゃったように、私は嘘が得意ではありません」

トラヴァースは、彼の背中を叩いた。「全て忘れてください。奥様にもお話しなさらないように。彼女が知る必要はありません」

「ありがとうございます」彼は立ち上がった。「それから、あなたはメージャー・テンペストさんに何もお話しになりませんね」

「もし、そう望むなら、もちろん言わないでおきます」

サービスは何も礼を言わなかった。なぜなら、トラヴァースの表情がどこか奇妙だったからだ。顔に皺を寄せて今にも笑いだしそうなのだ。そして、一人クスクスと漏らし、やがて、大きな声で笑いだした。

「まったく、おかしいったらないよ、サービス。もし、あなたも知ってさえいたら！」

「おかしいですか？」

「ええ」トラヴァースは言い、またクスクス笑った。「僕が一週間捜査して、実際に暴き、議論の余地もなく証明された唯一のことに対して、決して漏らさないと、たった今約束したんです。世間は僕に敬意を表してもいいはずですよ、サービス。僕は一切何も受け取っていないのだから」

「私は、いつまでもあなたのことを尊敬し続けるでしょう」

トラヴァースは不意に恥ずかしそうに笑い、彼の肩を叩いた。

「僕たちが、お互いそう思い合うよう願います、今朝、起こったことが理由ではなくて。さあ、奥さんのところへ戻られた方がいいでしょう。きっと気を揉んでいるでしょうから」


五分間ほど、トラヴァースは応接間に座っていた。殺人の夜の恐ろしい名残が目の前にそのまま残っていた。ある途方もない努力によって、彼の考えは、ある一瞬に集中していた。周到な意図でそれらは拡大され、役者がその場面で自由に動きまわる。彼の視点の何かが本質的に間違っている。何かが論理と矛盾している。突拍子もない何かが、まだそこに残っているのが感じられる。しかし、論理的なものでなくてはならない。共謀行為があったのかもしれない。しかし、細かな辻褄を合わせ、殺人が行われた。一人だけが明らかに浮かび上がってくる——最終的に必要な銃弾を放った男が。

トラヴァースの目が時計に向けられた。十時十分前。おそらく、数分もしないうちに、警部と巡査部長が、ロンドン警視庁からこの部屋にやってくる。そう考えていると、ノックの音が聞こえた。入ってきたのはサービスだった。

「少しお話ししてもよろしいでしょうか?」

「ぜひ、どうぞ」トラヴァースは彼に言った。

「お許しくださるなら、身の潔白を証明するため、ちょっとお話ししたいことがございまして」

「どうぞ、お話しください」トラヴァースは言った。「もし、必要と思われるなら」

「あの手紙のことでございます。私が読んだと、あなたがお考えの。私は読んでおりません、あなたがお考えのようには。ご主人が、私に見せたのでございます。そしてそれを読むようにと。最初にご主人は、私が何か関係しているとお考えになったようです――しかし、そんなことはございません」

トラヴァースは微笑んだ。「いいですか、僕はあなたの正体を知って、そのことに気付きました。こういった不健全なことはやめなくては。全てを心の中から取り去ってしまうんです」

「警察の捜査は、終わったのですか?」

その問いには希望のようなものが含まれていた。トラヴァースは頭を左右に振った。

「まだ始まったばかりだと思います。続けることが無意味となるまで、警察はやめないでしょう」

サービスは、妙な具合にためらっていた。彼は口を開き、また閉じた。出て行こうと足を動かしたが、その場に留まった。

「まだ、何かあるんですか?」

「いいえ、ございません」彼は頭を横に振った。「ただ、ちょっと考えていることがございまして。警察にお話しすべきかどうか――彼らが来ましたら」

「そうですねえ、僕にお話しくだされば、判断できるかと思いますよ」

サービスの表情が明るくなった。「ありがとうございます。お話しいたします。こういうことでございます。火曜の夜、私はここに立っておりました。ちょうど印がついているところでございます。銅鑼《ゴング》のスティックを手にしておりました、このように。そして、ご主人の方を見て、銅鑼を鳴らしたとき、とても奇妙なものを目にしたのです」

「それで?」トラヴァースは言い、頷いた。

サービスはためらっていたが、決心したようだった。

「勝手なことを言わせていただきますが、屛風のそばに立っていただけますか? ミスター・マントリンが立っていたところです」

トラヴァースは、ただちにその場所へ移った。

「ちょうど彼が立っていたように、お願いいたします」

トラヴァースは襟のところに手をやった。右肩が屛風に触れた。

「もし、よろしければ、少し下がっていただけますか? もう少しです。そこでございます。そこがまさに彼の足があったところです。足を動かさず見ていただきますと、おわかりだと思いますが、あなたと屛風のあいだは、一フィート以上離れております。そして、後ろに白い庭の椅子が見えます。左手には、庭が。私が申し上げたいのは、あなたの方を見たとき、あなたと屛風のあいだに白い物がみえたのです」

「なるほど。それで、彼の足がどこにあるか、わかったんですね」

「そうではございません」サービスの声が低くなった。「私が見た興味深いことは、こういうことでございます。ミスター・マントリンはまったく動かずにおりました、今のあなたのように。それでも、私には、はっきり見えたのです。彼と屏風のあいだから、何かが出てくるのを。何か黒っぽい物でした。今、あなたを見ているように、それがはっきり見えました。それは白い色を背景にして、はっきりと見えたのです」

トラヴァースは顔をしかめた。「それは、正確にはどの時点だったのですか？」

「私が銅鑼を鳴らし、一番響き渡っていたときです」

トラヴァースは熱心に考え込み、それから急に振り向いた。「その黒い物は、どこから出てきたのですか？　この家の中からか？　庭からか？」

サービスは頭を振った。「それが、どこからなのか、わからないのです」

トラヴァースは考えを声に出した。「どちらとも考えられる。ただ一つ確かなのは、背景の白い椅子とマントリンのあいだだった」不意に考えが浮かんだ。「マントリンとあなたのあいだではないですよね？」

「いえいえ、違います。つまり、そのようには見えませんでした。もっと、遠くの方からです。今、思い出しました」

「どんな形でしたか？　床からの高さなどは？」

サービスはじっと考え込んだ。「今となっては言葉にするのは難しいです。しかし、かすかに覚えていますのは、黒っぽい棒状のものが不意に横切ったと申しますか。それはだいたい――そうですね、あなたの上着のポケットくらいまでありました。高さですが」

「黒っぽい棒状のもの。黒っぽい何か」彼は頭を振り、再び時計に目を向けた。

「このことは、あなたの心の中にしまっておいてください、サービス。口にしないでください――警察にも。僕はこれから出掛けますが、あとでまた帰ってきます。僕が待っていると、パーマーに伝えてください」

トラヴァースは廊下を通り抜け、イライラしながら、電話番がテンペストにつないでくれるのをまった。

「ちょっとばかり、やらなきゃならないことを思い付いたんです」彼は言った。「急いで町へ行って、またあとで戻ってきます……そうです。ああ、それから、いつ警視庁の人間が来ることになっていますか？……まだ連絡していない！……もちろん、もう一晩じっくり考えてみるのが賢明だと思います……いえいえ、そうしないでください。僕が戻るまで待ってください……なぜって？　ロンドン警視庁に恥をかかせたくはないですよね？」

彼は電話を切ろうとした。電話の向こう側では、まだテンペストの必死な声が聞こえていた。彼は笑い、テンペストの声にまた耳を貸した。

「何を見つけたんだ？……もしもし、聞いているのか？　何を見つけたんだ？」

「まだ、何も」トラヴァースは彼に答えた。「でも、何かを見つけに出掛けるつもりです……わかりません、それが何か、どこで見つかるかも。でも、それは棒状の何か黒っぽいものです」

第十六章　トラヴァースの調査

ルドヴィック・トラヴァースが、のちに自分の記憶の機能を分析するときがやってくると、殺人の舞台から離れ、狂ったように大急ぎで町に向かったことを思い出し、自分のような冷静な人間が、虫の知らせと呼ばれる一種の幻影に、いかに簡単に引き寄せられるかを知って愕然とした。

サービスが、あの夜見たという、奇妙なものについて語ったとき、トラヴァースの心に突然、殺人が行われたときの応接間の各個人の位置が、納得のゆくものとなった――絶対的な確信とまではいかないが、理にかなったものだった。ヒューはトムが質問できる場所にいた。トムはヒューが見える位置に。そこからはマーティンも見え、叔父を見るにも一番適した場所だった。マーティンがクリベッジのできる位置に座り、その疑いようのない席を彼はいつも占めていた。サービスは銅鑼《ゴング》のところに、ロムニーは、東屋付近で複雑な計画に専念していた。しかし、たった一人の男の位置が説明できない――その男が、マントリンだ。それぞれの動きには、それ相応の理由があった。マントリンにはなかった――彼の動きは、月曜の夜と運命の火曜の夜とで、まったく同じだったという事実が常に考慮される。

それゆえ、マントリンを調べてみる必要があった。活発で気まぐれなルドヴィック・トラヴァースの心を占めているのは、矛盾したチェスタートンの格言だった。現場の背景は、常に時代の背景に他ならない。調べるべきはマントリンの過去で、過去からわかるのは軍隊の履歴で、その上、コンサート・パーティーの職が、奇跡をもたらす可能性を示唆していた。

そういった状況で町へ向かったのは、いくぶん偶発的な理由を意味していた。『ムーン・ビームス』の名を聞いたとき、彼の心は一瞬、何も浮かばず真っ白な紙となった。その紙の上に、ちらりとある絵が浮かんだ。俳優兼マネジャーをしているブライトン・クレイグのハムステッド・ハウスで一時間ほど過ごしたことを思い出したのだ。ブライトンは、戦時中のポスターや遺品のコレクションを展示していた。

そして、それゆえ、今やロールスロイスはロンドン・ロードを走り、トラヴァースは考えにふけりながらハンドルを握り、パーマーは体を正し、威厳をもって彼の横にいた。彼はイライラすることもなく、落ち着いて運転し、独自の着想を念入りに構築し、その衝撃を分析した。三つの疑問が、おのずと湧いてきた。

サービスが見たという黒いものとは、いったい何なのか、誰のものか。それは、マントリンと庭の椅子の白い背景のあいだからあらわれた。それゆえ、一見、関係する唯一の人物は、ロムニー・グリーヴと思われる。彼だけが部屋の外にいた。しかし、執事は、白の背景のところにロムニー・グリーヴの姿を見ていない。実際、庭にいた彼の姿は、応接間のマントリンの体で隠れていたのかもしれないが、そんな完全なる一致には信憑性がない。黒い何かに関しては、いくつもの可能性が頭を悩ませていた。

マントリンの位置については、トラヴァースには考えがあった。関係者が賭けをして何が悪い？マーティン・グリーヴは言ったかもしれない。「今夜は叔父が勝つ方に賭けるよ。でも、入って来て彼の邪魔をしないでくれ。ゲームが終わるまで彼の気をくじかないように」それで、マントリンが入ってきた説明がつく――二日続けて。もし、賭けが二日間行われていたら――誰が勝ったか調べるために。実現可能な理論のように思えるが、確認のしようがない。もし、マントリンとマーティン・グリーヴが共謀関係だったなら、犯罪から巧妙に逃れるための名目として賭けが行われたと、どちらも認識していただろう。

そして、マントリンの位置について、何かがトラヴァースの心に引っ掛かっていた。なぜ、マントリンは庭からまわり道をして、東屋を避けるように右側のフレンチドアから入って来たのか？　一見したところ、彼とロムニー・グリーヴが共謀したと考えるのが当然のように思える。自然に東屋のそばを通って屋敷に戻るとしたら、ロムニーの進捗状況を覗き込むだろう。そして、もっとも便利なクリベッジのゲームの近くのドアを通るだろう。奇妙なマントリンの足取りに、トラヴァースは欠くことのできない重要性を感じていた。しかし、どうしてもロムニー・グリーヴとの入念な合意なくしては、解決策が見いだせない。

それから、トラヴァースの頭の中に、テンペストが最初に述べた『コンサート・パーティー』という言葉が、色鮮やかにひらめいた。もし、マントリンがそこに所属していたのなら、腹話術師としての能力があるのではないか。トラヴァース自身、後方支援の『コンサート・パーティー』を観たことがある。腹話術師が呼び物になっていた。しかし、マントリンが腹話術におけるどんな才能を持っていたにせよ、いったいそれがなんになる？　例え、彼が言った言葉が、屏風から聞こえてきたとしても、彼の体は他の場所にはないはずだ。声を投げかけることによって、部屋にいる面々の耳はごまかせるが、みんなの目が、彼の立っている場所に向けられた事実は変わらない。

ロールスロイスが、ブライトン・クレイグのドアの前に停まったのが、ちょうど正午だった。俳優兼マネジャーは家にいたが、なぜルドヴィック・トラヴァースがこんな時間に自分を探しているのか、明らかに戸惑っていた。

トラヴァースは遠まわりに説明した。

「ええ、そうです」クレイグは言った。「確かに、詳しいプログラムを持っていますよ。『ムーン・ビームス』は、かなり有名でしたからね。そこに座っていていただけますか？　全部持ってきます」

彼は得意げに戻ってきた。「さあ、これです！　二つのプログラムがあります――一つは一九一七年、もう一つは一九一八年です。どちらでも必要な方を見てください」

トラヴァースは目を通し、必要な箇所を書き留めた。

ムーン・ビームス（一九一七年）

シドニー・シェイ…………バス・バリトン
トム・ルイス……………テノール
バスター・カー…………コメディアン
ヘプバーン・ドリュー………芸人
フランク・ファーニム………女性物まね芸人
レスター・スコット………〃

ピアニスト……………アーサー・ロフティ
プロデューサー…………ジャック・ハイ
統括マネジャー…………トム・プレス

一九一八年には二か所だけ変更があった。女性物まね芸人の一人が、ハロルド・ミーン、新しいテノールにジョージ・メケルス。チャールズ・マントリンの名がないことに、突然、トラヴァースの心が重く沈んだ。希望を持とうという思いが、そのあとから続いた。おそらく、出演者は芸名を使っているのだ。マントリンは、彼が今、書き留めた名まえの中のどれかだ。腹話術師さえいれば！

「必要なものは見つかりましたか？」クレイグが訊いた。

「今の時点では、これくらいです」トラヴァースはそう答えた。「しかし、『コンサート・パーティー』のメンバーの多くは、現実にはプロだと思いますが。彼らの中で、戦後、音楽ホールや舞台に戻った方を誰か知りませんか？」

クレイグはリストに目をやり、頭を横に振った。

「私の分野では、ほとんどいません」彼は言った。「代理業者《エージェント》に訊いてみてはどうでしょう？　ティビッツという親切な男がいます。彼の事務所は一時まで開いています——確か。電話をして彼に訊いてみるか、それとも彼かマネジャーに頼んで、あなたがそこに着くまで待っていてもらうかですね」

再び手掛かりが見えてきた。パーマーは、セントマーチン教会の前で荷物を持って降ろされ、トラヴァースに、家に戻るのは真夜中を過ぎるかもしれないと告げられた。それからトラヴァースは、チャリングクロス・ロードをまわって、シャフツベリー・アベニューに入った。ソリー・ティビッツが彼を待っていた。

「バスター・カー?」彼は考え込み、机の上のベルを鳴らした。「彼は、確かアーニー・カーだと思いますが。ほらあの、ジョン・グリフィンとコンビの。グリフィン・アンド・カーですよ――ご存知ないですか」それから、秘書に向かって言った。「アーニー・カーについて調べてくれないか。それとも今すぐわかるかな?　彼は以前、バスター・カーという名で通っていたか」

秘書は知っていた。アーニー・カーは、以前バスターとして知られ、赤鼻の役で映画館をまわっていたと。

「今は、どこにいるのかね?」ソリーは、どんどん質問を続けた。

秘書は、それについても知っていた。グリフィン・アンド・カーはパラセウム劇場の舞台に出ていると。彼女が持ってきたプログラムに、その日の二時五分の上演が記されていた。

「経営者に、ここから電話をしてみては?」ソリーは提案した。「それとも、よろしければ、ミスター・トラヴァース、私が手配しましょうか?　五分だけ時間がほしいということで、よろしいでしょうか?」

三分以内に全ての手配が整った。トラヴァースは朝の新鮮な空気を吸ったあと、空腹を感じ、素早く昼食がとれる店を探した。

午後二時十五分前、トラヴァースは、強烈な格子縞のズボンとワイシャツ姿の二人の紳士が陣取っている楽屋に案内された。肉付きのよい、意気揚々とした紳士がバスター・カーで、鏡の前で化粧をほどこしていた。パートナーがその隣にいた。

「私の相棒のジャッキー・グリフィンです、ミスター・トラヴァース」彼は言った。「それで、私になんのご用でしょうか、ミスター・トラヴァース？　作業を続けさせてもらってもよろしいですか？あなたが邪魔になることはありませんから」

「まず最初に」トラヴァースが言った。「あなたが、戦争中『ムーン・ビームス』に所属していたミスター・カーでいらっしゃるかどうか、確認させていただきたいのです」

「『ムーン・ビームス』？」彼が相棒の肋骨を軽く突いた。「俺が『ムーン・ビームス』にいたかって？　いたとも！　それを始めたのは俺だよ。解散するまで、そこにいたよ」彼は笑った。「俺はいわば『ムーン・ビームス』と一体だった！」

「なるほど、『ムーン・ビームス』と関係ある人間と接触できるか、心配していたんです」トラヴァースは言った。「問題は、彼の名前をプログラムの中に見つけられないことです。ミスター・マントリンという人物です。チャールズ・マントリン」

「チャールズ・マントリン？」彼は大きな声で笑った。「俺が、チャールズ・マントリンを知っているかって！　ちょっと気取った奴だったよ、あのチャーリーは。もちろん、知っているとも！」

「でも、彼の名前はプログラムに載っていません」

「まあ、そうだな、載っていないだろう。彼は、なんの役も付いていなかった——正規の団員じゃなかった。彼は電飾関係に詳しい奴ってことで来たんだ。なんというか、トミー・プレスの親方みたいなものだった」

トラヴァースは、プログラムを調べた。「ああ、はい、ミスター・プレスは統括マネジャーですね」

「そのとおり」バスターが言った。「それから一度、カーリー・ドリューが少しおかしくなっちまって、チャーリーが手を貸したんだ。彼がやっていたのは、そういったことだよ。いろんな手伝いみたいなことだ」

「カーリー・ドリュー？」トラヴァースはつぶやき、もう一度プログラムを見た。「ヘプバーン・ドリューのことですね、芸人の」

「そのとおり。それは彼の芸名さ、わかるかい？　俺たちは、カーリーって呼んでたんだ。本当の名前は、ウォルターだけどね」彼はトラヴァースに目を走らせた。「背が高くて、やせた男だった。君のように！」そしてまた、大きな声で笑った。「俺も奴みたいに儲けがあればなあ！」

「ええと、すいません、話がなかなか先に進んでないようでして」トラヴァースが残念そうに言った。「私が探していた人物は、そこにはいないようです」それから、不意に希望に満ちた顔を向けた。「あなた方の仲間に、腹話術師はいませんでしたか？」

「腹話術師？」彼は頭を横に振った。「いや、腹話術師がいたことはないな。君が探しているのは、腹話術師なのかい？」

トラヴァースは微笑んだ。「たぶん、笑われるでしょうが、私が探しているのは、奇跡を起こす人なんです！」

「奇跡を起こす人！」彼は、一瞬おどけて戸惑ってみせたが、それからゲラゲラ笑いだした。「これは驚いた。それじゃあ、カーリーおやじに会ってみればいい。彼は、どえらい奇跡を起こす！」彼はまた相棒を軽く突いた。「彼の出し物を観たことあるか、ジャッキー？　彼こそ、君が言う奇跡を起こす人じゃないかね？　会うべき人物は彼だよ、だんな」

「でも、カーリーはプログラムに芸人として出ています」

「そのとおり！」バスターが言った。「なんでもやるんだ、彼は。手品をちょっと、それからカードを操ったり。わかるかい？　観客を笑わせるためならなんでも。いつも出ている大受けの芸人さ、カーリーおやじは。そして、あのフィナーレ！　驚くぞ！　もし君が観たら。今でもまだ」――彼は声を落とし、普通の会話に戻った――「いつでも観られる。もし観たければ」

ジャッキー・グリフィンの声が続いた。穏やかな声で興味深い言葉を述べた。

「ミステリオーソって芸名だよ。ヒポデオン劇場では」

「ええ、でもどうやって、チャールズ・マントリンは参加したんですか？」トラヴァースが尋ねた。

「話さなかったかい？」バスターは言った。「いいかい、こういうことさ。テーブルの上には様々な物が載っている。そこで、カーリーは持ち場に着いて、二人の観衆に舞台にあがってもらうよう頼むんだ。全て問題ないか、インチキじゃないかどうか調べるだけさ。チャーリーは素早く軍服に着替え、すぐ近くに座り、カーリーが、誰か二人舞台にあがってきてほしいと依頼すると、素早くあがって、カーリーの体を調べるよう頼まれるのさ。もう一人は、テーブルとその上の物を調べ、インチキがないかどうか――糸がついてないか、とかそんなことだよ。それから、彼は舞台上の物に仕掛けがない事を確認させ、二人を席に戻す。ちょうど二人が降りたとき、気を変え、チャーリーに舞台に残るよう言う。もちろん、彼は様々な早口の口上をこなす。俺が今、君に話しているのとは、まったく違ったふうに。で、わかったと思うが、チャーリーは、カーリーが芸を披露するときのまあ一種のアシスタントのようなものだった。そして、その出し物といったら！　いいかい、だんな……」

二十分後、トラヴァースは、ロールスロイスをヒポデオン劇場の前に停め、係員と少し話をして、急いで中に入っていった。

「ミステリオーソの出し物は何時ですか?」入口の案内係に尋ねた。

「二時半でございます。ちょうど十分後です」トラヴァースは、彼に一シリングをそっと渡し、マネジャーを見つけた。劇場は満席だったが、彼はボックス席を手配してもらい、出し物のあと、ミステリオーソの楽屋で彼に会えるよう頼んでもらった。案内係は、その趣旨を聞かされた。ちょうど前の出し物が終わったところで、拍手が聞こえてきて、トラヴァースは自分の席へ向かった。

カーテンが降りて、劇場は暗闇に包まれた。オーケストラが、出し物の前奏曲を奏ではじめた。大げさな嘘っぽい東洋風のメロディーだったが、どこか悲劇的なシンフォニーを感じさせた。音楽が終わると、何かを象徴する黒い物体が、過去の世界から浮かび上がってくるはずだ。その何かが、自然界の造りだす闇の中で一人の男を殺したのだ。そして、闇を残して去って行った。もしかして、殺人犯は、その闇の中に逃げこんだのかもしれない。

音楽は弱まり、ほとんど聞こえなくなった。幕があがり、舞台に見えるのは奇妙に照らされた暗闇だけ。二人の中国人が舞台袖からあらわれた。暗闇の中で豪華な装飾の金色の衣装をまとい、二人は腕を組み、目を下に向け、表情なく立っていた。舞台後方のカーテンが開き、男があらわれた。

彼はトラヴァースくらい背が高く、痩せていた。足取りはしなやかで、身振りは、わざと外国人を装い、おかしなふうに肩をすくめて動かしている。衣装は黒で、半ズボンに留め金つきの靴を履き、法廷の制服を思わせた。二人の中国人は低くお辞儀をし、カーテンの後ろに消えた。が、再びテーブルを運びながらあらわれた。また退き、すぐに様々な道具を持ってあらわれた。それらを黒いカーペットの床に積み上げていった。

どこからともなく一箱のカードがあらわれ、テーブルの上に置かれた。ミステリオーソが聴衆に向かってお辞儀をし、箱を取り上げ、巧妙な操作でカードをさっと払うと、それは無数の連なりとなってきれいに並んだ。カードは体を交差するように瞬時に飛び交い、首の後ろへ、それから床すれすれのところまで、重力の法則に逆らうかのように飛び交った。やがて、巣に戻る小鳥のようにカードは彼の手の中におさまった。

拍手は起こらなかった。聴衆が感嘆しなかったわけではなく、彼が発する魅力に引きつけられていたからだ。それからは、技の数々が続き、道具が次々と奇跡を生みだした。ガラス下が互いに釣り合いを保ち、籠の中でさえずっていた小鳥は、布がさっと払われると消えていた。魔法の棒が振り落とされると、中国人の頭が、体から一ヤード上に浮き上がった——鏡の効果と黒い背景によるものだったが、それにはトラヴァースも拍手喝さいを送った。見事な手際よさだった。

ミステリオーソが手を叩いた。直ちにテーブルの上は片付けられ、そこにタンバリン、本、コルネット（トランペット属のバルブのついた金管楽器）が置かれた。中国人は再び深くお辞儀をして、舞台の隅に退いた。そこで二人は再び無表情に立っていた。ミステリオーソは不意に思い出したかのように、後方の幕の向こうに消え、もう一度あらわれた。音楽はまた聞き取れないほど小さくなったが、不思議と激しさを伴っていた。

ミステリオーソが語りはじめた。彼の声は予想をまったく裏切らなかった。それは、英語は知っているが、うまく話せない外国人を思わせた。

「お客様のなかから、紳士ふたり、あがってきて、いただけますか？　ふたりの紳士、おねがいします、わたし、インチキないかどうか、見てください。おふたり、どーか、おねがいします」

右側でざわめきが起こった。おずおずと決心したように男が一人立ち上がった。あらかじめ用意された男だとトラヴァースにはわかった。それから、もう一人の男が立ち上がり、特別なステップでも踏むように気取って舞台に登った。ミステリオーソは聴衆に説明をはじめた。

「どちらか、ひとり、私のからだ、しらべてください。袖には、何もはいってない、たしかめてください。あなたとおんなじだと。もうひとり、テーブル、しらべてください。あなたの家にあるテーブルと、おんなじです。それから、テーブルの上、ふつうのタンバリン、本、コルネット、です。ありがとございます。さあ、それでは、ひとり、私のからだ、もうひとり、テーブルの上、お願いします」

二人の検査人は、それぞれ仕事を終え、再び階段から降りるよう案内された。それから、ミステリオーソ——別名カーリー・ドリュー——は馴染の技を披露した。準備された男が呼び戻された。全てごまかしがないことをなおも聴衆に保証するために。

ミステリオーソはテーブルに近付き、その手を聴衆がいっせいに見つめた。彼はテーブルにじっと目を凝らした。

「私が見てるもの、わかりますか？　本です。この本をよみます。でも、私、本にさわりません——ぜったい。本がこちらにきます」

それから驚くべきことが起こった。彼が本にまったく関心がないように、聴衆に目を向けているあいだ、本は自ら不意にテーブルから起き上がり、彼のすぐ目の前にあらわれた。片手で彼はページをめくり、顔をしかめた。

「私、この本、好きではない、ノー！」

本は一瞬浮かび上がり、ゆっくりとまたテーブルの上に戻った。ミステリオーソの目は、じっとそれを見つめていたが、次にタンバリンが起き上がり、揺れ出した。彼はしばしそれに目を向け、それが宙に浮かび上がると、軽蔑するようにふくれっ面をした。

「それが、音楽だって言うのかね？　音楽じゃない。テーブルに戻るんだ」

トラヴァースは静かに椅子から立ち上がり、下の階へ降りていった。彼にはわかっていた。コルネットが次に魔法で呼び出されるのだと。再びロビーに出ると、その調べが聞こえてきた。案内係が彼を楽屋の方へ案内し、出し物を賞賛する興奮した拍手が聞こえてきた。二分もしないうちに案内係はミステリオーソの後ろに続き、説明をはじめた。

「出し物、ご覧になりましたか？」ミステリオーソが尋ねた。「どう思いましたか？」

「一流ですね」トラヴァースは答えた。「ずっと昔に観たものと、同じくらい印象的でした」

「悪くはないですね」彼は称賛の言葉に小さく頷いた。「それで、私に何のご用ですか、ミスター・トラヴァース？」


　トラヴァースの次の行動は、自分のフラットに戻ることだった。これからテンペストが耳にすることについて、十分な防音効果を備えた電話は他になかったからだ。

「テンペストさん」彼は言った。「みんなを屋敷の応接間に集めてほしいのです。あの夜と同じように。僕がそこに着くまで舞台を準備する必要はありません。でも、全員がそこにいるように」

「再現かね？」

「そうです。それから、ドクター・シニフォードにも、そこにいてもらいたいのですが」

「でも、彼は殺人と何も関係ない！」

「それは、わかっています。でも、あなたもあとで全て知るはずです。僕と会ったときに。それから、マントリンも」

「でも、いいかい、きみ、いったいどうやって彼が殺人を犯したと？」

「彼にはできなかったとわかっています。そこが重要なのです。それから、半ダースほどの警官も――制服警官だろうが、なんだろうが、かまいません――すぐ出動できる人間を。七時半に開始します」

沈黙。それから、なんとかうまく聞き出そうとする声が続いた。「君は、何を見つけたのかね？」

「黒っぽい、い、い、ものでできた何かです」トラヴァースは彼に言った。「二時間後には、全ての仕掛けを白状します。忘れないでください。シニフォード、マントリン、数人の警官、そして、七時半に始まるということを」

そして、テンペストがなんとか白状させようとする前に、電話は切れた。

第十七章　トラヴァース、見解を述べる

トラヴァースとテンペストが、事件について徹底的に語り終えたときには、外はすっかり夕闇に包まれていた。数分後、舞台が再び整うだろう。トラヴァースは町を出る前に着替えを済ませ、今は黒いモーニングに黒いベスト、シャツの首元を少し開け、黒っぽいズボンに黒いネクタイで、会社の重役会議に出席するような落ち着いた装いだった。

「途方もない、はったりだな」テンペストが話していた。「たった一つ慰めがある。もし、うまくいかなくても、そんなことは考えず、私たちは仲良くやってゆける」

「うまくいきますよ」トラヴァースは言った。「特定の雰囲気と、みんなに新たな戦慄を与えるという、その方法を持ってすれば。ひとたび興奮すると、クスクス笑う余裕などないはずです。さらに、その目をしっかり開いてさえいれば」

テンペストは充分に目を開いた。彼の質問が飛び出す前に、トラヴァースは彼の鼻先に、パッと手を出した。

「ほら、どうですか。ひるみましたね」

「もちろん、ひるむよ」テンペストが言った。「なんの忠告もなしに、いたずらを仕掛けられたら」

「それでは、忠告します」トラヴァースは彼に言った。「私のこぶしが目の前に来ると思って、目を

じっと開けてください」

しかし、それでも、テンペストは、かすかにたじろいだ。

「はったりがうまくいく理由は、これです」トラヴァースが、勝ち誇ったように話した。「一人の男は何が起こるか知っています。でも、それがいつか、どうやってかは知りません――意識していようとも。キャリーとあなたは鷹のように彼を見ていてください。もし、彼がひるんだら――それが、あなたの探している男です」

テンペストは最後に反論を差し挟んだ。「君がサービスを信頼しているのが、どうも腑に落ちない。彼は私たちが知っていること全てに関わりがあるかもしれない。なぜ、銅鑼《ゴング》を強く打ち鳴らすように彼に伝えないのか？」

「僕が自分で支度をしましたから。大丈夫です」トラヴァースは言った。「彼には僕の手伝いをしてもらいたいのです。それから、あなたに申し上げておきます。彼は問題ありません。いつか、その理由をお話しできるかもしれません」


応接間は、テンペストが少し前に入ったときより、人で混み合っている感じがした。すぐに話が止み、みんなの目が、現場を見渡しながら立っている彼に注がれた。両側のドアが開いていた。家具はそれぞれ事件があった夜と同じように置かれ、執事の姿だけが見えなかった。

「それでは、みなさん」彼は言った。「仕事にかかりましょう。みなさんには、特に指示に従うことの重要性をしっかり認識していただきたい。言われたことだけを正確に行ってください。それ以上のことはしないように。キャリー警部、右手のドアの内側に立ってください。事件の夜、部屋にいたみなさんは、そのとき座っていた椅子に着いてください」

「僕は、何を？」ロムニー・グリーヴが訊いた。

「いずれ、そのときが来たらお話しします」テンペストは答えた。「それでよろしいです、みなさん。あなたは屏風のそばに、ミスター・マントリン、あの夜のように。それから、ミスター・マーティン・グリーヴ、台とカードを配列してください、できるだけ、あのときと同じように。何枚かカードを手に持ち、時間が来たら落としてください」

彼の目がトム・バイパスに留まった。しばらく見つめた。手は絶えず動き、頰は死人のように白く、唇はもはや青白い色の薄い線にしか見えない。テンペストは彼の方へ向かった。

「本当に大丈夫ですか、ミスター・バイパス？」

「僕は大丈夫です」トムは彼に言った。「ただ神に願うのは、急いですぐに終わらせてほしい、ということだけです」

「やがて、はじまります」テンペストは、落ち着き払って言った。彼は声をあげた。「みなさん、これから起ころうとしていることが、とてつもなく深刻であることを認識してください。今、この瞬間、ヒューバート・グリーヴを殺した男が、この部屋の中におります。殺人犯が、まさにこの部屋に！彼は自分自身に言い聞かせているかもしれない。警察はたいしたことはないと——実際は、はったりをかけているだけだと。もし、彼がそういった間違いを犯しているなら命取りになるでしょう。

これからしようとしているのは、実際の殺人を再現することです。実際に銃弾が発砲されます。殺人犯が発砲したように。それゆえ誰も動いてはいけない。さもないと、結果は自分自身に降りかかってきます。事故から身を守るため——この真剣な忠告のあと、そんな愚かな危険を冒すような人間はいないと思いますが――ドクター・シニフォードにここへ来ていただきました。あなたは、向こうの本棚の横に座っていただいた方がいいでしょう、ドクター。

弾丸は実際に発砲されます。それは充分に事件を実証するでしょう。警察は、それをお見せしなければならない。指示が絶対的に守られれば、誰一人、危害を加えられることはない。みなさん、覚えておいてください。この最後の警告のあとは、警察はどんな責任も負いません。準備はよろしいですか、ミスター・マーティン・グリーヴ？　明かりはこのくらいでよろしいでしょうか？」

「ええ、だいたいそうです」彼の声に確固たるところはなかった。「カードが見えるくらいでしたので。それ以上の明るさはなかったかと」

「よろしい！」テンペストがぴしゃりと言った。「ポールゲート巡査部長、あなたとミスター・ロムニー・グリーヴは、東屋へ行って、そこで待っていてください。誰かを呼びにやるまで。私はここに立って、カードテーブルの方に顔を向けています。おお！……」

彼の声が完全に消えた。それから不気味に笑った。

「最も重要なことを忘れていました。ミスター・ヒューバート・グリーヴが、ここにいるべきですね。どうしたらよいか……」彼の目が部屋を見まわした。「おお、ミスター・マントリン、事件の夜、あなたはただの傍観者でしたね？」

「そのとおりです」彼の顔は妙に青白く、緊迫した様子だった。

「それでは、おそらくあなたが手助けしてくれるでしょうね」テンペストは静かに言った。「ちょうど彼と同じくらいの背の高さです」そこの椅子に座っていただけますか。ずっと動かないようにお願いします。カードをしている相手に目を向けて。テーブルの近くに座ってください。そうです……それでは、お静かに、みなさん。先週の火曜日に意識を戻してください。今は火曜日です。みなさんは、グリーヴ氏の誕生日のためここに集まった。時刻は七時半」声が止まった。「これから、殺人が行われようとしています。いっさい音を立てぬようお願いします。そして、動かないように！」

彼が話したとき、マントルピースの上の時計が、七時三十分を告げた。サービスは、少し開いた離れたドアから聞いていたに違いない。彼はドアを叩き、すぐに入ってきた。屏風のそばの開いたフレンチドアのところで、小さな咳払いが聞こえ、もう一人の男があらわれた。

ルドヴィック・トラヴァースだった。しかし、不思議なことに、どういうわけか違う人物に見える。見慣れない印象だ。黒い衣装、おそらくはグレーに近い色だが、基本的には、ほのかにバルフォア風で、瞑想にふけるよう猫背になり、長い繊細な指は上着の襟に巻きつけている。西から照らす最後の日差しが白い襟に反射し、輝く象牙のように見えた。しかし、屏風のそばの陰になった側は、どんよりとした明るさが残るだけだった。

彼は屏風のそばに無表情で立ち、カードテーブルを観察していた。テンペストが手をあげた。部屋の耐え難いほどの静けさの中、かすかな轟きが聞こえた。男たちは歯をしっかり噛みしめていたが、トラヴァースの指は動じることなく、じっと襟に巻き付いたままだった。轟音は次第に大きくなり――耳をつんざくような騒音となり、男たちの神経は擦り減り、我慢の限界まで来ていた。数秒が永遠とも思われたが、最高潮まで達し、耳を澄まし、もうこれで終わりだとわかったとき、不意に銃声が鳴り響いた。

そのとき起こったのは、喧騒と混乱だった。それは部屋中を駆け巡った。銅鑼が鳴ったとき、マントリンの目は屛風のそばの人影へと移り、その人物は悦に入ってマントリン自身の真似をしていた。キャリーがドアの中に入り、テンペストは、まるで飛び上がろうとするかのように身を屈めていた。銃声が轟く前の、ほんのわずかな合間、マントリンは椅子を動かし、後ろに下がった。そして飛び跳ねるようにうずくまった。彼はうめき声をあげ、ずるずると這って動いた。そして、トム・バイパスが床に倒れ、彼の兄が飛んできた。マーティン・グリーヴは興奮して立ち上がった。

「このばか者が！　トムを撃ちやがった！」

しかし、混乱のなか、誰もその声を聞いてはいなかった。マントリンは開いたフレンチドアを目指し、今や逃げ出そうとしていた。シニフォードにぶつかり、医師は部屋の真ん中へ飛ばされ、サービスの口元にマントリンの拳が飛んできて、脇へ叩きつけられた。キャリーとテンペストがドアに辿り着いたときには、彼はそこを抜けて、外へ遠ざかっていった。キャリーは狂ったように走って戻ってくると、庭の暗闇に潜んでいた部下に叫び声をあげた。ポールゲートも駆けだし、シニフォードはトム・バイパスのもとに向かった。ヒューとマーティンが倒れているトムを抱き起した。

一瞬、部屋は再び死んだように静まり返り、犯人を追いかける騒音だけが、開いているドアから聞こえてきた。新月が木々の上に浮かび、ルドヴィック・トラヴァースが立っている場所に新たな影ができていた。

「どうですか、ドクター？　気絶したのでしょうか？」

「まあ、そういった状態だ」シニフォードが言い、難色を示した。「間もなく意識を取り戻すだろう」

「まったく、なんてばかげたことをしでかしてくれたんだ。言わせてもらうが」マーティンがぼやいた。彼の声には、それまで聞いたこともないような辛辣さが感じられた。「それに、なんだって銃弾が?」

「いえ、銃弾は発していないです」トラヴァースは彼に話した。「銃の中に弾は入っていませんでした。あなた方がどう思われたかわかりませんが、かなり大きな音がしたと思います。なぜなら、サービスは、あの銅鑼をほとんど鳴らしていませんから」

「それじゃあ、なんのためにあんなことを?」

「罪の意識です」穏やかにトラヴァースは答えた。「あなたは罪の意識に苦しんではいないようですね、ミスター・グリーヴ。あなたは人を殺すというのがどういうことなのか、まったくわかっていない。考えたことも、ましてや誰かと計画を立てたこともないはずです」

マーティンの目は彼をじっと見据えた。それから、目を伏せた。再び目を上げたとき、トラヴァースの姿はなかった。


二階の寝室で、サービスは、予備として使用した腕をそっとベッドの上に置いた。

「それでは、私が見たのは、これだったのでございますね」彼は、その腕を見下ろし、頷いた。「いったい誰が、このようなものを考えついたのでしょう? 近頃は、どんなものが出てくるのか、私には、まったく見当がつきません」

「これは、何もそんなに新しいものではありません」トラヴァースが話した。「マントリンが使った、一つの方法に過ぎません。ところで、いつも上着の襟を握りしめる癖ですが、いつ頃から、あれは始まったのですか?」

「いつ頃から、でございますか?」彼は少し考えた。「私が思いますに、二年頃前ではないかと――

昔からの癖ではないようですが」

「ずいぶんと前から準備をしていたってことか」トラヴァースは呟いた。「怖気づいたか、何か特別な事情で今まで実行できずにいたのか」彼は耳を澄ました「なんだろう?」

廊下が騒がしかった。サービスは慌てて見にいった。

「ミスター・トムです。みんなで彼を寝室に運んでいるようです」彼は頭を横に振った。「私は嬉しゅうございます――これ以上ないほどに――犯人が、あの方々のうちの一人ではなくて。あなたも同じでいらっしゃいますでしょう」

様々な考えが、トラヴァースの心の中に稲光のように駆け巡った。それから、彼は微笑んだ。ロムニー・グリーヴは、単に固有色の習得に我を忘れて情熱を注いだだけなのだろう。マーティン・グリーヴは、純粋に二日続けてカードを落としてしまい、哀れなあのトム・バイパスは、あのとき、ヒューに何か尋ねていたのだ。そう考えた方が、今となってはずっといい。

「おそらく、僕も同感です、サービス」

老執事は、束の間微笑んだ。それから、考えに戻っていった。

「あなたが私に話していたのは、この――なんと申しますか――腕のことだったのですね?」

「そうです」トラヴァースは言った。「手品師からいただいたのです――魔法使いとでも言いましょうか。彼は、予備の腕を常に用意しておかなくてはならないようです。いいですか、もし、ステージの上の何もかもがまっ黒だったら、後方幕も黒、自分の衣装も黒、それから、この見事な腕も黒、しっかりと物を握るよう造られた指も、完璧に本物に見えます。そして、ごく普通に上着の襟を握ることができます。そこに広げて置いてある偽の腕は、本物の腕を隠すこができる。まっ黒な本物の手と腕で仕事をこなす。黒い背景にまぎれて、それらは絶対に目に映らない。あなたがご覧になったように、マントリンは屛風から少し下がったところに立ち、黒い腕と手が銃を自由に操作できるよう隙間を作った。彼の二つの手が、上着の襟をつかんでいるように見えたとき、彼は屛風の透かし細工の隙間から銃を発射させ、恐らく、体のどこも動かしたようには見えなかったはずだ。そして彼は、部屋の外に最初に飛び出した。外で物音が聞こえたと言って、その正体を追いかけた。どこかに彼が使った腕が見つかるかもしれませんね」それから、トラヴァースは首を横に振った。「いや、もっといい方法を思いついたはずだ。もうとっくに壊してしまったんだろう」

「しかしながら、それをつけて部屋にやって来るなどという度胸が、よくもあったものですね」サービスが言った。

「彼は、まわり道をして来たんですよ」トラヴァースは言った。「彼は、部屋の中の心配はしていなかった。彼が恐れていたのは、たぶん、東屋にいたロムニー・グリーヴです」

少し開いた窓から何やら音が聞こえてきた。遠くで叫ぶ声、森を下った谷の方で騒ぎが起きているようだ。二人は耳を澄ました。

「彼は、捕まったのでしょうか?」

「そのようですね」トラヴァースは言った。「ちょっと見てこようかと思います」

彼はしばらく東屋のそばに立っていた。再び、谷からの騒音に耳を傾けながら。しかし今や、全ては静まり、マントリンが捕まって、こちらには戻ってこないのだとわかった。彼は手錠をはめられ、町へ向かったのだろう。それとも、自ら命を絶って、死体置き場へ運ばれたか。

なんとも言えない気持ちで首を横に振っていると、すぐ近くで声がした。ヒュー・バイパスが開いたドアから芝生の方へやってきた。彼は瞑想にふけるように空を眺め、それからトラヴァースの姿に目を留め、歩いてきた。

「弟さんは、いかがですか?」トラヴァースが尋ねた。

「だいぶよくなりました」そう言って、悲しそうに頭を横に振った。「でも、医者が言うには、このままの病状が続くだろうと」

「そうですか」トラヴァースは苦しげに言った。

「今までのことについて、話し合っていたんです」ヒューが話した。「本当に、やったのはマントリンなのでしょうか?」

「間違いありませんね」

「でも、いったいどうやって――?」

トラヴァースは微笑んだ。「よくある話です――天国や地球やら奇妙な哲学やら。でも、そのことについては、いつかお話ししましょう」彼は不意に言葉を切り、眼鏡に手をやった。「あなたは、僕に教えてくれるでしょうか、ここだけのごく内密な話として。先週の火曜の夜、マントリンが警察と話していたとき、二階に急いで上がっていきませんでしたか?」

「はい」ヒューが答えた。彼は当惑したように頭を振り、ちょっと瞬きをしてからトラヴァースをいたずらっぽく見た。そして、ため息をついた。「そうですね、お話ししましょう。警察が疑うような理由で二階に行ったのではありません。それは、つまり、ちょっと思い出したことがありまして、警察という言葉を聞いたときに。おわかりだと思いますが、いろいろ考えたりするものです。私が心配したのは、彼らが至る所を捜査するのではないかと。それで、自分の部屋のことが浮かんだのです。誰にも見られたくないものが置いてあったんです――ええ、たいしたものではありませんが」

「それは、何だったのですか？」トラヴァースは優しく促した。

ヒューはクスッと笑った。「笑わないと、約束しますか？」

「笑ったりするもんですか！」トラヴァースは真剣に言った。

「それでは教えますが、スピーチです」

「スピーチ！」

「そうです。年長者として、あの夜も夕食のあと、スピーチをすることになっていたんです」彼は口ごもった。「私にとっては、いつも荷が重くて。誰よりも巧みなスピーチを要求されますからね」彼は悲しげに頭を振った。「情けないことに、いつも私の手には負えなくて――そのうち、誘惑に陥るようになりました」

トラヴァースは、わけのわからぬ顔で、彼をじっと見つめた。「誘惑に？」

「はい」ヒューはまた、そっと忍び笑いをして言った。「みんなが、私のスピーチを褒め称えてくれて、素晴らしいと言ってくれましたので、それを続けぬわけにはいかなかったのです」

「そうですね、でも何を続けるんです？」

「いいですか、私は自分の負担を代理業者に委託することにしたんです、ほら、よく個人広告欄に出ている会社で、どんな場面のスピーチも書いてくれるという。私はそこへ行き、そこの人と会って問題を相談し、助けてもらったのです。そのあと、いつもお願いすることになって――彼らは、とびきり素晴らしい仕事をしてくれるものですから」彼は、おどけてため息をついた。「スピーチを暗記するのもなかなか大変なものでして」

「そうですね。でもなぜ、うろたえて二階に駆け上がったんですか？」

ヒューは囁いた。「部屋のテーブルにスピーチの原稿を置いてきてしまったんです。原稿の下の方には、会社の名前と明細も載っていまして。みんながそれを見たらどうします！　練習して、みんなを欺いたあとで！」

トラヴァースは穏やかに笑った。どういうわけか、その瞬間、場違いな狼狽ぶりが奇怪さを増し、皮肉にも愉快に思えた。そして、素早く一つの考えが――解決策が――彼の頭に閃いた。『ケンジントンの血だまり』は、第二章まで書き終えていた。第三章のタイトルにぴったりな言葉が浮かばず、あれこれ悩んでいたのだ。今や、それが解決した。それは、彼自身がテンペストに少し前に語った言葉だ。『複数の手掛かり――警察が誤用』

しかし、彼が口を開きかけると、マーティン・グリーヴがあらわれた。彼はトラヴァースを見ると背を向けた。

「行かないでください、ミスター・グリーヴ」トラヴァースが慌てて言った。「僕たちは、手掛かりや証拠や様々な点について素晴らしい議論を交わしていたところです」彼は再びヒューを引き留めた。「お話ししていたように、ミスター・バイパス、あなたがおっしゃった個々の事例は目下の論点です。事実、手掛かりというのは厄介なものです。我々は、この事件を例にあげて考えていたのです、ミスター・グリーヴ、極めて純粋な行為が、誤って解釈されるという例です。あなたが二夜連続、同じ瞬間にカードを落としても、別に奇妙なことではないと考えられますよね？　それに、トム・バイパスが、毎夜、兄に質問をしていたとしても――」

マーティン・グリーヴは、少しずつ離れていった。

「ええ」そう言って、素早くトラヴァースを見た。それから、もぐもぐと、もう行かなくてはと呟いた。やらなくてはならないことがある。ヒューはそれをじっと見つめ、自分も歩き出した、が、トラヴァースの手が腕に触れ、引き戻された。

「グリーヴ氏は忙しいようですね。おそらく、荷造りをするのでしょう」

「そうですね」頭を左右に振った。「それに弟のことを心配していますし。兄弟以上ですよ、あの二人は」

トラヴァースは暗闇の中で顔をしかめた。それから、きっぱりと頭を振った。過去は問うなかれ。彼はまた、ヒューのところへ戻った。

「しかし、我々はこの事件で、随分と滅茶苦茶なことをしました、ここだけの話ですが。もし、何かの先端が真っ直ぐ部屋の中に向けられた、というサービスの言葉をちゃんと受け止めていれば、それによって、弾の筋道がはっきりと、マントリンの犯行だと示していたはずです。奇跡であろうとなかろうと。単純なことですね?」彼の頭に、また本の第三章が閃いた。「それから、我々が手掛かりと呼ぶのは、どのようなものか。それは、森を見ずして木々を見るようなものです。完璧な事件には解くべき手掛かりなど存在しない。助言者の多数は——彼らがどう呼ばれようと——貴重な、ちょっとした見識を持っています。枝葉の問題を避けると、明瞭な思考が得られるものです。どんな事件にでも、一つの欠くことのできない手掛かりがあります。問題は、あまりにも多くの助言者、多くの料理人がいては、手掛かりがあり過ぎるように、ブロス（肉、魚、野菜などを煮出したスープ）を台無しにすることになる。最後には、自分をスープの中に入れてしまうようなものだ！」

彼は言葉を止め、息をついた。ヒューは称賛したくなるような聞き手だった。第三章が次第に形を成してきた。ヒューは、トラヴァースのほとばしる言葉に完全に魅了されているようだったが、不意に口を差し挟んだ。

「トラヴァースさん」――彼はとても申し訳なさそうに言った――「一つ、考えがあるんです。もしかしたら、不快に思われるかもしれませんが、もし、あなたがやろうとすれば、きっと素晴らしい出来になると確信しています」ちょっと弁解めいた咳をした。「つまり、こういうことです。ぜひ、本をお書きになればよろしいかと――手掛かりと状況についての？」

トラヴァースの思考は、その予期せぬ言葉に一瞬停止した。それから、ひそかに含み笑いをしていると、私服警官の姿が開いたドアの明かりに照らされ、浮かび上がった。

「トラヴァースさん、いらっしゃいますか？　お電話です。彼は捕まったようでして、あなたにも署に来ていただきたいと」

トラヴァースは束の間、真面目な顔に戻り、ヒューと腕を組んで一緒に屋敷の方へ伴っていった。そこにサービスは、彼らが入るとドアを閉め、トラヴァースはヒュー・バイパスを右側に引き寄せた。そこに屏風があり、どちら側からでも通れるようになっている。彼はしばし立ち止まり、大きくそびえる透かし細工の模様の中を長い指で触れてみた。木の目が粗く、火ぶくれのようになっている。炎で焼かれたかのように。彼は身を屈め、囁いた。

「唯一の手掛かり、それが重要です。たった一つの欠くことのできない手掛かり、決して見つけられるとは夢見ていなかった！」

再び腕を組み、遠くのドアの方へ向かった。先に進む前に、また彼は立ち止った。

「バイパスさん、本当に申し訳ない。あなたは何か言おうとしていましたね。本のことでしたか？　ええ——本ですね。素晴らしい思いつきです、間違いなく興味をそそるものです。手掛かりと状況について。そして証拠、理論、奇跡。奇跡を忘れてはいけませんね。そういった背景の中で、昔の奇跡が、しばらく効力を中断していたことがあるのでは……？」

なおも、ちょうどいい聞き手を得て、彼はペチャクチャとどうでもいいことを親切なヒューに喋り続けていた。私服警官は、彼らのうしろにピタリとついて、懸命に耳を澄まし、ニヤニヤ笑っていた。ひょろ長い姿と、自由自在に動く彼の手を見ながら。その夜、その警官はきっと女房に打ち明けることだろう——まったく変わった奴だよ、あのミスター・トラヴァースってのは！

訳者あとがき

クリストファー・ブッシュの作品で、日本で早くから紹介されているのが『完全殺人事件』（一九三六年、春秋社）であり、その後、二〇〇六年に「論創海外ミステリ」より『失われた時間』が出版された。本書『中国銅鑼《チャイニーズ・ゴング》の謎』は、同叢書におけるブッシュ二作目の作品となる。

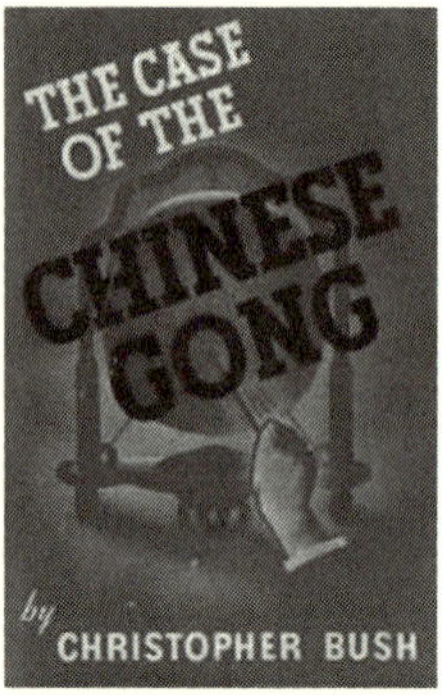

The Case of the Chinese Gong（*1938, Triangle Books*）

訳出にあたっては、一九三八年に〈TRIANGLE BOOKS〉の一冊として発行された米版の原書（一九四二年、四刷本）を底本とした。

ブッシュの作品の特徴は、なんといっても巧みに練られたトリック、独創的なアリバイ工作である。

また、前作に続き、物語に欠かせないのが名探偵トラヴァースの活躍で、彼の人間性、その測り知れない頭脳には、なんといっても魅かれるものがある。難解なトリックに読者が苦しんでいるところ、彼の穏やかさ、聡明さ、ユーモア精神に一息つき、次なる謎にひきこまれてゆく、といったところであろうか。

もう一つ、作品に趣を添えているのは、古き良きイギリスの風景、風習が散りばめられた舞台設定であろう。格式ある屋敷、執事、晩餐、庭師。アガサ・クリスティ、シャーロック・ホームズなど、数々の映画の一場面を連想する読者も多いはずだ。この時代ならではの、ミステリの醍醐味が満載である。また、そこに『中国の銅鑼《チャイニーズ・ゴング》』の音が鳴り響くとは、なんというユニークな発想であろう。

銅鑼の音が鳴り響いた瞬間、屋敷の主人が殺される。四人の甥と執事を容疑者と見なし、捜査を進めながらも、トラヴァースの心は、彼らに同情と共感を覚えずにはいられない。高貴な生まれでありながらも、彼の心はいつも弱者に向けられていた。

次々と犯行の手掛かりが見つかるが、どれも解決の糸口とはならない。名探偵トラヴァースも今度ばかりは、幾度も容疑者たちに翻弄され、罠にはまり、失敗を重ねる。署長のテンペストも、また然りである。

トラヴァースとテンペストの関係においても特徴的なところが見られる。かたや警察署長として、手順にのっとり、職務的判断により事件を解決へ導こうと奮闘し、一方、トラヴァースは、底知れぬ知識と人間味あふれる判断力で、独創的な推理を披露する。ときには、突拍子もない行動にでるが、彼の貴族的な雰囲気と人懐こい笑顔によって、テンペストをはじめ、他の面々も抗うことができず、知らず知らず心を開いてしまう。

この作品がイギリスで発表されたのは、一九三五年である。従って、物語の中に出てくる戦争とは、第一次世界大戦のことである。戦後、それぞれが祖国に戻り、一から生活を建て直してゆくが、一九三〇年代に入り、イギリスもアメリカを発端とする世界不況の波に呑み込まれてゆく。イギリス貴族階級、富裕層も不況によって多くを失った。一方で、グリーヴ老人のように、あくどい手段で軍需産業の波に乗り、大儲けをした人物もいたであろうが……。

物語の四人の甥たち、弁護士、執事はそれぞれ、戦争とその後の不況により、人生を翻弄される。

犯罪の背景には、常に時代が反映される、といった本文の言葉が、そのままここに当てはまる。生きるために、人は何かを選択しないではいられない時代だった。人生をかけた選択である。それゆえ、戦争で死と向き合った者達が企てた完全犯罪は、命をかけた決断であったに違いない。彼らにとって犯罪は、意義あるものでなくてはならない。そして、トラヴァースの言葉によると、そこには奇跡、または神秘が存在する。同時に、法は何より尊いものであることもトラヴァースは知っている。両者の狭間で、様々な感情に苦しめられるトラヴァース。彼もまた、境遇は違えども、一人の悩める人間なのである。複数の容疑者を追い詰めてゆきながらも、彼の心に葛藤が芽生え、その純真さに心を打たれる。

古典的要素が存分に詰まったこの作品で、遠い異国の、この時代に思いをはせながら、ミステリの醍醐味にどっぷりと浸かるのは、訳者にとっても至福の時間であった。

読者の方々にもぜひ、英国本格ミステリ黄金時代の本作を堪能していただきたい。

『完全殺人事件』だけでは語れないクリストファー・ブッシュ

横井　司（ミステリ評論家）

海外では相当数の作品が発表されながら、日本ではその一部の作品しか紹介に恵まれず、評価されにくいという本格ミステリ作家が何人かいる。日本固有の事情として、太平洋戦争をはさんで対戦国である米英の文化が入ってこなくなったこと、紹介しにくくなったこと、さらには時局下にあって人殺しを楽しむ娯楽作品を自粛したことが絡んで、一九三〇年代後半から四〇年代にかけての英米ミステリ界の状況が分かりにくくなってしまった。戦後になって、その間隙を埋めるように陸続と紹介されていったが、現在のようにインターネットで検索して海外の原書が簡単に買えるという時代でもなかった。戦後になってからもイギリスの本はなかなか入手が難しかったことが、植草甚一の『雨降りだからミステリでも勉強しよう』（一九七二）を読むと分かる。[1] そしてイギリス・ミステリは訳しにくいし地味で売れないという現場の判断があったことは、都筑道夫の『黄色い部屋はいかに改装されたか？』（七五）を読むと分かる。[2] そうした条件が重なって、時局下にあって紹介のタイミングを逃した作家が戦後も紹介されることなく、たまたま紹介された一部の作品によって作風がはかられるということが起きることになった。クリストファー・ブッシュなどは、その典型というべき作家の一人だろう。

日本に初めて紹介されたブッシュの作品は、イギリス、アメリカ両国でベストセラーとなった[3]『完全殺人事件』*The Perfect Murder Case*（一九二九）で、井上良夫によって訳されて、一九三六年に春秋社から刊行された。井上はこれに先立って雑誌『ぷろふいる』に連載していた「英米探偵小説のプロフィル」において同作品を取り上げており「着想、組立、技巧、等に亘って、多くの光った所が見受けられる。充分に読み応えのある作として同好者に一読をおすすめしておきたい」と書いている[4]。

井上の翻訳は太平洋戦争直前のことで、一九五〇年に雄鶏社から再刊されている。続いて紹介された『一〇〇％アリバイ』*The Case of 100% Alibi*（三四）が日本出版協同から森下雨村訳で刊行されたのは、終戦後、九年も過ぎてからだった。雨村訳の『一〇〇％アリバイ』は五六年にハヤカワ・ミステリに収められた。その後『チューダー女王の事件』*The Case of the Tudor Queen*（三八）、『首をきられた死体』*Cut Throat*（三四）と訳されたが、何といっても読まれたのは『完全殺人事件』で、東京創元社（中村能三訳）、新潮社（宇野利泰訳）、東都書房（原百代訳）、講談社（同訳）など、複数の翻訳が出ている。

このように『完全殺人事件』が突出して読まれてきたのは、江戸川乱歩が海外ベスト・テンの次点として『完全殺人事件』をあげていることも影響しているだろうし、アリバイ・トリックを好む傾向があると思われていた日本の読者にアピールしやすかったものだろう。その他の邦訳書がどのように受け取られたのかは詳らかにしないが、『一〇〇％アリバイ』が渡辺剣次の『ミステリィ・カクテル』（七五）で取り上げられたくらいで、一九六四年に『首をきられた死体』が『のどを切られた死体』と改題の上、東都書房の『世界推理小説大系』に収められたのを最後に、新訳が出ることもないままだった。

一九八三年になってG・K・チェスタトンが編者を務めた大部のアンソロジー『探偵小説の世紀』*A Century of Detective Stories*（三五）が訳され、邦訳書の上巻に短編「ハムプステッド街殺人事件」'The Hampstead Murder' が収められていたが、他にも名のみ知られた忘れられた作家が並んでいたためか、ことさらに話題になることもなかったようである。

戦後日本の海外ミステリ紹介は江戸川乱歩が主導してきた。そのさい乱歩が参考にしていたのは、ハワード・ヘイクラフトの『娯楽としての殺人』*Murder for Plesure*（四一）およびヘイクラフト編の評論アンソロジー『推理小説の美学』*The Art of the Mystery Story*（四六）であったわけだが、後者にはブッシュへの言及がなく、前者にしても、一九三〇年以降のイギリス・ミステリの動向についてふれた第九章で「最近、多かれ少なかれ型通りの、水準以上のすぐれた探偵小説を書いた何十という——いや、文字どおり何百というイギリス作家のうち」からあげた「ほんのひと握りの名前」に連なっている程度で、作品名すらあげられていなかった。[5] したがって乱歩が戦時中に読んでいた『一〇〇％アリバイ』以外は、優先的に紹介されるセレクトから外された疑いがある。

乱歩蔵書の中には『完全殺人事件』、『一〇〇％アリバイ』の他に、*Dancing Death*（三一）、*The Case of the April Fools*（三三）、*The Crank in the Corner*（同。*The Case of the Three Strange Faces* の米題）、*The Case of the Platinum Blonde*（四四）、*The Case of the Second Chance*（四六）といった作品が確認できるけれども、熟読した形跡があるのは『完全殺人事件』だけのようだ。[6]

では、海外の史書でまったく無視されてきたのかといえば、そうでもない。

サザラント・スコットの『現代推理小説の歩み』*Blood in Their Ink*（五三）やA・E・マーチ

『推理小説の歴史』*The Development of the Detective Novel*（五八）には、少なくともヘイクラフトよりは長い記述を見出すことができる。

スコットは「ブッシュの特徴は、どう見ても崩すことのできないようなアリバイを、崩すところにある」といい「簡潔なスタイル、平易な会話やプロット、味のあるペースと場面の設定は、いずれも工夫をこらした物語にすばらしい効果を与えている」と述べて、世評の高い『完全殺人事件』よりも*The Case of the Dead Shepherd*（三四）、*The Case of the Murdered Major*（四一）、*The case of the Seven Bells*（四九）の方が「すぐれているようにおもわれる」と書いている[7]。

マーチの方は「ブッシュの特色は（フリーマン・クロフツ同様）〈鉄壁のアリバイ〉を破るいわゆるアリバイくずしであって、それも休日の海辺での殺人事件を主題としたものがはなはだ多い」、「もう一つの特徴は、軽い流れるような説話的な文体をもっていることと、そのプロットが複雑のわりに破綻のないことである」と述べて、そうした特徴が顕著に現われている作品として*The Case of the Seven Bells* をあげ、後期の作品では *The Case of the Extra Man*（五六）が「いちばん面白い」と評している[8]。

スコットも前掲書においてF・W・クロフツと比較して次のように書いていた。

クリストファー・ブッシュは、典型的なイギリス人である。従って、彼の作風においても、その性格描写においても、完全にイギリス的である。彼は、読者の気分を楽にさせたり、格別奇怪すぎもせず不可解でもないような場面や、一連の登場人物を打ち出していく骨《こつ》のようなものを心得ている。この点においては、彼は、フリーマン・ウィルス・クロフツによく似通っている。しかし、そのタッチにおいては、彼のほうが、いくぶん軽妙であるし、またプロットの細分という点では、彼のほうが、多方面にわたっている。

「プロットの細分」というのは構成を指すのか題材を指すのか、今ひとつ曖昧だが、クロフツとは違う特色を表現しようとしている点は貴重だ。(9)

スコットとマーチによって、『完全殺人事件』以外に紹介すべきと思われる作品、ブッシュの真価を伝えていると思われる作品名があげられたものの、この両者の史書が紹介された頃はすでに、黄金時代の本格ミステリの紹介よりも、同時代の作品の紹介が主流となっており、ブッシュが新たに見直される機会を逸してしまったのは残念としかいいようがない。

その後、H・R・F・キーティング他による「代表作採点簿」Writers and Thier Books: A Consumer's Guide（八二）が雑誌『EQ』に連載された際、ブッシュの項目があったものの、「有能で、ときとして博識ぶりも示し、一見つきくずすことが不可能に見えるアリバイをみごとに打ち破ってみせるブッシュは、完全な英国風探偵小説の頑固な多年性植物にたとえられる」とやや否定的に評されている。(10) 代表作としては *The Case of the Burnt Bohemian*（五三）という、従来の識者が全くあげていなかった作品が取り上げられた。

日本語で読める、一九八〇年代までの主な紹介は以上の通りだが、では海外においては盛んに評価されていたかといえば、そうでもない。ジャック・バーザンとウェンデル・H・テイラーの *A Catalogue of Crime*（七一／八九、増補版）では *The Case of the Second Chance*、*Dead Man Twice*（三〇）、*The Tea-Tray Murders*（*The Case of the Dead Shepherd* の米題）が取り上げられ、評されている（八九年刊の増補版による）ものの、むしろ忘れられていく傾向にあった。そのことをよく示すのが *Twentieth Century Crime and Mystery Writers* の第一版（一九八〇）では項目があったのに、第二版（八五）では名前が落ちていることだろう。第三版（九一）では再び取り上げられ、項目執筆者は、第一版のネヴィル・W・ウッドからB・A・パイクに変わっている。

近年では、森英俊『世界ミステリ作家事典［本格篇］』（国書刊行会、九八）が刊行され、ディクスン・カーの評伝を書いたダグラス・G・グリーンや、先の *Twentieth Century Crime and Mystery Writers* 第三版でブッシュの項目を執筆したバリー・パイクが推している作品として、*The Case of the Missing Minutes*（三七）が紹介された（またしても別の作品！）。当時は、国書刊行会の〈世界探偵小説全集〉の成功によってクラシック紹介ムーヴメントが起きていたが、ブッシュは後回しにされた形で、*The Case of the Missing Minutes* が『失われた時間』という邦題で論創海外ミステリの一冊として刊行されたのは、ようやく二〇〇六年になってからのことだった。『首をきられた死体』以来、実に四十五年ぶりの本邦初訳であった。

しかしながら、続いて作品が訳されるということもなく、今回の『中国銅鑼《チャイニーズ・ゴング》の謎』*The Case of the Chinese Gong*（三五）が、ほぼ十年ぶりの初訳第二弾となった。

良質の作品をほぼ毎年、堅実に上梓してきて、五〇以上の作品を発表した作家の場合、よほどのことがなければ、その全貌をうかがうに足る作品が紹介されることはない。それだけの作品数となると、どの作品から紹介していけばいいか、判断がつかないからだ。たとえばジョン・ロードやE・C・R・ロラックなどは、その典型のような作家であり、クリストファー・ブッシュもまたその一人といえよう。この三人共にヘイクラフトの『娯楽としての殺人』で「最近、多かれ少なかれ型通りの、水準以上のすぐれた探偵小説を書いた何十という——いや、文字どおり何百というイギリス作家のうち」にあげられているのも、故なしとしないというか、ヘイクラフトが代表作をあげなかったために、継続して紹介される機会を逸した作家たちである。

右のうち、E・C・R・ロラックについては、近年、創元推理文庫によって紹介のはずみがついて、ひと頃からすれば状況が変ってきたが、ロードとブッシュに関しては、いまだ道遠しという印象は拭えない。論創海外ミステリで先にロードの『ラリーレースの惨劇』（三二）が紹介されたのに続いて、今回ブッシュの『中国銅鑼の謎』が紹介され、三〇～四〇年代イギリス本格が、一部のスター作家以外においても、当り前にすごかった状況が日本語で確認できるようになってきたのは、嬉しい限りである。

今、当り前にすごかったと書いたが、今回紹介された『中国銅鑼の謎』は、これまでのブッシュのイメージを覆す作品でありながら、いつものブッシュでもあることをうかがわせる要素もあり、いろいろな意味で興味深い。

たとえば、クリストファー・ブッシュといえばアリバイ・トリック、というのが多くの評者の定説であるわけだが、クロフツがそうであるように、ブッシュもすべての作品がアリバイ・トリックばかりというわけでもなかったことの証左となるのが、今回の『中国銅鑼の謎』である。そこで描かれるのは地方の屋敷における限定状況下の、衆人環視の殺人であった。容疑者が犯行現場にいないことを証明するのが現場不在証明《アリバイ》ものの特徴であるわけだが、本書の場合はすべての容疑者が犯行現場に一堂に会している点が、これまでのブッシュの作品とは異なる。容疑者が限定され、その容疑者に犯行が可能であったかどうかを検討するのは、アリバイものでもお馴染みの展開だが、ここでは衆人環視状況であったため、推理のスクラップ・アンド・ビルドがより顕著に描かれることになり、多重解決ものの様相を呈することになった。探偵役のルドヴィック・トラヴァースにいわせれば、本書で描かれるのは手がかりが多すぎる事件であり、その意味では偽のアリバイではなく偽の手がかりを見極める面白さに重点が置かれている。そして最後に明かされる犯行方法はトリッキーなもので、森英俊は『世界ミステリ作家事典［本格篇］』で「カーばりの巧妙なトリック」と評している。

また、本書はトリックだけの作品ではなく、第一部を倒叙ミステリ風に始めながら、第二部ではフーダニットになるという構成上の工夫が施されており、「プロットの細分という点では、彼のほうが、多方面にわたっている」というサザランド・スコットの評価を裏づける作品ともいえよう。『中国銅鑼の謎』が発表される一年前には、クロフツが『クロイドン発12時30分』を刊行しており、あるいはその影響を受けたのではないかとも思われる[11]。不況下の生活苦を描くブッシュの筆致は簡にして要を得ていて、重厚さという点ではクロフツに一歩譲るものの、この第一部の犯罪計画の狙いや後半になってからの扱いは、読者の評価が分かれるところかもしれないが、稚気満々とでもいおうか、現在の視点から見ても新鮮である。

もっとも、推理のスクラップ・アンド・ビルドがより顕著に描かれるといっても、それはアリバイ崩しと同じだと言われてしまうかもしれないし、狷介な性格の伯父が殺されて、容疑者はその遺産に与《あず》かる四人の甥、という設定は『完全殺人事件』の焼き直しだと思われてしまうかもしれない。『完全殺人事件』には見受けられた派手な展開を見せないだけ、『中国銅鑼の謎』は地味な作品と見なされてしまうかもしれず、サザランド・スコットの「彼の作風においても、その性格描写においても、完全にイギリス的である。彼は、読者の気分を楽にさせたり、格別奇怪すぎもせず不可解でもないような場面や、一連の登場人物を打ち出していく骨《こつ》のようなものを心得ている」という評価が的を射たものとして頷かれると同時に、なるほどＨ・Ｒ・Ｆ・キーティング他の『代表作採点簿』で「完全な英国風探偵小説の頑固な多年性植物」と評されるだけのことはあるといわれそうだ。

とはいえ、そういう堅実な作風こそが、黄金時代のイギリス本格を下支えしていたことは忘れてはなるまい。登場人物を最小限に切り詰めて、推理の面白さを前面に押し出し、退屈させずに読ませるだけでなく、プロットの面白さを楽しませ続けるというのは、並大抵のことではない。先に、当り前にすごかった、と書いたのはそういうことである。時として目先を変え、スパイ・スリラーや冒険小説、犯罪小説の要素も取入れ、読者を飽きさせないと同時に、書き手である自分も飽きさせないというふうに振る舞わないありようは、新しいものに目移りしやすい気紛れな一般大衆読者に振り回されがちなアメリカや日本の状況と比べると、これぞイギリス・ミステリ保守本道という感じがする。そうした作家がいてこそ、アントニイ・バークリーやドロシイ・Ｌ・セイヤーズの実験精神、アガサ・クリスティーの達成がありえたのであろう。

一九九九年に、芦辺拓・有栖川有栖・小森健太朗・二階堂黎人の四人が集い、海外のいわゆる黄金時代の本格ミステリについての鼎談が行なわれた。そのやりとりは『本格ミステリーを語ろう！［海外篇］』（原書房、九九）にまとめられているが、そこではクリストファー・ブッシュについて以下のようなやりとりが交わされている。

二階堂◆（略）まずは『完全殺人事件』について。

芦　辺◆　これは『100%アリバイ』もそうなんですが、題名のうまさにつきる。井上良夫なり江戸川乱歩が名前をあげたことでつい黄金期の傑作と比肩するものと思いがちですが、読んでみて意外とそうではない、という違和感がある。実際、海外の評価はどうなんでしょうか。

小　森◆　全然、無視されている。ブッシュ自体が無視されている。この当時の評論を読んで、たとえばかなりマイナーな作家までとりあげてる、ヘイクラフトの『娯楽としての殺人』も、ブッシュは無視。まともにミステリー作家とは認知されていない。

二階堂◆『完全殺人事件』の内容はどうですか?

有栖川◆　海外で無視されて、評価されていないのは意外だなあ。日本での紹介のされ方に恵まれたのかもしれないけど、読んでがっかりという作品でもない。

小　森◆　僕は読んでがっかりだった。

芦　辺◆　非常にオーソドックスな作品である、という気はしたけど。

有栖川◆　ドイルのある短編に使われた、当時としては類例の少ないあるモチーフを長編にしてる。そこへもってきて、アリバイトリックを長編の中心にすえたブッシュの作風は、海外ではユニークだと思う。ただ、ブッシュってほかにも何本か読めるのがあるけども、そのアリバイトリックのレベルはどうかというと、とても日本のものにはかないませんね。『のどを切られた死体』には鮎川哲也の「五つの時計」とアイデアが重なる箇所があるけど、ブッシュのトリックは初歩的すぎる。『失われた時間』や『中国銅鑼の謎』が訳された現在、こうしたブッシュ理解は改められるべき時がやってきた[12]。同じ鼎談の中で芦辺拓がジョン・ロードの紹介について「もっといい作品があるだろうに、翻訳家のみなさんは、いちばん良い作品はいずれスポットライトがあたるし、こういう機会じゃないと出せないからと、二線級の作品を訳すのはやめてほしい」と語っているが、ブッシュについても同じことがいえそうだ。海外での評価が高い *The Case of the Dead Shepherd*、*The Case of the Murdered Major*、*The case of the Seven Bells* あたりが訳されれば、アリバイ崩しのエキスパートにすぎない、というイメージを百パーセント刷新するのではないか。期待したいところである。

註

（1）『雨降りだからミステリーでも勉強しよう』に収められている、〈現代推理小説全集〉の一冊として刊行されたジョン・ロード『吸殻とパナマ帽』の解説「動機の問題を追及するジョン・ロードと三十二年間の作家生活」において、「現在のように推理小説が広く読まれているのに、ジョン・ロードが無視されているという現象は、世界中で日本だけであるが、この理由はいたって簡単に説明される。それは、この作家の作品が、アメリカのポケット本では出ていないために、ポケット本をたよりにして知識をふやしていった専門畑の人たちの視野から外れてしまっただけの話なのである」と書いている。ブッシュも同じような事情であったと考えられる。

（2）『黄色い部屋はいかに改装されたか？』の第七章に「現代的な本格へ変化していく過程のイギリス作家のものが、おおむね渋くて、アメリカ語に馴れた目には、読むにも、訳すにも、骨が折れる。手間がかかるわりに、まず売れそうもないから、ポケット・ミステリのセレクターだったころの私は、ついつい敬遠することになって、結果としては重要な作品が未紹介のまま、一足飛びにいわゆる新本格のアンドリュー・ガーヴやニコラス・ブレイクになってしまったわけです」と書いてある。

（3）「ハムプステッド街殺人事件」を収録したG・K・チェスタトン編『探偵小説の世紀』（三五）の作品紹介で「処女作『完全殺人事件』はイギリス、アメリカ両国においてベストセラーとなり、ついで十指にあまる作品が次々と上梓され」たと書かれている（引用は宇野利泰他訳『探偵小説の世紀　上』創元推理文庫、八三から）。

（4）引用は井上良夫『探偵小説のプロフィル』（国書刊行会、九四）から。同書には『完全殺人事件』に付された訳者あとがき「『完全殺人事件』に就いて」も収録されている。

（5）引用は林峻一郎訳『娯楽としての殺人――探偵小説・成長とその時代』（国書刊行会、九二）から。

（6）新保博久・山前譲編著『幻影の蔵――江戸川乱歩探偵小説蔵書目録』（東京書籍、二〇〇二）による。『完全殺人事件』と『一〇〇%アリバイ』以外の作品のうち三作は、井上良夫蔵書を引き取ったものと思われる。というのも前掲註(4)の訳者あとがき「『完全殺人事件』に就いて」に著作一覧として同題の書目がすべてあげられているからだ。

（7）引用は長沼弘毅訳『現代推理小説の歩み』（東京創元社、六一）から。

（8）引用は村上啓夫訳「推理小説の歴史／21　推理小説の黄金時代（Ⅲ）」（『宝石』六三・九）から。A・E・マーチの『推理小説の歴史』は『宝石』一九六二年一月号から妹尾韻夫訳の連載が始まったが、妹尾が連載途中で亡くなったため、村上が後を引き継いで完結させた。

（9）井上良夫も「英米探偵小説のプロフィル」で『完全殺人事件』を紹介した際、クロフツの『樽』（二

○）と比較して「クロフツの作と較べ異る所は、彼の作にあっては、アリバイの吟味が進むにつれ、犯人が企んだ巧妙極まりない計画の輪廓が次第に読者に感じられて来て、その興味を煽って行くのであるが、ブッシュのこの作ではそれはなく、犯人の計画は最後に近づくまで察知し難いのである」と述べている（引用は註(4)前掲書から）。

（10）引用は名和立行訳「代表作採点簿　連載1」（『EQ』八四・一）から。論創海外ミステリ『失われた時間』のカバー袖に掲げられたブッシュの略歴で *The Case of the Burnt Bohemian* が代表作としてあげられているのは、「代表作採点簿」に拠ったものであろう。

（11）影響というほどではないかもしれないが、やはり『中国銅鑼の謎』の前年に刊行されたナイオ・マーシュのデビュー作『アレン警部登場』（論創海外ミステリ既刊）でも、中国の銅鑼が密接に関わる事件を描いていたことが思い出される。

（12）『失われた時間』に付された杉江松恋の解説「クリストファー・ブッシュ、もう一つのポートレイト」は、ブッシュの美質を語り尽くして余すところがない優れたものである。『中国銅鑼の謎』を読んでブッシュに興味を持たれた方には一読をお勧めしたい。なお、同解説では、『完全殺人事件』においてチェスタートンに言及されていることにふれ「先人に挑戦せんとする新人作家の意気込みが感じられて微笑ましくもあるのだ」と書いているが、実は『中国銅鑼の謎』でも何度かチェスタトンに言及されている。これに拠ってみるに、ブッシュにとってチェスタトンはお気に入りの作家の一人なのだろう。

〔訳者〕

藤盛千夏（ふじもり・ちか）

小樽商科大学商学部卒。銀行勤務などを経て、インターカレッジ札幌にて翻訳を学ぶ。訳書に『殺意が芽生えるとき』、『リモート・コントロール』（ともに論創社）。札幌市在住。

中国銅鑼《チャイニーズ・ゴング》の謎《なぞ》

——論創海外ミステリ 160

2015年11月20日　初版第1刷印刷
2015年11月30日　初版第1刷発行

著　者　クリストファー・ブッシュ

訳　者　藤盛千夏

装　画　佐久間真人

装　丁　宗利淳一

発行所　論 創 社

〒101-0051 東京都千代田区神田神保町2-23 北井ビル
電話 03-3264-5254　振替口座 00160-1-155266

印刷・製本　中央精版印刷

組版　フレックスアート

ISBN978-4-8460-1476-6

落丁・乱丁本はお取り替えいたします